Ivy

O vínculo

2017, Editora Fundamento Educacional Ltda.

Editor e edição de texto: Editora Fundamento
Editoração Eletrônica: Duilio David Scrok
　　　　　　　　　　　Lorena R Mariotto Edição de Livros (Bella Ventura)
CTP e impressão: SVP - Gráfica Pallotti
Tradução: BK Consultoria e Serviços Ltda. (Fal Azevedo)
Arte da capa: Zuleika Iamashita

Copyright © 2013 S. Quinn

Todos os direitos reservados. Nenhuma parte desse livro pode ser arquivada, reproduzida ou transmitida em qualquer forma ou por qualquer meio, seja eletrônico ou mecânico, incluindo fotocópia e gravação de backup, sem permissão escrita do proprietário dos direitos.

Dados Internacionais de Catalogação na Publicação (CIP)
(Maria Isabel Schiavon Kinasz)

Q7	Quinn, S.
	Ivy: O vínculo / S. Quinn ; [versão brasileira da editora] – 1. ed. – São Paulo, SP : Editora Fundamento Educacional Ltda., 2017.
	Título original: Bound by Ivy
	1. Ficção inglesa. 2. Histórias eróticas I. Título.
	CDD 820 (22 ed.)
	CDU 82

Índice para catálogo sistemático:
1. Ficção: Literatura inglesa 820

Fundação Biblioteca Nacional

Depósito legal na Biblioteca Nacional, conforme Decreto nº 1.825, de dezembro de 1907. Todos os direitos reservados no Brasil por Editora Fundamento Educacional Ltda.

Impresso no Brasil

Telefone: (41) 3015 9700
E-mail: info@editorafundamento.com.br
Site: www.editorafundamento.com.br

Este livro foi impresso em papel pólen soft 80 g/m² e a capa em papel--cartão 250 g/m²

Capítulo 1

– Sophia Rose – diz Marc –, você quer se casar comigo?

Ah, meu Deus! Ah, meu Deus! Fito os belos olhos azuis de Marc e eles nunca me pareceram tão intensos.

Levo a mão trêmula à boca; meu olhar é atraído para o enorme diamante em forma de pera que brilha na mão de Marc. Naquele camarim, rodeada por heras e rosas, não posso imaginar um lugar mais perfeito para ele me pedir em casamento. Mesmo assim, estou chocada.

Não conseguiríamos produzir um cenário mais adequado a um verdadeiro conto de fadas, mesmo que tentássemos. Eu ali, em meu exuberante vestido azul; Marc ajoelhado diante de mim, um príncipe belo e charmoso vestindo seu terno preto feito sob medida e uma resplandecente camisa branca.

– Marc! – sussurro entre meus dedos, com um sorriso nascendo em meu rosto. Estou tão surpresa que mal consigo falar.

Os olhos de Marc encontram os meus e eu me sinto tragada por seu olhar.

Observo o anel novamente. Meu Deus, é lindo! Ele é lindo! Isso é real. Está realmente acontecendo!

Click – o som da porta do camarim que se abre me faz saltar de susto.

– Olá! – cumprimento.

Marc olha na direção da porta com uma expressão de surpresa.

– Você convidou alguém para vir aqui? – ele me pergunta.

Faço que não com a cabeça.

Um raio de luz ilumina o chão do camarim e o rosto pálido e curioso de uma jovem aparece.

A princípio, não identifico aquele rosto, tão deslocado no ambiente do meu camarim. Mas, em seguida, ao reparar no cabelo louro platinado, o nariz afilado e os olhos gelados, tudo faz sentido.

É Cecile.

– Sua vadia! – o xingamento seco me faz estremecer.

Marc se levanta e passa o braço em torno de meus ombros. Ele fecha a caixa do anel de noivado com um gesto brusco e decidido, guardando-a em seu bolso em seguida.

– Este é o camarim particular de Sophia – diz ele.

Cecile usa um vestido vermelho e longas luvas brancas; seu cabelo está preso com presilhas decoradas com pedrinhas brilhantes. Seus olhos estão vermelhos e irritados e seu corpo é o retrato da tensão.

– Giles está sendo acusado de sequestro – sibila Cecile para mim. – Por sua causa. Por causa das mentiras que você contou.

– Não contei mentira alguma sobre Getty – afirmo. – Ele é um homem perigoso e está onde merece estar.

– Você sabia o que ele significava para mim – Cecile fala. – E não pôde suportar isso, não é mesmo? Você não pôde suportar a ideia de eu também estar envolvida com alguém famoso. Por isso teve que arruinar tudo.

Não consigo evitar rir. Não é a minha intenção, mas... Cecile fala como alguém que não está em seu juízo normal.

– Mas você não queria ter se envolvido com ele, Cecile! – retruco. – Você me disse que Getty era um monstro.

– Ele é o pai do meu filho – diz Cecile. – E agora não haverá mais casamento. Eu serei mãe solteira e...

Cecile olha para Marc e seu rosto se transforma, assumindo um ar perdido e desesperado.

– Marc, ah, Marc! Como você não percebe quem Sophia realmente é? Ela é apenas uma mentirosa sem um pingo de classe e sem dinheiro. Eu seria muito mais adequada para você!

Os dedos finos de Cecile agarram a camisa de Marc, marcando o tecido.

– Por favor, eu não tenho mais ninguém. Ainda há tempo para nós! Escolha a mim!

Meu corpo todo se enrijece.

– Cecile, você precisa nos deixar agora – digo em voz baixa, enquanto me aproximo e afasto suas mãos da camisa de Marc.

Ela dá um passo para trás e me encara com um olhar furioso.

Nesse instante, eu me dou conta do estado de Cecile. Sua maquiagem, sempre impecável, está borrada em diversos lugares, e o excesso de pó faz com que ela pareça um fantasma.

Ela também está vestida de um jeito estranho, seu vestido, todo torcido, forma dobras em seus quadris.

Cecile se volta para mim.

– Você arruinou a minha vida! – grita ela com os olhos saltando das órbitas. – Você não merece Marc. Não merece ninguém. E pode apostar que vai pagar por tudo que fez.

Cecile se vira de repente e deixa meu camarim, batendo a porta com toda a força. Ouço o barulho dos sapatos de salto alto ecoando pelo corredor enquanto ela se afasta rapidamente.

Faço menção de correr atrás dela, mas os fortes braços de Marc me prendem.

– Deixe-a ir – ele pede.

– Não quero deixar as coisas entre nós assim – digo, debatendo-me entre seus braços. – Preciso resolver isto.

Marc me segura com mais firmeza ainda.

– Marc, *deixe-me ir*.

Mas Marc não me solta. Em vez disso, ele me agarra com firmeza e faz com que eu o encare.

– Você não vai a lugar nenhum até se acalmar – diz ele.

– Eu... Eu pensei que estava calma.

– Se você estivesse com a cabeça no lugar, perceberia como é perigoso ir atrás de alguém naquele estado. Cecile não sabe o que está dizendo ou fazendo, ela pode machucá-la.

Coloco a mão sobre meu peito e sinto meu coração disparado.

Marc aproxima seu rosto do meu.

– Agora não é o momento adequado – ele me beija com firmeza. – Certo?

Dou um longo suspiro.

– Tudo bem. Você tem razão.

– E agora me explique o que está acontecendo – pede Marc. – Por que Cecile está defendendo Giles Getty?

Capítulo 2

Por cima do ombro de Marc, observo as heras e rosas que enfeitam o camarim.

– Cecile está grávida – explico – e Getty é o pai.

Marc franze a testa.

– Meu Deus. Diga que você está brincando.

– Não, não estou.

– E por que você não me contou isso antes?

– Cecile me pediu segredo. E eu não vi razão para contar isso para ninguém.

– Deus! – exclama Marc com olhos turvos. – Aquele desgraçado não se importa com quem irá ferir.

– Ela parecia estar muito assustada quando conversamos... – digo. – A família de Cecile vai deserdá-la se descobrirem sobre a gravidez. A menos que ela se case com o pai da criança.

– O que não será fácil, pois tudo leva a crer que Getty está a um passo de ser preso – conclui Marc.

– Sim, concordo. E espero que passe um longo tempo na prisão.

Marc toma minhas mãos e as pressiona contra o peito.

– Não vou permitir que Getty se aproxime de você de novo. Tenho os melhores advogados do país trabalhando para que ele permaneça um longo tempo atrás das grades.

Sinto minhas mãos se esquentarem em contato com o corpo de Marc.

– Sempre protegerei você, Sophia. Sempre.

Tremo ligeiramente. Quando a voz dele se torna grave e profunda como agora, algo dentro de meu peito faz com que eu estremeça, ainda que meus pensamentos estejam agitados e que minha cabeça pareça girar.

— Cecile está realmente agindo como uma louca – murmuro. – Acho que ela perdeu completamente a razão.

— Todos nós temos um limite de coisas que podemos suportar – Marc afirma, juntando as sobrancelhas e assumindo uma expressão séria.

— Marc?

— Se alguma coisa acontecesse a você, eu não suportaria – ele tira a caixinha do bolso e olha para ela pensativo. – Não quero que essa confusão arruíne a lembrança do momento em que nos tornarmos noivos. Eu a pedirei em casamento novamente, quando chegar o momento certo.

— Você não vai me pedir em casamento agora? – pergunto.

— Não. Tem que ser no momento certo. Paciência, srta. Rose – ele guarda a caixa mais uma vez em seu bolso. – Teremos outras oportunidades.

O sorriso peculiar de Marc Blackwell volta a iluminar seu rosto.

— Você teria aceitado meu pedido?

— Aceitar seria a única coisa que eu poderia ter feito – respondo, enquanto o sorriso de Marc revela suas covinhas e ele corre os dedos pelo cabelo.

— Fico feliz em ouvir isso.

De repente, há música do lado de fora do camarim e percebo que a festa deve estar começando. Lembro que meu pai, Jen e todos os nossos amigos estão lá, esperando-nos.

— Você contou a mais alguém que iria me pedir em casamento nesta noite?

— Apenas para o seu pai. Pedi a permissão dele.

— Ele pareceu surpreso?

— Sim; muito, muito surpreso. E eu diria que um pouco chocado também.

— Mas ele concordou?

— Ele disse que, se você estivesse feliz, ele ficaria feliz também.

– A aprovação dele é muito importante para mim.

– Ah, é? – Marc ergue as sobrancelhas.

– Mamãe acreditava piamente na aprovação da família. Ela jamais se casaria com meu pai sem a bênção de sua família e, quando estava morrendo, disse a ele que deveríamos permanecer sempre unidos. Sei que ela não gostaria de me ver casar com alguém sem a aprovação de meu pai.

O volume da música ao longe aumenta.

– Eu preciso me trocar – digo. – Tenho jeans confortáveis e um par de tênis me aguardando no guarda-roupas e mal posso esperar para vesti-los. Você teve medo de que meu pai não desse sua bênção para o nosso casamento?

Marc aperta minhas mãos.

– Muito, muito medo.

Capítulo 3

Depois de me trocar, vou com Marc ao camarim de Leo.

Meu camarim fica na parte antiga do teatro, mas o de Leo fica na ala nova, muito moderna, onde tudo é acarpetado e limpo.

Marc franze a testa.

– Seu camarim deveria ser aqui. A qualidade do ar é melhor.

– Ah, mas eu não sou uma grande estrela como Leo – explico.

– Você é muito importante para o espetáculo. Vou providenciar para que você tenha um novo camarim.

– Não, isso não é necessário, Marc. Eu gosto do meu camarim. Na verdade, gosto mais dele do que do de Leo. O camarim que uso tem mais o meu estilo

Marc parece surpreso.

– Você já esteve no camarim de Leo?

Seu tom de voz deixa claro que ele não gosta muito da ideia.

– Sim – digo, enquanto avançamos pela parte reformada do teatro –, algumas vezes. É repleto de luzes brilhantes, tem carpete vermelho e cartazes emoldurados. É tudo muito bonito. Bem ao estilo de Leo.

Marc range os dentes.

– Imagino que ele seja um perfeito cavalheiro.

Hesito por um momento. A ideia de Marc sobre como deve ser um perfeito cavalheiro é um pouco diferente da ideia de Leo.

– Você não tem motivos para ficar com ciúmes dele – afirmo.

Os olhos de Marc tornam-se turvos.

– Fico feliz em saber disso.

– Você e Leo trabalharam juntos anos atrás. Com certeza você sabe que ele é um bom sujeito.

– Tudo que lembro sobre Leo Falkirk – diz Marc – é que ele não é uma pessoa muito confiável e geralmente está atrasado. Eu não confiaria a ele nada de importante. E isso inclui você.

– Leo era um adolescente quando vocês se conheceram – afirmo. – Ele nunca se atrasou desde que o conheço e é uma boa pessoa. Acredite em mim.

– Na minha opinião, Leo ainda precisa provar isso. Especialmente depois daquele incidente na porta do teatro, quando ele a levou para perto daquela multidão de fotógrafos.

– Aquilo foi um acidente. Ele não tinha como saber que eu iria tropeçar.

– Um homem responsável jamais permitiria que você se aproximasse daquele tumulto.

Caminhamos em silêncio por um tempo.

– Adorei o anel – digo a Marc.

Ele parece relaxar.

– Esse anel pertenceu à minha bisavó e depois à minha mãe. Assim que meu pai percebeu que se tratava de um diamante verdadeiro, ele o vendeu. Levei anos para conseguir recuperá-lo. Por fim, encontrei-o à venda em uma loja de penhores em Whitechapel.

Aperto a mão de Marc.

– Você é uma pessoa incrível, Marc Blackwell. Depois de tudo pelo que passou... A infância que teve... Tornar-se o homem que você é agora...

– A coisa mais incrível sobre mim é você.

Ao nos aproximarmos do camarim de Leo, ouvimos vozes e acordes abafados de uma canção de Johnny Cash.

Marc larga minha mão e empurra a porta com um pouco mais de força do que seria necessário. Não posso deixar de imaginar que ele está pensando em acertar o rosto de Leo naquele momento.

O camarim é espaçoso, mas está tão lotado que parece menor. Três garçons vestidos a rigor se espremem por entre a multidão, servindo champanhe e recolhendo copos vazios.

— Ei — seguro novamente a mão de Marc. — Seja gentil, está bem? Você e Leo não são inimigos.

— Não somos? — pergunta Marc.

— Não. Ele o respeita e considera-o uma pessoa incrível.

— É o que ele pensa sobre *você* que me preocupa.

Entramos e vejo Jen e meu pai conversando com Tanya e Tom.

Tom, tagarela, fala alto como sempre; Tanya, meu pai e Jen prestam atenção ao que ele diz e riem em resposta.

Jen está incrível com um vestido creme com corpete bordado de dourado. Tanya e Tom também estão bem-vestidos para a noite. Tanya usa um pretinho básico e um colar com um pingente de diamante e Tom se pavoneia usando uma cartola, sobrecasaca e gravata-borboleta.

Meu pai não parece estar muito confortável. Veste sua calça jeans — a preta, sem manchas aparentes — e uma camisa branca que comprou para a festa de aniversário do casamento de meus avós, 15 anos atrás. Segura a taça de champanhe, como se fosse um copo de cerveja e lança olhares na direção da porta.

Leo e Davina estão perto do enorme aparelho de som que imagino ter sido instalado especialmente para a festa. Leo ri, aparentemente feliz, enquanto bebe champanhe direto da garrafa.

— Soph! — Jen é a primeira a me ver e abre caminho entre a multidão. Jen usa sapatos muito altos e mal consegue se equilibrar sobre eles. Ela se aproxima e joga seus braços em volta de meus ombros.

— Ah, meu Deus, você está linda! Simplesmente linda! Venha! Está todo mundo louco para lhe dizer como você estava maravilhosa na peça! — diz ela, enquanto me puxa pelo braço através do camarim.

Marc nos segue, segurando firmemente a minha mão.

Quando nos aproximamos de meu pai, Tom e Tanya, Marc aperta minha mão com mais força ainda.

— Sophia! — o vozeirão de Tom quase me derruba. — Que atuação! Absolutamente brilhante! Você estava sensacional! Todos esses ensaios realmente valeram a pena, não é mesmo?! Você e Leo estavam soberbos no palco. Jamais adivinharia que ele está nessa profissão há mais tempo do que você.

– Você estava muito bem, querida – fala meu pai. Ele parece um pouco cansado e continua a olhar a todo instante para a porta, como se esperasse a chegada de alguém.

– Você estava ótima! – diz Tanya, apertando meu ombro. – Eu adorei. E geralmente eu detesto musicais.

– Tanya! – reclama Tom.

– O que foi? É verdade. Eu não gosto de musicais.

– Mas isso é tudo que Sophia não quer escutar neste momento! – sussurra Tom.

– Está tudo bem, queridos – eu os acalmo, sorrindo. – Vou aceitar como um elogio, podem acreditar.

– Então, como será o seu Natal? – pergunta Tanya. – Você irá se apresentar durante o feriado?

– Não no dia de Natal – respondo. – Mas faremos espetáculo no dia 26 de dezembro e também na véspera de ano novo e, a partir daí, durante todo o mês de janeiro.

Tom arregala os olhos.

– E como você se sente sobre *isso*?

– Tento não pensar muito a respeito. Adoro o Natal. Mas é apenas neste ano e poderei passar as festas com a minha família.

– Ah, então você vai para o interior no final do ano? – pergunta Jen.

– É claro – respondo. – Sempre passo os feriados no interior.

– Bem, nunca se sabe. Agora que você é famosa...

– Não sou *famosa*. Tenho apenas alguma notoriedade e gostaria que não fosse assim.

– Você pode não ser famosa ainda – afirma Tom –, mas acho que até o fim de janeiro isso terá mudado.

– E vocês o que farão no Natal? – pergunto a Tanya e Tom ansiosa para mudar de assunto.

Eles se entreolham e Tanya dá um sorriso tímido.

– Meus pais passarão o Natal na Espanha neste ano, então acho que vou passar as festas com a família de Tom. A casa deles em Surrey tem quartos de sobra para me receber.

— Será nosso primeiro Natal juntos — diz Tom.

— Deus, estou apavorada — fala Tanya. — E você?

— Nem um pouco — ele discorda.

— Mas e se sua família não gostar de mim? E se eles não entenderem o que digo?

— Eles vão adorar você. E eu posso traduzir o que for necessário para eles. Aprendi a decifrar o seu sotaque do norte.

Tanya revira os olhos.

— Não é uma língua estrangeira, pelo amor de Deus!

— Não é estrangeira, meu amor. É exótica!

Tanya ri.

— Vou sentir falta de vocês dois durante o Natal — digo.

Jen me abraça.

— Não se preocupe, você não estará sozinha. Vamos brindar juntas ao Natal, como sempre.

— O sr. Blackwell vai comer o peru de Natal com a sua família? — pergunta Tom.

Capítulo 4

– Eu... Eu não sei – respondo, procurando o olhar de Marc e sentindo-me envergonhada.

Eu ainda não conversei com ele a respeito do Natal e realmente não tenho ideia de quais seriam nossos planos. Gostaria de ir para o interior, mas não sei se Marc vai querer ir comigo.

– O senhor deve estar muito orgulhoso de Sophia, sr. Blackwell – diz Tanya com um sorriso. – Afinal, ela é sua aluna.

– Estou muito orgulhoso. Eu sempre soube que Sophia era muito talentosa – responde Marc, acariciando a palma de minha mão com o polegar.

Prendo minha respiração, imaginando seu polegar deslizando sobre meu corpo. Fico vermelha e olho para Marc, pedindo um pouco mais de calma.

Ele me encara de volta com sua expressão "tente me impedir".

– Então, como anda o problema de sua equipe de relações públicas? – Jen pergunta a Marc.

– Ainda não está completamente resolvido, mas acho que as coisas melhorarão em breve.

Marc aumenta a pressão do seu polegar sobre minha mão.

– Deveríamos contar ao meu pai que ainda não estamos noivos – sussurro hesitante, enquanto Marc ainda me acaricia. Tento afastar minha mão enquanto ainda tenho algum controle, mas Marc a segura firmemente.

– Por mim tudo bem – diz ele, parecendo formal.

As carícias de seu polegar fazem minhas pernas fraquejarem.

– Antes que as coisas saiam de controle – falo com voz trêmula.

– Não quero que nada saia do controle – afirma Marc com aquela expressão que conheço tão bem.

Engulo em seco, sentindo uma dor brusca, mas agradável na palma de minha mão. Gostaria de apenas fechar os olhos e gemer, mas, ao em vez disso, pressiono fortemente meus lábios.

Marc desliza sua mão sobre a minha; seus dedos percorrem minha pele rapidamente e ele agarra meu pulso com força.

Minha pele formiga, sinto calafrios e, de repente, desejo-o tão intensamente que mal consigo para em pé.

Maldição!

Marc aceita um copo de champanhe e aparenta estar calmo e sereno.

Adoraria ter o mesmo autocontrole.

– Sr. Rose – diz Marc, tomando mais um gole de champanhe, enquanto intercepta o olhar de meu pai –, será que eu e Sophia poderíamos conversar com o senhor?

– Conversar? – meu pai desvia o olhar para a porta por um segundo.

– Marc e eu gostaríamos de conversar por um momento – digo.

– Ah, sim, vamos conversar – responde meu pai, novamente voltando seu olhar para a porta. – Sobre o que falaremos?

– Que tal nos sentarmos? – sugere Marc, apontando para o sofá no fundo do salão.

Meu pai aproveita para pedir uma outra dose de champanhe a um garçom.

– Sim, vamos – concorda ele.

Marc abre caminho entre a multidão e guia-nos até um sofá de madeira dourada e estofado de seda vermelha.

Meu pai bate o pó de seus jeans antes de se sentar na beira do sofá, como se tivesse medo de estragá-lo.

Eu também me acomodo, mas Marc prefere permanecer em pé.

– Está tudo bem, papai? Você me parece um pouco... Um pouco diferente.

– Ah, é que... bem, é que Genoveva deveria estar aqui.

– Quem está cuidando do Sammy?

– Uma babá.

– Genoveva está bem?

Meu pai baixa a taça de champanhe.

– Até onde sei, ela está bem.

Lanço um olhar interrogativo para Marc.

– Se essa não for uma boa hora...

– De modo algum – diz meu pai, fitando a porta novamente. – Sobre o que vocês querem conversar comigo?

– Eu... Bem, nós queremos contar que ainda não ficamos noivos.

– Noivos? – meu pai pisca os olhos por trás de sua taça de champanhe. – Ah, sim. Não, eu realmente não esperava... Quero dizer, você é tão jovem... E vocês se conhecem há tão pouco tempo.

– Bem... Nós fomos interrompidos.

Meu pai arregala os olhos.

– Sophia, você não... Quero dizer... Você aceitaria o pedido de casamento de Marc?

– Sim, eu iria dizer que sim.

– Mas... Sophia, você é uma menina tão sensível.

– O que você quer dizer com isso, papai?

Meu pai volta a olhar para a porta.

– Eu realmente acredito que você deva esperar um ano ou um pouco mais antes de pensar em um compromisso a longo prazo como um casamento.

– Mas você deu sua permissão a Marc.

– Claro que dei. Esta é uma decisão sua, minha filha, não minha.

– Mas, pai, você não entende? Não se trata apenas de sua permissão, mas de sua bênção.

– Essa é uma coisa mais difícil de conceder. As coisas aconteceram muito rapidamente. E você é ainda muito jovem... Eu apenas não quero que se machuque.

– Eu nunca machucaria Sophia – afirma Marc com as mãos enterradas nos bolsos e uma expressão séria no rosto.

– Papai, você me parece cansado. Está mesmo tudo bem?

– Ah, sim... – responde ele, olhando para Marc. – São apenas alguns probleminhas de família.

– Acho que vou deixar vocês dois conversando a sós – diz Marc com as mãos ainda em seus bolsos. – Vou dar uma volta.

– Marc...

– Voltarei em breve – responde Marc, beijando-me suavemente no rosto.

Observo Marc caminhar na direção da porta sem se deter, seu corpo magro e ágil se movendo sob as roupas, e sinto a familiar descrença que sempre me assalta quando me dou conta de que aquele astro de Hollywood, com seu lindo rosto e corpo perfeito é meu namorado.

Viro-me para meu pai e pergunto:

– Tudo bem papai, estamos sozinhos. O que está acontecendo, de verdade?

Capítulo 5

Meu pai fixa os olhos em sua taça de champanhe, as duas mãos firmes em torno do cristal.

– Genoveva e eu tivemos uma discussão terrível. E... Bem, é isso. Acho que não foi nada demais. E voltando ao outro assunto... Veja bem, dei minha permissão a Marc, mas... nunca imaginei que você fosse aceitar o pedido dele.

– Pai, eu não estou entendendo o que...

– Ele me dá a impressão de controlar você, minha querida. Sempre superprotetor. O modo que ele olha para você... Bem, tudo me parece intenso demais – meu pai lança mais um olhar em direção à porta, antes de continuar. – Não quero que você cometa um erro e acabe se machucando nessa relação.

Sigo o olhar de meu pai e pergunto.

– Pai, onde está Genoveva? Por que ela não está aqui?

– Ora, Sophia, esta é a sua festa. Vamos falar sobre você.

– Bem, nós estávamos falando sobre mim – falo, tomando um gole de champanhe – e isso não me pareceu muito divertido.

– Sophia, se você realmente deseja se casar com Marc, não posso impedi-la.

– Eu nunca me casaria com alguém sem sua bênção, e você sabe bem disso. Principalmente depois do que mamãe nos disse...

– Estou indo para casa, vou deixar que você se divirta com seus amigos. Conversaremos sobre isso em outra hora.

– Papai, você está bem mesmo?

– Cansado apenas, minha querida. Você vai para casa no Natal?

– Claro que sim. Vamos nos apresentar na véspera, mas, assim que acabar, vou direto para sua casa. E passaremos o Natal juntos, como sempre fizemos.

– Marc vai com você?

– Não sei, ainda não falamos sobre isso.

Meu pai hesita.

– Ele é tão mais velho do que você.

– Papai, eu amo Marc. Quero ficar ao lado dele e isso não vai mudar. Você não se importa se Marc for comigo para a festa de Natal?

Ele se levanta.

– Por mim, está tudo bem. Vejo você na véspera do Natal. Aproveite sua noite e não se preocupe comigo – responde ele, beijando-me na testa. – Bom trabalho, minha querida.

Meu pai se dirige para a porta, mas, antes que consiga sair, Jen o alcança. Ela provavelmente está tentando descobrir sobre o que conversamos; é uma intrometida! Só poderia mesmo ser relações públicas.

A almofada ao meu lado no sofá afunda.

– Oi, moça bonita, por que está com uma cara tão séria? – eu me viro e dou de cara com Leo. Ele ainda tem uma garrafa de champanhe nas mãos e toma um gole antes de continuar a falar. – Tudo bem com você? Por onde anda o sr. Marc Blackwell? Caçando vampiros lá fora?

– Ele saiu para dar uma volta.

– Uma volta? À luz da Lua? Sem levar junto o amor de sua vida? Nunca vi um homem tão louco por uma mulher. Ele não tira os olhos de você.

– Bem... ele cuida de mim. É o jeito dele. Ele é... protetor.

– Muito mais do que protetor. Pensei que Marc fosse arrancar minha cabeça quando vocês chegaram. O que fiz para merecer isso?

– Ele não gostou de saber que já estive em seu camarim – admito. – Ele ainda não sabe se pode confiar em você. Mas vai acabar descobrindo que sim.

– Isso significa que você está proibida de vir aqui me visitar?

— Claro que não. Eu não faço tudo o que Marc me diz para fazer. Ele não é o meu dono. Não há motivos para que não possamos ser amigos nem para que Marc tenha ciúme de nós dois juntos.

— Ora essa, não? – pergunta Leo em tom de brincadeira, aproximando-se um pouco de mim.

Eu rio e dou um pequeno tapa no braço dele.

— Não! Somos apenas amigos e você sabe disso.

— Eu imagino que não posso competir com Marc Blackwell – Leo ergue seu queixo de modo afetado e continua, com uma voz grave e sombria. – Oh, Sophia, Sophia! Que seja então pela arte, Sophia!

Algo me incomoda e, ao olhar em volta, vejo Marc nos observando da porta.

Leo segue meu olhar e afasta a mão do meu rosto.

Marc se aproxima, abrindo caminho entre os convidados e os garçons.

— Sophia – Marc encara Leo –, ele está incomodando você?

— Não. Claro que não. Estávamos apenas conversando.

— Ele não precisa tocá-la para conversar com você – a voz de Marc está carregada de raiva.

— Leo está apenas brincando.

— Ele pode brincar com outras pessoas. Com alguém que não seja você.

— Ei! – diz Leo, enquanto se levanta. – Nós estávamos apenas conversando. Não fique brabo. Ela só tem olhares para você agora.

— *Agora?* – a voz de Marc ferve de raiva.

— Marc – coloco minha mão em seu peito.

Ao fundo, vejo meu pai observando a cena. Ele tem um olhar de quem parece não estar impressionado com o que vê. Eu afasto Marc de Leo.

— Nós estávamos apenas conversando! – digo.

— Você está bem?

— É claro que estou bem... exceto pela conversa que tive com meu pai... No Natal conversaremos melhor. Espero que, até lá, ele esteja se comportando normalmente outra vez.

Marc me abraça.

– Vou falar com ele também. Teremos quantas conversas forem necessárias para que ele entenda o quanto eu amo você.

– Ah, Marc – suspiro. – Por que a vida não é mais fácil? Tudo que desejo é estar com você. Por que meu pai não consegue perceber o quanto significa para nós estarmos juntos?

– Ele entenderá. Você me parece cansada. Quer que eu a leve para casa?

– Mas nós ainda mal conversamos com as pessoas!

– Sophia, você precisa descansar. Hoje foi um longo dia.

– Mas preciso pelo menos agradecer às pessoas que vieram me dar um abraço!

Um bocejo me pega de surpresa e levo a mão à boca.

– Venha – diz Marc. – Despeça-se de seus amigos. Vou levá-la para casa.

Capítulo 6

Depois que me despeço de todos os presentes, Marc e eu deixamos o camarim de Leo e vamos em direção à garagem.

Keith nos espera lendo um romance policial e comendo um pacote de balas de alcaçuz. Ao nos ver, ele nos cumprimenta animado e sai do carro rapidamente para abrir a porta.

– Minha senhora! – diz ele, fazendo uma referência. – Você estava incrível! Quase não consegui conter as lágrimas no final da peça. Por favor, não conte isso a ninguém.

– Você assistiu à peça, Keith?

– Não perderia sua estreia por nada. Marc me colocou em um lugar excelente.

– Achei que os ingressos estivessem esgotados.

– O sr. Blackwell comprou muitos ingressos – explica ele com uma piscadela.

– Talvez Marc tenha sido o motivo de nossa lotação esgotada – digo com um sorriso cansado. – Ele deve ter comprado todos os ingressos.

– Ora, mas é claro que não – diz Marc, enquanto me ajuda a entrar no carro.

Assim que me acomodo, apoio a cabeça no ombro dele e só então percebo o quanto estou cansada. Marc se endireita no banco, envolve-me em seus braços e me puxa para si. O calor de seu corpo faz com que eu me sinta confortável e segura.

– Marc? Tem uma coisa que desejo perguntar há algum tempo. Quais são seus planos para o Natal?

– Isso depende de você – responde ele. – E do que você quiser.

– Quero passar o Natal com você – afirmo. – Acontece que, todos os anos, passo o Natal com meu pai. E agora, com Sammy. E Jen também costuma dar uma passada. Por isso, estou pensando... Você gostaria de passar o Natal conosco? Na casa de meu pai?

– Eu seria bem-vindo?

– Meu pai disse que não há problema – respondo. – Você iria?

– Iria... Se você não achar a situação desconfortável. Não quero ser desrespeitoso com seu pai.

– Ele disse que, por ele, tudo bem...

– Ele só disse isso? Não parece um pouco... indiferente?

– Meu pai estava um pouco estranho na noite de hoje – as luzes de Londres cintilam através dos vidros escuros do carro e começo a sentir meus olhos pesando.

– Eu gostaria muito de poder visitar meu pai. Assegurar-me de que ele está bem, digo. Mas prometi a Leo que ensaiaríamos amanhã.

Marc fica tenso de repente.

– Você não tinha me contado isso, Sophia.

– Não? Achei que tinha. Devo ter me esquecido. Leo me pediu para ensaiarmos durante o intervalo. Ele pretende usar a reação da plateia como um guia para o nosso trabalho.

– Bem, é bom saber que ele está agindo como um profissional ao menos uma vez.

Há um pouco de ressentimento na voz de Marc, mas estou muito cansada para me preocupar. Em vez disso, tento relaxar, recostando-me em seu ombro mais uma vez e sentindo meus olhos se fecharem enquanto o carro cruza as ruas de Londres. Em um instante, o sono toma conta de mim.

Capítulo 7

Quando abro os olhos novamente, estou na casa de Marc. Ele me carrega no colo escada acima e sinto meu cabelo balançando a cada passo que ele dá. Através de meus olhos semicerrados, vejo as fotos de prédios em construção que decoram a escadaria.

"Eu preciso redecorar este lugar", penso sonolenta. "Dar a ele um toque feminino. Quem sabe algumas plantas? Preciso tornar esta casa mais aconchegante."

Alcançamos o topo da escada.

Marc empurra a porta do quarto com o ombro e me coloca sobre a cama. Afasta o edredom com seu cotovelo e me acomoda nos lençóis de seda. Vejo seu belo rosto e percebo certa apreensão em seus olhos azuis.

– Alguma coisa errada?

– Você está cansada – responde ele em voz baixa. – Mas, meu Deus... se soubesse o que gostaria de fazer com você bem agora...

Um calor familiar começa a se avolumar dentro de mim. Ainda tenho bem vivo em minha pele o nosso encontro no camarim algumas horas antes, mas eu o quero de novo.

– Não estou tão cansada assim – digo, tentando disfarçar um bocejo.

Marc dá a volta na cama, tira seu paletó e joga-o por sobre uma cadeira.

– Sei... – diz ele. – Você está muito cansada para o que tenho em mente.

– O que você está planejando? – pergunto aos sussurros.

– Meus planos podem esperar.

O calor se transforma em chama.

– Eu posso ficar acordada – falo, tentando não bocejar novamente.

– Não. Agora você vai dormir. Quanto mais rapidamente você descansar, mais cedo poderei transar com você do modo que desejo – Marc vai até os pés da cama, desata os nós dos meus sapatos e tira-os com um movimento rápido. Não o faz do mesmo modo quando me despiu no quarto do hotel, quando seus movimentos eram deliberadamente lentos e sedutores. Dessa vez, ele age rapidamente, atirando meus sapatos ao chão.

Em seguida, ele desabotoa e tira minha calça jeans, fazendo uma pequena pausa para admirar minhas pernas desnudas. Ele, então, desvia o olhar e me cobre com o edredom.

– Erga seus braços.

Obedeço e ele tira meu suéter. Acredito que, neste momento, ele não tenha a menor intenção de me deixar excitada, mas a firmeza de suas mãos me deixa louca por ele.

Deito-me novamente na cama.

– Marc, estou acordada. Eu juro.

Ele caminha até a janela do quarto, afrouxa a gravata e tira os sapatos. Depois, olha para fora, contemplando o sombrio céu londrino.

– Você não vem para a cama?

Marc se vira. Ele me encara.

– Vou esperar até que você esteja dormindo – diz ele. – Assim eu não caio em tentação.

– Você pode cair em tentação – afirmo.

Ele sorri.

– Se soubesse o que tenho planejado, não diria isso. Confie em mim. Você está cansada demais.

– Não. Não estou.

Marc se aproxima e senta-se na beirada da cama, acariciando meu rosto.

– Meu trabalho é cuidar de você. E, neste momento, estou cuidando de sua saúde física, em vez do seu prazer.

– Beije-me – peço.

– Sophia...

– Por favor...

Marc parece hesitar por um instante. Seus olhos faíscam. Então, lentamente, ele se aproxima e pressiona os lábios contra os meus. Um longo e lento beijo de boa noite.

Adoro a sensação de beijá-lo. Antes que eu possa pensar em alguma coisa, minha boca se abre e começo a beijá-lo com paixão, com abandono, puxando-o em minha direção.

– Meu Deus – murmura Marc com sua boca encostada na minha.

Em seguida, ele aprofunda o beijo, empurrando-me contra a cama.

– Sophia, você irá se arrepender!

– Não. Não vou!

Marc desabotoa sua camisa e joga-a no chão, acariciando meus cabelos e depois puxando-os com força. Em seguida, coloca seu joelho entre minhas pernas e começa a pressioná-lo contra mim.

Minha cabeça dói onde Marc puxa meu cabelo, e ele não para de fazê-lo até que eu reclame.

– Ah, Marc...

– Não vou fazer o que estou planejando neste momento – sussurra Marc com a boca colada à minha. – Você está muito cansada. Mas quero que tenha prazer...

Ele me beija com mais força, puxando novamente meu cabelo. Uma faísca de dor percorre meu couro cabeludo e meu pescoço e percebo que estou com a cabeça completamente imobilizada. Estou sob o controle dele, absolutamente indefesa, enquanto seu corpo me pressiona contra a cama.

Marc empurra o joelho entre minhas pernas com mais força, enquanto me mantém, com uma das mãos, presa à cama, usando a outra para puxar meu cabelo. Estou tão excitada que tenho certeza de que minha calcinha está encharcada.

– Ah, Marc, por favor – imploro –, transe comigo agora!

A mão de Marc move-se para o meio das minhas pernas. Ele tira minha calcinha e enfia três dedos dentro de mim, em um movimento rápido e preciso.

– *Ahhhh...* – é tudo que consigo dizer.

Ele começa a deslizar os dedos para dentro e para fora de mim, em movimentos contínuos. Em seguida, coloca mais um dedo e eu perco a noção de tudo, exceto a de uma crescente sensação de prazer, cada vez mais intensa. Eu me sinto, ao mesmo tempo, dolorida e completa, e isso é muito bom.

– Diga-me se isso é demais para você – sussurra Marc. Sinto seu polegar também ser introduzido em mim e afundo-me na cama com um misto de dor e prazer.

– Eu acho que posso aguentar... – digo ofegante. – Por enquanto...

Marc enfia seus dedos cada vez mais fundo dentro de mim e mantém os olhos presos aos meus.

Engulo em seco e balanço cabeça, sabendo que, se ele fizesse o mesmo movimento com a mão que havia feito antes, eu não aguentaria. Mas ele não se move. Permanece parado, olhando para mim com olhos ferozes.

– Um dia você irá implorar para ter toda a minha mão dentro de você – ele diz. – Mas hoje não.

Marc tira sua mão tão depressa que me deixa latejando e desesperada para tê-lo dentro de mim.

– Por favor, Marc. Transe comigo agora – imploro.

Capítulo 8

Marc tira a calça, largando meu cabelo por um momento para poder se movimentar mais facilmente. Ele também tira a cueca e assim posso vê-lo, seu membro duro e ereto, antes que avance sobre mim.

Ele estica o braço e alcança uma camisinha guardada na gaveta da mesa de cabeceira. Abre a embalagem e cobre seu membro com a fina capa de látex.

Abro minhas pernas para ele, que solta um gemido ao sentir minha carne úmida.

– Muito aconchegante, srta. Rose – diz ele. – Muito, muito aconchegante.

Marc brinca comigo por um momento, esfregando seu membro em meu corpo.

– Por favor, transe comigo – digo novamente. – Por favor! – *Por favor!*

Marc empurra seu membro para dentro de mim, muito mais profundamente do que seus dedos poderiam alcançar, tocando lugares quentes e escuros e fazendo meu corpo vibrar.

– Ah... – gemo enquanto ele me penetra.

Marc começa a se mexer dentro de mim, sua virilha contra a minha, roçando em mim por dentro e por fora. E eu me sinto presa na cama por seu corpo. Sei que vou gozar assim que ele se movimentar com mais intensidade, mas Marc permanece imóvel por um momento, encarando-me.

– Adoraria ter o seu autocontrole – sussurro.

Marc me encara quase descontrolado e declara por entre os dentes.

– Não conseguirei me conter por muito mais tempo, pode acreditar.

Ele volta a puxar meu cabelo, com a mesma força de antes.

– Ah... meu Deus! – grito.

Marc inicia um movimento ritmado e a cada estocada puxa com mais força meu cabelo, até minha cabeça começar a acompanhar o ritmo e uma deliciosa e crescente dor invadir meu pescoço.

A dor me impede de gozar imediatamente, mas, por Deus... que delícia. Cada movimento dentro de mim, cada puxão em meu cabelo me faz delirar e eu me sinto completamente perdida nele, como sempre.

Os olhos de Marc não se desviam dos meus enquanto ele se mexe para dentro e para fora de mim, forçando minha cabeça a acompanhar seu ritmo e fazendo meu corpo faiscar de prazer.

Quando ele desliza a outra mão e agarra meu traseiro, enfiando os dedos em minha carne com suficiente força para me machucar, não consigo mais me conter. Tenho vontade de gritar com todas as minhas forças o quanto tudo isso é tão, tão deliciosamente prazeroso.

– Ah... *Ahhh* – ofegante, com os olhos presos aos dele, percebo que ele também está a ponto de gozar.

– Sophia... – Marc geme, seu olhar torna-se carinhoso, seus dedos estão tão firmes em meu traseiro que ele quase me ergue da cama.

Marc se move com mais vigor, acariciando todos os pontos certos.

E, então, eu gozo.

Movendo-se como uma onda gigante, meu corpo se contorce e se agita em torno dele. O prazer me cobre inteira, como um manto, enquanto me acalmo e relaxo. O mundo em torno de mim parece feito de eletricidade estática, que sinto em minha cabeça, meu pescoço e entre minhas pernas; os choques vêm um atrás do outro.

O prazer não para, onda após onda, e ouço a respiração de Marc se tornar mais ofegante, até culminar em um grunhido que fica entre um grito e um gemido, quando ele finalmente goza. Marc empurra o corpo de encontro ao meu, forçando seu membro com mais força entre minhas pernas, pesando contra meu peito.

Percebo que a respiração dele se acalma e que ele relaxa comigo. Nossos narizes quase se tocam e ele está com os olhos semicerrados. Os lábios dele se aproximam dos meus com um beijo doce e suave. Sinto um calor gostoso em todo o meu corpo.

Marc me abraça, puxando-me para que fiquemos deitados lado a lado. Ele acaricia meu cabelo, justamente onde havia puxado com tanta força momentos atrás, fazendo um movimento circular com os dedos.

– Fui duro demais?

– Não – murmuro. – Foi delicioso.

– Sabia que você iria gostar.

Não há mais nada a ser dito. Estou cansada demais para falar e para pensar. Tudo que posso fazer neste momento é sentir o calor dos braços e do corpo de Marc me envolvendo. Pressiono meu peito contra o dele e caio em um sono profundo.

Capítulo 9

Acordo na manhã seguinte com o sol brilhando em meu rosto e adivinho instintivamente que Marc não está mais deitado a meu lado. Pisco os olhos e viro-me apenas para dar de cara com um espaço vazio.

É um belo dia de inverno e a luz travessa as cortinas.

Levanto-me e sinto o edredom acetinado acariciar minhas pernas nuas. Ainda estou usando minha calcinha e um colete preto com estrelas coloridas bordadas. Ao me lembrar da noite passada, sinto meu coração se aquecer.

"O que Marc tem em mente para hoje?", tremo só de pensar nas possibilidades.

Sobre o baú marrom que fica no canto do quarto, vejo algumas roupas dobradas e peças íntimas – minhas. Sorrio.

Marc recebeu as roupas que enviei do meu quarto na universidade logo após o incidente com Giles Getty e preparou um quarto em sua casa para guardar minhas coisas. Lá há também uma cama, na qual, evidentemente, nunca dormi.

Sempre fico no quarto de Marc. Em algumas manhãs, acordo e encontro Marc deitado ao meu lado, observando-me atentamente, como se eu fosse feita de uma delicada porcelana chinesa e estivesse prestes a romper em mil pedaços. Em outros dias, Marc levanta-se antes de mim e deixa minhas roupas separadas. Nós nos encontramos na cozinha para o café da manhã.

Quando acordo e sinto a cama vazia ao meu lado, estranho um pouco. Acho que, no caso de Marc, deixar-me dormindo sozinha é um hábito adquirido na época em que ele não conseguia se entregar a ninguém, quando precisava estar absolutamente no controle de tudo. Agora, porém, ele consegue relaxar comigo, ao menos na maior parte do tempo.

Estou a ponto de sair da cama quando a porta do quarto range e tenho a visão do peito nu de Marc, que usa apenas uma calça de moletom cinzento.

Ele traz uma bandeja de prata, e seus cabelos castanhos aparentam estar úmidos. Quando se aproxima, sinto os aromas de xampu e colônia.

– Acordada às 7 horas – Marc dá um de seus sorrisos fatais, daqueles que fazem a audiência feminina de seus filmes ficarem com as pernas bambas. Seus dentes brancos e perfeitos e sua boca, o modo como seus lábios se curvam de maneira tentadora, são tão... Não tenho palavras, mas digamos apenas que seu sorriso provoca coisas em mim.
– Sua rotina é muito previsível, srta. Rose.

– Marc, eu ainda não tomei banho.

Estou me sentindo sonolenta e suja e gostaria de ao menos escovar meus dentes antes que ele se aproxime mais. Quando acordamos juntos, não me importo com esses detalhes, mas, se ele já aparece de banho tomado, quero estar apresentável também.

– Gosto de encontrá-la antes que você tome seu banho – Marc coloca a bandeja na beirada da cama. A voz rouca dele me acerta em cheio.
– Adoro o seu cheiro. Quero que você tome um bom café da manhã. Preciso que você esteja preparada para o dia de hoje.

– Ah, é? – pergunto, erguendo uma sobrancelha. – E para quê?

– Que graça teria se eu contasse para você? Coma.

Na bandeja, há uma tigela de mingau coberta com pedaços crocantes de bacon, xarope de bordo e sementes de abóbora. Há também um prato de ovos beneditinos decorados com um pequeno ramo de salsa, sob uma tampa de vidro. Uma tigela de morangos frescos com iogurte completa o cardápio. Que delícia! Há muito o que comer.

Ao lado dos ovos beneditinos repousam dois pequenos copos de cristal; um com suco de toranja e outro com um ramo de hera.

Sorrio ao ver a hera.

– Você colheu isto no seu jardim?

– *Seu* jardim – responde Marc, ajeitando meus cabelos sobre meus ombros, sentando ao meu lado na cama. – Não há dúvida sobre a quem ele pertence agora.

Sorrio mais uma vez.

– Adoro ficar ao ar livre. Há tanta coisa que eu gostaria de fazer ali.

– Faça uma lista com as mudas de plantas e os equipamentos que você precisa e eu vou pedir a Rodney que cuide disso. Termine seu café.

– Toda esta comida está com uma cara ótima, mas... Tem muita coisa. Não sei se conseguirei comer tudo.

– A noite passada foi longa e você precisa recuperar suas forças. Tenho planos para esta manhã. Planos que exigem energia – Marc levanta uma sobrancelha.

Meu coração quase para quando penso nos "planos" sobre os quais ele havia falado na noite passada. Quando me acalmo, puxo a bandeja para perto de mim. Pego uma colher de prata com cantos quadrados e mergulho-a no mingau.

– Hummm... – digo ao experimentar o primeiro bocado, percebendo o quanto estou faminta. – Delicioso!

O mingau está coberto por uma morna e cremosa camada de xarope de bordo. Parece mais com uma sobremesa do que com um alimento adequado para o café da manhã, mas era exatamente disso que eu precisava. Marc está certo – ontem foi um dia de muita agitação, muito gasto de energia, de um modo ou de outro.

– Prove o bacon – sugere Marc, oferecendo uma tira crocante.

– Nunca comi bacon com mingau – admito. – Fica bom?

– Melhor do que você possa imaginar.

Marc leva um pedaço de bacon à minha boca e eu dou uma mordida. Ele está certo, é claro. O sabor do bacon casa perfeitamente com o mingau e o xarope de bordo. Dou outra mordida, abocanhando um pedaço próximo aos seus dedos.

– Seja cuidadosa, srta. Rose – avisa Marc com um sorriso.

– Você pode me machucar, mas eu não posso fazer o mesmo? – pergunto em tom de brincadeira.

– Não machuquei você. Apenas testei seus limites para aumentar o seu prazer – responde Marc, olhando fixamente para mim. – Vou colocá-la em meu colo e lhe darei algumas palmadas assim que tiver oportunidade. Você sabe o motivo?

– Não, qual é? – pergunto, engolindo um pedaço de bacon.

– Por que isso faria você gozar várias vezes seguidas...

– Como você poderia saber disso?

– Posso ver isso em seus olhos agora mesmo. Pelo modo como seu pescoço e seu peito coraram e como sua voz ficou um pouquinho mais aguda. Mas tenho algo planejado para hoje que é um pouco mais do que apenas algumas palmadas. Acredite em mim, encomendei uma corda de seda especialmente para a ocasião...

Ah, meu Deus. Meu desejo está estampado em minha cara, eu sei. Parte de mim odeia o fato de Marc conseguir me excitar tão facilmente, apenas falando sobre algumas palmadas e a possibilidade de me atar com uma corda de seda.

Não consigo imaginar se eu me sentiria tão atraída por todo esse sexo sujo e subversivo se não tivesse encontrado Marc ou se gosto de tudo isso *exatamente* por causa de Marc. Eu o amo e adoro os sentimentos que ele desperta em mim.

Agora que estamos juntos, eu o amo tanto que, às vezes, mal consigo respirar. Quando fazemos amor, sinto como se fôssemos uma única pessoa. Confio plenamente nele. Totalmente. Quero ser parte dele para sempre. O fato de ele ter prazer em me dominar, e de eu adorar ser dominada por ele, bem... prova o quanto fomos feitos um para o outro.

Ouço um *bip* e vejo uma luz piscando através do tecido da calça de Marc.

Ele franze a testa e pega o celular em seu bolso, conferindo a tela do aparelho.

Também franzo a testa ao ver sua expressão tornar-se séria repentinamente, muito distante daquele sorriso belo e sexy que ele me dera ao entrar no quarto.

– Marc?

Ele não responde. Em vez disso, seus olhos percorrem a tela rapidamente.

– Está tudo bem, Marc?

Marc ainda não fala nada.

– Termine o seu café da manhã. Preciso resolver isso. Estarei de volta em breve – diz ele, enquanto sai do quarto.

Meio perdida, olho para a porta que acaba de ser fechada, tentando entender que diabos está acontecendo.

Capítulo 10

E fico olhando a porta por um tempo, sentada na cama, tentando decifrar qual seria a mensagem que Marc havia recebido. Após alguns minutos, porém, o cheiro delicioso do café da manhã me chama de volta. Ainda estou com muita fome.

Deus, estou faminta! Faminta de verdade. Volto a comer o mingau com as fatias de bacon crocante, sentindo o xarope de bordo e os cremosos pedaços de aveia se dissolvendo em minha boca.

Depois que acabo o mingau, pego o prato com os ovos beneditinos e começo a comê-los com o garfo e a faca de prata. Uau! Os ovos e o molho holandês estão muito saborosos e o contraste entre o presunto salgado e os bolinhos ingleses doces deixa tudo delicioso. Não acreditava que seria capaz de comer todo o prato ao começar, mas consigo terminá-lo facilmente, molhando meus bolinhos no molho holandês.

Termino de comer os morangos com iogurte, saboreando também o suco de toranja mais fresco e saboroso da minha vida.

Como sempre, Marc sabe exatamente o que desejo e o que é melhor para mim.

Ao terminar, coloco a bandeja de lado e deito-me novamente, sentindo o colchão firme da cama de Marc. Sinto-me relaxada e feliz após tanta comida, mas, em seguida, os pensamentos começam a girar em minha mente. Por que aquela saída tão repentina?

Não posso nem imaginar que Marc tenha voltado a seus velhos hábitos obscuros. Somos muito próximos agora. Meu coração me diz para não me preocupar – ao menos não com o rosto carregado de Marc.

Minha cabeça, por outro lado, começa a analisar todos os motivos pelos quais eu e Marc estamos juntos. Afinal, ele poderia ter a mulher que desejasse.

Eu me lembro de ver retratos de Marc com lindas modelos e atrizes de Hollywood em seus braços. Obviamente, essas coisas ocorreram antes de estarmos juntos. Deus sabe como eu preferiria não ter visto essas fotos. Comparada a essas mulheres, não sou nada.

"Pare com isso, Sophia. Desse jeito você vai enlouquecer", penso.

Aperto meus olhos com força tentando afastar esse horrível sentimento de insegurança. Às vezes, porém, vindo de onde vim, é difícil acreditar que estou aqui, na casa de um ator milionário e lindo de morrer. Ah, e também não posso me esquecer de que sou a estrela principal em um musical em West End, ao lado de Leo Falkirk.

Deus, a vida pode ser uma loucura.

Ouço o som alto de passos subindo as escadas. A porta do quarto se abre; Marc se aproxima de mim, correndo o dedo pelos cabelos.

– Marc? – pergunto, enquanto me sento.

– Sophia, tenho algumas coisas a resolver. Acho que seria melhor se você fosse passar alguns dias com seu pai.

– Eu vou me encontrar com ele amanhã, depois da apresentação da véspera de Natal. Leo e eu estávamos planejando ensaiar algumas canções hoje, você se lembra?

A expressão de Marc fica mais carregada. Ele anda de um lado para o outro e, então, vira-se para mim.

– Tudo bem, mas, assim que a peça acabar hoje, você vai diretamente para a casa do seu pai. Keith a levará até lá e eu mandarei suas coisas hoje mesmo.

– Marc, o que está acontecendo?

– Nada com que você deva se preocupar. Mas é melhor que você fique lá por uns dias. Que horas você combinou de se encontrar com Leo?

– Nem combinamos, não marcamos uma hora. Você conhece Leo, ele é o tipo de pessoa que nunca marca as coisas com muita antecedência.

– Ligue e veja se ele pode se encontrar com você dentro de uma hora. Se ele puder, eu mesmo a levarei ao teatro e você ficará ali até a hora do início do espetáculo – Marc começa a andar de um lado para o outro novamente.

– Marc, isso é uma loucura. Você *quer* que eu passe o dia com Leo? Ontem à noite você parecia estar morrendo de ciúme dele e...

– Ciúme? – Marc ergue as sobrancelhas. – Eu, com ciúme de Leo Falkirk? Por acaso tenho motivos para sentir ciúmes? – a voz dele soa baixa e grave.

– Não. Claro que não.

– Protejo você quando outros homens se mostram inconvenientes – diz Marc, trincando os dentes. – Especialmente homens irresponsáveis. Não gostei de ver Leo com as mãos em você na noite passada e não quero pensar nele sendo amigável com você em seu camarim, longe de todos. Qualquer coisa poderia acontecer.

Eu rio.

– Mas não vai acontecer nada.

– *Você* pode não ter intenção alguma, mas o sujeito, sim.

– O que você quer dizer com isso?

– Quero dizer que tudo o que sei sobre Leo Falkirk é que ele é um menino no corpo de um homem. Não confio que ele vá agir de forma responsável.

– Bem, eu confio – respondo, ficando em pé. – Ele é uma boa pessoa.

Marc aproxima-se da cama.

– Se ele a tocar contra a sua vontade, vou matá-lo!

Sinto os dedos de Marc tocando meus cabelos, mas afasto sua mão.

– Ele não faria isso. Já disse isso a você.

Marc franze a testa.

– E você o conhece tão bem assim? – esta é uma pergunta perigosa.

– Bem o suficiente para saber que ele jamais me machucaria – respondo.

Silêncio. Demoro uns segundos para perceber que Marc poderia entender essas palavras do modo errado e, nesse momento, reparo na dor em seus olhos. Tarde demais. Eu o perdi, pelo menos naquele momento.

– Marc...

– Ligue para o Leo e veja se vocês podem se encontrar agora. Você precisa deixar esta casa o mais rápido possível. Tenho muitas coisas a resolver.

Sinto-me mal.

– Não foi isso o que eu quis dizer... Sobre me machucar... Você tocou partes de mim que ninguém jamais tocou.

Marc se afasta de mim.

– Vou deixá-la para que se arrume e que faça sua ligação. Seu telefone está sobre a penteadeira – ele se afasta e, perto da porta, continua. – Telefone para mim assim que chegar ao teatro para que eu saiba que está tudo bem com você.

– Marc – chamo, tentando não choramingar –, o que está acontecendo?

Marc se vira para mim e reparo em seu belo perfil. Deus, ele é tão lindo. Tão carismático. Ouço aquela voz horrível novamente – a voz da minha paranoia: "Ele está se cansando de você. É isso que está acontecendo!"

– Não foi nada que você tenha feito – afirma ele, sem me olhar diretamente. – Apenas... Confie em mim, isto é o melhor a fazer neste momento. É o meu modo de mantê-la segura.

Marc faz menção de sair.

– Espere – peço, tentando fazer com que fique e sentindo lágrimas começando a brotar em meus olhos.

– Conversaremos mais tarde.

Marc deixa o quarto e bate a porta.

Capítulo 11

Tomo banho e me visto com um turbilhão de pensamentos desagradáveis em minha mente. Algo estranho está acontecendo – estranho mesmo. E odeio não saber o que é.

Quando termino, ligo para Leo e pergunto se pode me encontrar o quanto antes.

Leo confirma, entusiasmado, e diz que levará rosquinhas e café para o teatro.

Desço as escadas e encontro Keith me esperando no vestíbulo, vestindo seu uniforme completo de chofer, com boné cinzento. Ele toca a aba quando me vê.

Meu cabelo ainda está molhado. Até que seque, vou ficar parecendo uma mulher das cavernas. Mas, se eu usar o secador, os fios ficarão ainda mais rebeldes.

– Bom dia, srta. Sophia – Keith me cumprimenta.

Eu sorrio.

– Bom dia, Keith. Mas, como deve se lembrar, para você sou apenas Sophia.

– Eu sei, estou brincando. Acredito que terei o prazer de levá-la ao teatro hoje, não é?

É estranho ver Keith na casa de Marc. Só havia me encontrado com ele no carro ou na garagem, mas imagino que ele deva entrar na casa com frequência. Marc não é do tipo que deixa os empregados esperando por ele em garagens frias.

"Um patrão muito fiel." Não foi isso que Keith disse a respeito de

Marc? Leal à Denise, por cuidar dela todos esses anos. Aos seus alunos. À faculdade. Eu mesma fui testemunha.

"Será que ele pretende me pedir em casamento apenas por fidelidade?", pergunta uma voz fininha e malvada dentro da minha cabeça. "Talvez ele acredite que arruinou minha reputação e agora precisa fazer a coisa certa."

Deus, o que há de errado comigo hoje?

– Marc quer que eu vá, então acho que é para lá que vamos – respondo, tentando sorrir.

– Você não parece ser do tipo de garota que faria tudo que Marc diz. Aliás, tenho certeza que essa é uma das razões pela qual ele está tão apaixonado. Você sabe o que quer.

– A maior parte do tempo – rio. – Mas é fácil perder a cabeça quando Marc está por perto.

Descemos à garagem. Meu cérebro ainda funciona a 150 quilômetros por hora.

Quando deixamos a casa, eu me viro para olhar os seguranças usando ternos escuros ao lado do portão.

– Você sabe por que os seguranças estão ali? – pergunto a Keith quando passamos por eles.

– É intrigante – responde Keith, chegando à movimentada rua principal. – Eles não estavam aqui quando cheguei. Tenho certeza de que não há com o que se preocupar. Marc é do tipo que prefere prevenir do que remediar.

– Er... Keith... – digo. – Não estamos indo no sentido errado?

– Ordem de Marc – responde Keith. – Faremos um caminho diferente para o teatro de agora em diante.

– Ah... – hesito, roendo as unhas. – Keith, o que está acontecendo? Marc queria que eu saísse da casa o quanto antes. E aí apareceram todos esses seguranças no portão, e ele manda você seguir um caminho diferente... Eu achava que a casa era segura...

– Se eu aprendi algo ao longo dos anos, é que Marc sempre tem boas intenções em suas ações.

– Se você tem certeza...

– Ah, tenho sim – garante Keith com os olhos enevoados. – Há alguns anos, quando comecei a trabalhar para Marc, ele me pediu para fazer um trajeto estúpido para chegarmos a uma estreia. Ele parecia bastante distraído lendo um roteiro no banco de trás, e eu pensei, "Marc não conhece Londres como eu. Vou pelo caminho mais curto e depois ele vai me agradecer por economizar tempo". Então, fiz o caminho que escolhi, e adivinhe o que aconteceu? A rua estava tomada pelos *paparazzi* e passamos uma hora presos em um engarrafamento, com fotógrafos batendo nos vidros do carro. Certamente Marc sabia que os *paparazzi* estariam lá. Ele havia planejado a volta, mas eu pensei que conhecia um caminho melhor.

– Marc ficou brabo? – pergunto.

– Não. Ele só disse que era uma lição para que eu sempre confiasse nele no futuro. E foi o que fiz desde então.

Capítulo 12

Quando chegamos ao teatro, Keith estaciona exatamente na porta de entrada do palco, e, assim, ficamos a centímetros dos seguranças. Ele sai do carro e confere a identificação de todos. Só então me deixa sair.

Ainda sinto medo quando vejo a entrada para o palco, mas, aos poucos, estou aprendendo a deixar o passado para trás.

– Obrigada, Keith – agradeço, saindo do carro.

– Marc pediu para pegar você depois do espetáculo de hoje à noite – diz Keith. – E levá-la direto à casa do seu pai.

Roo as unhas novamente.

– Marc estará com você, quando vier me pegar?

– Ele não mencionou. Mas não se preocupe. Tenho certeza que não a deixará fora de vista muito tempo. Nunca o vi tão fascinado por alguém e já o conheço há muitos anos.

Dentro do teatro, vou direto ao auditório e encontro Leo descansando no palco, com uma xícara de café fumegante em uma das mãos e uma rosquinha na outra. Em uma caixa ao seu lado, há mais rosquinhas, cobertas de glacê amarelo, marrom e cor-de-rosa.

– Estrela da minha vida! – Leo gesticula, indicando que eu me acomode ao seu lado. – Trouxe um café expresso para você. Pensei que poderia ajudá-la a despertar.

– Obrigada – eu me sento no palco e pego o pequeno copo de café, envolvendo-o com meus dedos o papelão aquecido.

– Quer uma rosquinha? Trouxe uma em forma de coração, só para você – Leo empurra a caixa em minha direção com os pés, usando sandálias de dedo. Seus pés são bronzeados e parecem um pouco malcuidados, pés de surfista.

Eu penso no que Marc disse pouco antes, sobre Leo ser um irresponsável. Posso até acreditar que, quando Leo era um ator adolescente, tenha sido um pouco descuidado. E ainda é, um pouco. Mas isso não o torna má pessoa.

Eu nego com a cabeça.

– Obrigada, mas já tomei café da manhã.

– O café da manhã do amor, hein? – pergunta Leo, mordendo um pedaço de sua rosquinha.

Eu não respondo.

– Opa. Vocês estão com problemas de novo?

– Acho que não – respondo. – Mas *alguma coisa* está acontecendo.

– E isso tem algo a ver com todos os seguranças extras ao redor do teatro hoje? – pergunta Leo. – Eles me revistaram mais cedo, antes que me liberassem para entrar. Precisei dar uma senha estúpida quando passei pela porta e também mostrar minha licença de motorista.

Eu rio.

– O que está acontecendo? – pergunta Leo.

– Ah, bem que eu gostaria de saber!

Bebo um gole de meu café e estremeço. Está muito forte para mim, mas a cafeína é bem-vinda.

Eu deveria amar café forte, já que venho de um lar italiano, mas não gosto. Minha mãe adorava café expresso. Lembro de vê-la comprar uma enorme máquina prateada de café para a cozinha da nossa casa. "Sinto falta de café italiano *de verdade*", ela costumava dizer. Acho que mamãe usou a máquina apenas uma vez. Depois disso, ficou juntando poeira no topo dos armários, assim como a tostadeira, a máquina de sorvete e vários outros eletrodomésticos.

– Você está linda esta manhã, Sophia – diz Leo.

Eu coro.

– Leo...

– Ora, vamos. Você sabe que é bonita, com esse jeito natural que você tem, com grandes olhos arredondados como um personagem de desenho animado e seu jeitinho doce, mas firme. Você já deve ter ouvido isso de um milhão de homens.

– Não mesmo – tomo outro gole de café e estremeço novamente.

– Está muito forte para a Senhorita Inocência? – sorri Leo.

– Quem disse que ainda sou tão inocente?

– Eu disse – afirma Leo. – Mas... Bem, você namora com Marc Blackwell, então não pode ser tão doce e inocente. E se vocês estão com problemas de novo...

– Não estamos com problemas. Aliás, preciso ligar para ele. Eu prometi que ligaria para dizer que cheguei bem – apanho meu celular, mas, antes que possa ligar, Leo o arranca de mim.

– Leo! – grito. – Devolva!

– Não. Não vou deixar você checar o celular de cinco em cinco minutos para saber se o príncipe encantado ligou. Vou ficar com ele até terminarmos os ensaios.

– Leo, eu prometi que...

– Não, Sophia, falei sério. Não vou ensaiar com alguém que está o tempo todo distraída.

– Deus! – balanço a cabeça irritada. Não tenho um irmão mais novo, mas começo a entender como é. – Leo, devolva meu celular. Eu prometi para Marc. Ele vai se preocupar.

– Ele deveria. Você está comigo.

– Devolva meu celular, Leo – tento arrancá-lo das mãos dele, mas Leo ergue os braços.

Ora, que brincadeira sem sentido! Eu me levanto e empurro-o até que ele perca o equilíbrio. Terminamos caídos no chão, comigo em cima dele tentando recuperar meu celular.

– Tudo bem, tudo bem! – Leo ri, com seus longos braços esticados para manter o celular fora do meu alcance. – Vamos fazer um acordo. Você pode pegar o celular para ligar para seu namorado superprotetor.

Mas depois fico com ele durante o ensaio, certo? Não quero você olhando o celular o tempo todo. Distrai.

– Temos um acordo, então – concordo, recuperando o fôlego.

Leo me entrega o celular.

– Deixe-me ajudá-la – ele me toma em seus braços, ajudando-me a sentar, e eu passo pelo colo dele no processo.

Por um momento, nossos rostos se aproximam e sinto os músculos rígidos do braços dele e seu dorso esculpido.

– Srta. Rose, a senhorita está corando! – diz Leo.

Saio de seu colo envergonhada por realmente estar ficando vermelha bem na frente dele. Dou as costas para Leo e ligo para Marc, ainda sem fôlego pela briga.

– Sophia! – Marc atende no primeiro toque.

– Eu estou no teatro. Chegamos e está tudo bem – digo. Olho por cima dos ombros. – Leo está comigo.

– Eu sei – diz Marc em voz mais baixa, com tom de presságio.

– Você sabe?

– Estou monitorando você o tempo todo. Pela sua segurança.

– Ah... – engulo em seco, pensando na situação que Leo e eu acabamos de viver e rezando para que Marc não tenha visto nada pelo circuito de câmeras de segurança ou algo assim. – Então... Por que você pediu para eu ligar?

– Eu não brinco quando sua segurança está em jogo, Sophia – responde Marc. – Queria ter certeza de que tudo estava bem.

– Você vai me dizer o que está acontecendo? – pergunto.

– Talvez nada, Sophia. Não quero deixá-la preocupada. Mas, enquanto não sei o que está acontecendo, é melhor que você não fique em minha casa. É tudo que posso dizer no momento.

Silêncio. Quero dizer que o amo e sinto falta dele. Que mal posso esperar para que ele me toque novamente. Que não suporto a distância. Mas estou tão assustada com sua raiva e frieza repentinas que apenas pergunto:

– Quando vamos nos encontrar?

– Logo, eu prometo.

Ouço um bipe, e a ligação cai.

– Agora me dê o celular – diz Leo, levantando-se. – Tínhamos um trato, lembra?

Suspiro.

– Tudo bem – relutante, entrego o aparelho.

Leo agarra o celular com firmeza.

– Vou colocá-lo em algum lugar fora do seu alcance. Assim, você presta atenção em mim, e somente em mim.

Capítulo 13

Eu e Leo passamos o dia ensaiando, tomando café e chocolate quente. Pedimos sanduíches frescos de presunto e bolo de uma lanchonete do Soho e conversamos sobre coisas sem nenhuma importância.

Na hora do jantar, vamos ao China Town e comemos panquecas crocantes de pato, yakimeshi e bife ao molho de feijões pretos.

Dois seguranças nos seguem e esperam fora do restaurante enquanto jantamos. Ainda assim, temos uma noite agradável.

Leo me conta sobre como foi que se transformou num famoso astro do cinema e sobre todos os trabalhos que teve antes de sua carreira deslanchar, que foram de vender pranchas de surfe a preparar sucos em um bar. Ele fala sobre a mãe, uma artista, e conta que seu pai foi prefeito da cidade por algum tempo.

Eu conto pouco sobre minha família e sobre minha mãe, que morreu quando eu era pequena.

Quando Leo pergunta novamente sobre o motivo de toda aquela segurança extra, eu me sinto tentada a contar sobre Giles Getty e o sequestro, mas algo em mim não permite que as palavras saiam. Não estou pronta para falar sobre o que aconteceu. Ainda não.

Jen sabe que algo ocorreu, mas não conhece os detalhes. Após o sequestro, liguei para dizer que algo ruim havia acontecido no teatro e que estava muito assustada para enfrentar a noite de estreia. Ela não está a par de nada além disso e me conhece a ponto de saber que deve esperar até que eu esteja preparada para contar mais.

O que Jen sabe, com certeza, é que Marc insistiu para que eu ficasse na casa dele, para cuidar de mim. Contei sobre todos os terapeutas que Marc me fez ver e, para ela, saber que eu estava sendo bem cuidada foi o suficiente.

Não nos esforçamos muito durante o ensaio, pois sabemos que teremos outra grande performance à noite.

Quando chega a hora do espetáculo, já ensaiamos muito, mas estamos cheios de energia e em forma. A plateia gostou de nossa interpretação e corrigimos tudo que não funcionou na noite de estreia.

Como sempre, o tempo voa enquanto atuo e, antes que perceba, eu e Leo já estamos agradecendo e deixando o palco.

Tenho esperanças de que Marc esteja me esperando nos bastidores, mas não está. Quem aparece é Keith, o que me deixa surpresa.

– Keith, por que você está aqui? – pergunto, erguendo as saias do meu figurino para poder andar rapidamente na direção dele.

– Vim buscá-la.

– Marc não veio? – pergunto, hesitando.

– Não, desculpe. Eu sei que não o substituo.

– Ora, é ótimo ver você – digo. – Obrigada por vir me buscar.

Leo aparece ao meu lado.

– Onde está o príncipe encantado?

– Eu esperava vê-lo. Mas... acho que teve suas razões para não aparecer.

– Se você fosse minha namorada, eu a esperaria no fim de cada espetáculo.

Dou uma olhada para ele, erguendo a sobrancelha.

– Eu não duvido. Você parece o tipo que estaria lá nas primeiras noites, com o maior buquê de flores que conseguisse encontrar, até que uma bela noite, entediado, começaria a ficar amiguinho das outras moças do elenco.

Leo ri.

– Você é malvada!

– Você pode me devolver o celular?

Léo faz uma careta.

– Claro, está no meu camarim. Vou buscá-lo para você.

Capítulo 14

Não há ligações perdidas ou mensagens de texto no meu celular, por isso não posso deixar de imaginar que existe alguma coisa bem séria acontecendo. Por que Marc não havia me ligado, mesmo que fosse só para saber se estou bem?

Mantenho o celular no meu colo durante todo o caminho para a casa do meu pai, mas ele não toca nem pisca. Quando nos aproximamos da cidade, o sinal vai ficando cada vez mais fraco, até que o indicador digital fica entre o mínimo e o "sem serviço". O conselho da cidade fez uma campanha para que uma torre de transmissão fosse instalada em nossa região e, desde então, só há sinal quando o vento sopra em uma direção específica.

– Keith – pergunto, assim que chegamos à casa de meu pai –, Marc lhe deu alguma pista do que está acontecendo?

– Não exatamente. Tudo que sei é que ele está reforçando a segurança hoje. Fui sobrecarregado por mensagens com novas senhas e procedimentos.

Estou a ponto de sair do carro quando Keith levanta as mãos para me parar.

– Espere aí, mocinha. Eu devo escoltá-la até a porta. São as novas regras.

– Tudo bem.

Começo a me sentir realmente ansiosa, com toda essa segurança e o fato de Marc não me ligar. Quando estamos separados, meu corpo anseia pelo dele, e saber que estaremos afastados hoje à noite... quase me machuca. Preciso ligar para ele.

Keith se aproxima para abrir a porta do carro e, assim que a abre, percebo um brilho de luz na escuridão que cerca o jardim.

— O que foi aquilo? – suspiro.

— Seguranças – responde Keith, ajudando-me a sair. – Eles cercaram o perímetro da casa do seu pai e montaram postos de segurança nas ruas que dão acesso a casa. Uma qualidade das cidades do interior é ter ruas de fácil monitoramento. Nada parecidas com as de Londres.

Deixo o carro ligeiramente trêmula. Keith fecha a porta atrás de mim.

— Tenho certeza de que não há com o que se preocupar. Mas é sempre melhor prevenir.

Eu aceno com a cabeça e sigo pela trilha de pedras que leva até a casa. Está escuro e lembro que meu pai não faz ideia de que estou chegando esta noite. Depois de um dia tão estranho, e com meu celular confiscado por Leo, esqueci completamente de avisá-lo.

Bato de leve na porta e espero que me atenda.

Silêncio.

— Está tudo bem? – pergunta Keith.

— Parece que não há ninguém em casa – respondo confusa.

— Talvez estejam dormindo.

— Não o meu pai. Ele trabalha em turnos como motorista de táxi. Sempre dorme tarde e, geralmente, fica acordado até as 3 ou 4 horas. Pode ser que esteja trabalhando, mas não costuma trabalhar até esta hora durante a semana.

Bato novamente, estremecendo com o barulho na escuridão.

Dentro da casa, escuto um ruído surdo e Sammy começa a chorar.

— Oh... – sussurro.

A porta abre rangendo e vejo meu pai, sonolento e com os olhos turvos.

— Pai? Você estava dormindo?

— Ah, olá, querida. Não percebi que já era véspera de Natal.

Agora sei que há algo errado.

— Não é véspera de Natal – digo, olhando para Keith. – Estou um dia adiantada. Minhas malas não chegaram ainda?

Meu pai coça a cabeça.

– Ah, realmente, chegaram, sim. Mas pensei que fossem seus presentes.

Ele pisca e percebo que seus olhos não focam direito.

– Você andou bebendo?

Meu pai pisca novamente.

– Só um pouco de cerveja.

Dirijo-me a Keith.

– Muito obrigada pela carona. Eu estou segura agora, de verdade.

Keith olha para meu pai.

– Você vai ficar bem aqui?

– Sim, absolutamente. Não se preocupe comigo. Volte para a sua família.

– Se você tem certeza...

– Ah, sim, tenho. Pode ir. Vá para casa.

Keith hesita, mas logo concorda com um gesto.

– Bem, se você está certa... Há muita segurança por aqui. Ligue-me se precisar de algo, por favor. Chego aqui em meia hora.

– Tudo bem, obrigada.

Keith volta para o carro. Eu me viro e olho para meu pai.

– Venha. Vamos entrar e você me diz o que está acontecendo.

Capítulo 15

A casa está às escuras, e a luz prateada da Lua transforma os sofás em assustadores volumes disformes e sombrios. Sinto cheiro de cerveja velha e meias sujas e percebo algo nesta casa que não sentia há muito tempo... Não desde que minha mãe morreu.

Tristeza.

Sammy ainda espera, mas meu pai não parece perceber.

Meu coração fica apertado enquanto caminho pela casa e esbarro em garrafas de cerveja e montes de roupa suja.

– Papai, o que está acontecendo?

Os gemidos de Sammy diminuem até virarem um choro baixinho. Então ele fica quieto e imagino que caiu no sono novamente.

Volto-me e vejo o rosto pálido e amassado de meu pai sob o luar. O cabelo está todo desarrumado. Os olhos estão vermelhos e, agora que o vejo tentando andar, percebo que está um pouco bêbado. E ele está com aquela postura, do mesmo jeito triste e derrotado de quando minha mãe morreu.

Uma onda de tristeza quase paralisa meu coração quando lembro aquela fase horrível. Meu pai, bebendo muito, sem cuidar de si, deprimido o tempo todo. A casa que havia se transformado em um caos. Eu, lutando para lidar com a situação e manter a família unida, enquanto tentava preencher o enorme buraco que minha mãe deixara.

Ainda sinto falta dela, mesmo agora. Não há muitos dias em que não pense nela, de uma forma ou de outra.

– Tudo está bem, minha querida – insiste meu pai, com palavras doces e cansadas. – Você me acordou, é só isso.

Ouvimos um tilintar quando ele tropeça em uma garrafa de cerveja, e continua tropeçando até conseguir se firmar em pé.

– Não, não está.

Acendo a luz e logo me arrependo. Não tenho certeza se alguma vez vi a casa com um aspecto tão horrível. Pilhas de roupas em todos os cantos; um balcão coberto por louça suja; há até mesmo algumas moscas voando ao redor da lata de lixo, o que me deixa atônita. Estamos no inverno - onde existem moscas nessa época?

Há uma garrafa vazia de uísque em cima da mesa de jantar, e garrafas e latas de cerveja também vazias estão espalhadas no chão, alinhadas ao redor da poltrona do meu pai.

– Ah, papai...

Viro-me para ele e percebo como sua aparência está ruim. Aqueles olhos turvos tem um vermelho intenso sob a luz das lâmpadas. Sua pele está pálida e cansada, e ele veste as mesmas calça e camisa que estava usando na festa.

– Você usa essas roupas para dormir?

– Sim – meu pai coça a cabeça. Ele segue o meu olhar para sua camisa suja. – Eu estava cansado demais para trocar de roupa. Foi... um dia longo.

– E estava cansado ontem e anteontem, pelo que parece. Onde está Genoveva?

– Ela está descansando.

– Pai – cruzo meus braços –, você vai me dizer o que está acontecendo ou eu terei de forçá-lo?

Meu pai suspira e joga-se no sofá.

– Genoveva foi embora – conta ele, pegando uma lata vazia de cerveja do chão, em uma tentativa frustrada de beber mais um pouco. Demora alguns segundos até que perceba que está vazia e joga-a novamente no chão.

A lata rola até meus pés e eu a apanho.

– Sammy está engatinhando no meio desta bagunça?

– Não – meu pai coça os olhos. – Uma moça da cidade tem tomado conta dele durante o dia, enquanto trabalho. Ela não é ruim. Cobra pouco e ele parece muito feliz com ela. E este lugar não está tão mal.

– Não está tão mal? – tento enfiar a lata na lixeira lotada, mas desisto e coloco-a em cima do armário grudento da cozinha. – Pai, está horrível! Você não pode cuidar de Sammy em um lugar assim. Genoveva sabe desta bagunça?

– Eu... Ela não atende minhas ligações. Eu fico achando que ela vai entrar pela porta. Mas já faz uma semana...

– Ah, pai – vou para trás da poltrona e ponho meus braços em seus ombros. – Por que você não me contou? Eu teria vindo e ficado. Eu ajudaria.

– Você não podia, minha querida. Andava muito ocupada com a peça e todo o resto.

Abraço-o com mais força.

– Desculpe-me. Eu devia ter ligado. Eu estava... – lembro daquela semana difícil depois de todo o caso Giles Getty. – Muito ocupada. Mas eu deveria ter me lembrado de você. Peço mil desculpas. Eu sabia que havia algo estranho na noite da festa, mas não imaginava que estava tão ruim. Você deveria ter dito algo, pois sabe o quanto você e Sammy são importantes para mim. Eu teria largado tudo para vir ajudar.

Meu pai abre um sorriso exausto.

– Foi exatamente por isso que não contei a você.

– O que aconteceu com Genoveva? – pergunto. – Vocês tiveram uma briga ou algo assim?

– Mais ou menos isso – meu pai suspira. Ele agarra outra lata vazia e começa a raspar o rótulo.

– Pai?

– Ela... está se encontrando com outra pessoa.

– Ai, não.

– É um médico que mora na cidade. É casado.

– Ah, não!

Meu pai balança a cabeça.

– Eu me sinto horrível pela mulher dele. Eles tem três filhos. São três corações machucados.

– E onde está Genoveva agora?

– Eu não sei. Ouvi dizer que está com ele. Em uma das suas casas. Só espero que retome a consciência e volte para nós. Sammy precisa dela. E eu também.

– Pobre Sammy. Ele não deve estar entendendo nada.

– Nem eu.

– Vai melhorar – digo, recolhendo as garrafas de cerveja. Acomodo-as ao redor da lixeira, como costumava fazer quando minha mãe morreu. – O tempo cura tudo.

– Ela vai voltar. Eu tenho certeza. Só precisa de tempo para perceber o erro horrível que está cometendo – diz meu pai e coloca o rosto entre as mãos.

Pouso a mão em seu ombro.

– Espero que sim, papai – mas, pensando bem, não consigo imaginar. Genoveva e meu pai brigavam, às vezes, mas ela nunca o havia abandonado. E com ela interessada em outro...

– Sammy sente muita falta dela. Por isso, sei que Genoveva não pode ter nos deixado de verdade. Ela nunca o abandonaria.

Não sei o que dizer a respeito. Verdade seja dita: sempre achei Genoveva um pouco fria. Tento ver o melhor das pessoas, mas Genoveva foi um desafio, muitas vezes. E agora, vendo meu pai tão triste, é um desafio ainda maior.

"Dois lados da mesma história", forço-me a lembrar. Mas, conhecendo Genoveva, talvez só exista um lado, dessa vez.

– Ah, papai – ponho meus braços em volta de seu ombro novamente. – Deixe eu preparar um leite quente para você e vou começar a limpar a casa.

– Não – meu pai balança a cabeça e se levanta. – Você deve estar exausta, veio de Londres. Nós dois vamos arrumar a casa amanhã, agora vá para a cama. Descanse um pouco. Nós deveríamos repousar.

A sua pele parece tão clara e fina que quase se enxerga através dela.

– Parece uma boa ideia – digo, sabendo muito bem que vou ter que insistir para que meu pai me deixe trabalhar amanhã. Ele mais atrapalha do que ajuda quando se trata de limpeza e, pelo seu olhar, ele precisa mesmo de um bom descanso.

– Vá dormir um pouco.

Capítulo 16

Depois que meu pai sobe as escadas, vou dar uma olhada no quarto de Sammy. Ele dorme em seu berço, com os bracinhos acima da cabeça.

Este era o meu antigo quarto e adoro que agora seja de Sammy. É perfeito para crianças, pois seu teto baixo torna difícil para os adultos se manterem de pé. Genoveva o redecorou, é claro, e não se parece em nada com meu antigo quarto. As pequenas fadas que pintei, perto da lareira, desapareceram e as lavandas que cultivei nas floreiras das janelas foram jogadas fora. A mobília antiga que eu e meu pai compramos no mercado de pulgas foi substituída por outra, branca e impessoal.

Observo Sammy dormir por alguns minutos, mas, assim que passo pela porta, uma tábua do chão de madeira range. Sammy resmunga e coça o nariz.

– Mamãe – chama, totalmente desperto.

Eu me aproximo do berço.

– Está tudo bem, Sammy – sussurro, tomada por uma raiva repentina de Genoveva. – Não se preocupe, tomarei conta de você enquanto sua mãe não vem.

Acaricio suas costas até que seus olhos se fechem e canto uma canção de ninar que minha mãe costumava cantar, *Somewhere over the Rainbow*. Logo Sammy dorme, e eu desço.

Quando chego à sala, ligo para Marc. Ele atende no primeiro toque.

– Sophia.

– Marc... está tudo bem? Você não ligou.

– Estou ligando há horas – vocifera Marc. – Por que seu celular estava desligado?

– Eu não desliguei o celular.

– Eu liguei ao menos vinte vezes. Em todas, recebia a mensagem de que o número estava indisponível. Eu estava perdendo a cabeça de preocupação. Até fui ao teatro, mas minha equipe de segurança me disse que você estava fora. Com Leo.

– Saímos para jantar – explico. – Foi apenas por uma hora, talvez um pouco mais.

– Não fosse pelo fato de minha equipe de segurança estar lá... Sophia, eu não teria conseguido encontrá-la.

De repente, lembro.

– Espere. Meu celular estava no camarim do Leo, nos fundos do teatro. Não há sinal lá. Então, não há como receber ligações.

– No camarim do Leo? – resmunga Marc.

– Ele confiscou meu celular – explico –, para que eu me concentrasse. Caso contrário, ficaria checando suas mensagens e ligações o dia inteiro.

– Ele pegou o seu celular? – Marc soava furioso.

– Quer dizer... Não foi assim, exatamente. Ele estava certo. Seria uma distração.

Escuto a respiração pesada de Marc.

– Marc?

– Nunca mais entregue seu celular para Leo.

Esfrego meus olhos, tomada de uma vez pelo cansaço.

– Marc, você está imaginando coisas.

– Vá dormir. Encontro você logo.

– Quando? – pergunto. – Amanhã é véspera de Natal.

– E você terá o dia inteiro livre. Até o seu espetáculo às 20 horas.

– Como você sabe disso?

– Porque sei seus horários.

– Como?

– Sophia, é meu trabalho cuidar de você. Você acha que não sei os horários dos ensaios e das apresentações?

– Sim, mas como?

– Alguém da minha equipe é ótimo em arrancar informações de computadores.

Suspiro.

– Você deveria ter me perguntado. Eu teria dito tudo que quisesse saber.

Marc ri.

– Como, por exemplo? Que você sairia para jantar com Leo Falkirk?

– Foi algo de última hora. Eu teria dito. Não era segredo – eu me jogo no sofá exausta. – Olhe, estou muito cansada para uma briga por causa de seu ciúme agora, certo? Estou em meio a uma crise familiar.

– O que está acontecendo? – pergunta Marc em tom de urgência.

– Genoveva foi embora. Meu pai precisa de cuidados.

– Você precisa que eu mande alguém? Do pessoal? Rodney?

– Não, está tudo bem. Meu pai detestaria ter estranhos pela casa neste momento, ele está muito triste. E precisa de sua família.

– Você é uma ótima filha.

– Só estou cuidando do meu pai, apenas isso. Como qualquer outra pessoa faria. O que você planejou para amanhã?

Uma pausa.

– Eu pensei em levá-la para fazer compras. Mas se seu pai precisa de você...

– Compras?

– Presentes de Natal.

– Já comprei todos os presentes, há meses. Gosto de antecipar as compras ao máximo – digo, mas não conto que, dessa forma, também sai mais barato.

Marc ri.

– Muito organizada! Mas não quis dizer *suas* compras. *Eu* quero comprar presentes para você e sua família.

– Ah, Marc – falo, encantada. – Isso é... muito amável. De verdade. Mas não se sinta obrigado. Minha família já se sente feliz em estar unida no Natal. E, para mim, passar com você esse dia será o melhor presente possível.

– Eu jamais sonharia em aparecer na sua casa sem presentes.
Sorrio.
– Eu entendo. Eu sentiria o mesmo, se fosse você – hesito. – Mas... como você pode comprar um presente para mim, se eu estiver com você?
– Muito simples. Você pode escolher o que quiser.
– Mas aí não será uma surpresa.
Marc ri.
– Esqueci. Você adora surpresas.
– Sim, eu gosto.
– Você gosta de me desafiar, não, srta. Rose?
– É você quem diz.
– Está bem. Surpresa, então.
Eu me derreto.
– Marc. Não compre nada muito caro, está bem? Não conseguiria comprar algo assim para você, então me dê algo simples.
– Eu não quero que você me dê presentes – responde Marc.
– Por que não?
– Não sei recebê-los.
– Mas eu quero dar um presente a você, oras. Ficarei feliz.
Marc faz uma pausa.
– Eu nunca a impediria de fazer qualquer coisa que a faça feliz.

Capítulo 17

Na manhã seguinte, acordo mais cedo que de costume, com o choro de Sammy. É um choro desesperado, um longo lamento que me corta o coração e logo me põe de pé.

Tropeço em brinquedos e toalhas espalhadas pelo corredor e entro no quarto de Sammy, para encontrá-lo de pé, uivando através das barras de proteção do berço.

– Sammy, Sammy... – murmuro com meu rosto pesaroso. – Por que tanto barulho?

Tiro-o do berço e suas mãos gordinhas agarram meu cabelo. Ele se acomoda no meu ombro, acalmando-se.

– Sammy?

Meu pai aparece de repente, de cuecas e camiseta.

– Está tudo bem, pai. Pode voltar para a cama. Vou preparar o leite do Sammy.

– Tem certeza, querida? – pergunta ele, coçando os olhos.

– Tenho certeza. Parece que você precisa de mais sono. Pode ir. Não tem problema.

– Você tem certeza mesmo?

– Mesmo.

– Bem, então acorde-me se precisar de algo.

– Sim, eu o acordo – concordo, sabendo que não o farei.

Levo Sammy até a janela. Ainda está muito escuro, mas o céu começa a se tornar cinzento com a proximidade da aurora.

– Olhe lá, Sammy! – digo. – O sol logo vai nascer. Já é véspera de Natal, não é emocionante? O Papai Noel vai lhe trazer muitos brinquedos.

Vejo alguém se mexer no jardim, com um faixo de luz, e me afasto da janela.

– Mas o que está... – seguro Sammy com força contra meu peito, com meu coração batendo mais forte. Quando olho com mais atenção, vejo que o vulto negro é um dos seguranças de Marc. – Nossa. Está bem, é só o segurança.

"Mas parecem muito ativos a esta hora da manhã. Espero que tudo esteja bem", penso.

Levo Sammy ao quarto de hóspedes, pego meu celular da mesa de cabeceira e ligo para Marc.

– Sophia... – a voz de Marc parece afiada e muito desperta, como se esperasse a minha chamada – Você acordou cedo. Está tudo bem?

– O Sammy me acordou. Está tudo bem, mas acabo de levar o maior susto ao ver um dos seus seguranças rondando a casa. Você vai me dizer o que está acontecendo?

– Já disse. Não é nada.

– Marc... – digo, com voz séria. – Apenas... Diga-me, por favor. Vou me preocupar mais se não disser. Algo a ver com Getty?

– Indiretamente.

Meu coração acelera.

– Ele foi liberado?

– Não, ainda está sob custódia.

– Ele está mesmo? – agora estou confusa. – Então, o que está acontecendo? E como é que tenho qualquer coisa a ver com isso?

– Tem a ver com... pessoas que ele conhece. Olhe, quero que você tenha um bom Natal. Não quero que fique ruminando sobre algo que, provavelmente, não tem importância. Apenas confie que estou cuidando de tudo e mantendo-a segura. Se após o Natal a segurança ainda for um problema, conto tudo. Tudo bem?

– Depois do Natal?

– Depois do Natal. Mas, até lá, quero que você esqueça que está cercada de seguranças.

– Isso vai ser muito difícil.

– Eu sei – ele faz uma pausa. – Como está seu pai?

– Ainda não sei. Mandei papai para a cama, para que eu possa cuidar de Sammy e da casa.

Quando menciono o nome de Sammy, ele se mexe em meus braços, e eu me reequilibro para não derrubar o celular.

– Deixe-me mandar alguém para ajudá-la – diz Marc.

Suspiro.

– Está tudo bem. De verdade. Como disse, meu pai não fica à vontade com estranhos ao redor. Ele precisa da família. É melhor se eu ficar aqui, por um tempo.

– Posso ao menos mandar o Rodney para ajudar com a casa?

– Não vai demorar muito. Só algumas horas.

– Não quero que se canse. Você tem a peça hoje à noite. A não ser que você queira que eu entre em contato com Davina. Digo que precisa de uma pausa por motivos pessoais.

– Não posso fazer isso. As pessoas já compraram ingressos. Não posso desapontá-las.

Marc dá uma risada.

– Se fosse a minha, também diria isso. Mas, quando a escuto, é diferente. A peça pode esperar. Seu bem-estar é mais importante.

– Mas eu estou bem – insisto. – Posso administrar tudo. E mal posso esperar para me apresentar esta noite. Eu e Leo temos trabalhado muito bem juntos.

– Ah, fico encantado em ouvir isso – diz Marc e percebo a ironia na voz dele.

– Marc, não há motivo para você ter ciúme.

– Não é ciúme. É sentimento de proteção.

– De qualquer forma, não precisa se preocupar com o Leo.

– Acho que teremos que discordar nessa questão.

– Gostaria que pudesse perdoá-lo por aquela coisa dos paparazzi. Ele não teve má intenção.

– Estou tentando, Sophia. Acredite. Mas, do jeito que me sinto a seu respeito, eu... Isso é novo para mim. Às vezes, tenho dificuldade em lidar com a força desses sentimentos.

– Novo para você?

– O amor é uma novidade para mim. Você sabe disso.

Dou uma olhadela para Sammy, que cochila encostado no meu peito.

– É o mesmo para mim.

Há um momento de silêncio.

– Eu amo você, Sophia – fala Marc. – Para sempre.

– Para sempre?

– Para sempre – responde Marc, com um tom de voz gentil. – E suas necessidades sempre vêm primeiro. Se você precisa cuidar do seu pai, farei as compras sozinho.

Ah, a ideia de não vê-lo durante todo o dia... Mas, se meu pai precisa de mim, é assim que deve ser.

– Ficar longe de você é muito difícil.

– Eu sei – diz Marc – E não está ficando mais fácil.

Sammy começa a incomodar, e eu o balanço para frente e para trás até que se acalme.

– Eu imagino que, mesmo que não o veja hoje, ao menos teremos o dia de Natal – digo. – Eu sei que deve ser estranho para você passar o Natal em uma casinha simples, no meio do nada.

– Se é para ficar ao seu lado, qualquer lugar do mundo é o meu preferido.

Capítulo 18

Quando deixo meu quarto, escuto meu pai roncando e fico feliz que ele tenha voltado a dormir. Melhor do que ter que limpar a casa com ele me cercando.

– Vamos, Sammy – chamo, descendo as escadas. – Vamos preparar o seu leite.

Na cozinha, encontro a lata de leite em pó, mas o leite está cheio de caroços. Vejo uma mamadeira na pia e parece que papai a lava todas as manhãs.

Após colocar Sammy na cadeirinha, esfrego muito bem a mamadeira e esterilizo-a em uma panela de água quente. Ligo a chaleira elétrica.

– É um milagre que você não esteja doente – murmuro, deixando a água fria da torneira correr pela mamadeira para esfriá-la e logo depois a coloco na água fervente da chaleira. – Mas... Nosso pai realmente não leva jeito para essas coisas.

Como Genoveva pôde abandonar meu pai e Sammy dessa forma? Ela deve saber que papai não tem o menor jeito para cuidar de crianças.

Eu tiro Sammy da cadeirinha, percebendo que seu traseiro está cheio de migalhas, e o acomodo em meus braços para que tome o leite. E começo a olhar em volta, procurando fraldas, pois ele está encharcado.

No quarto de Sammy só há embalagens vazias. Encontro uma fralda cinzenta amassada, embaixo do carrinho, e troco-o.

Após escovar meus dentes sem pasta e lavar meu rosto sem sabonete, decido que a primeira coisa que eu e Sammy devemos fazer é ir às compras. Sammy não tem roupas limpas, então o visto com um conjuntinho para a neve manchado de ketchup, acomodo-o no carrinho e sigo para o mercadinho mais próximo para fazer as compras necessárias.

Meia hora depois, volto para casa com uma sacola cheia do indispensável: feijões cozidos, pão fatiado, chá e ovos para o café da manhã do meu pai, leite, leite em pó, fraldas, papinha de bebê e lenços umedecidos para Sammy. Também comprei sacos de lixo, papel higiênico, papel toalha, detergente, sabonete e pasta de dente.

Limpo a cadeira de Sammy e acomodo-o de novo ali, com um chocalho e uma tigela de mingau.

Quando termino de alimentá-lo, preparo uma xícara de café e começo a trabalhar. Quanto mais limpo e organizo, mais trabalho encontro. Lavar os pratos me faz perceber o quanto a pia está imunda, então tenho que parar o que estou fazendo para esfregá-la. E, quando levo o lixo para fora, vejo que meu pai não o coloca na rua desde que Genoveva foi embora, então tenho que arrastar o carrinho de lixo e mais alguns sacos da entrada até a calçada.

Eu lavo duas máquinas cheias de roupas de Sammy antes mesmo de começar a lavar as roupas do meu pai. Às 10 horas, estou suada e meu cabelo está um horror. Mas a casa está com um aspecto muito melhor e eu me sinto bem.

A sala está limpa o suficiente para que Sammy engatinhe e ele se diverte enquanto tenta subir no sofá e morde os brinquedos que lavei e sequei.

Escuto os passos do meu pai no andar de cima e logo começo a preparar um café da manhã para nós dois – feijões cozidos sobre uma torrada, com um ovo frito em cima.

Quando meu pai desce, seus olhos se iluminam ao ver a casa limpa e o café servido na mesa.

– É bom tê-la em casa, minha querida – diz emocionado. – Ainda não superei. Bem, acho que é bastante óbvio.

Meu pai puxa uma cadeira para se acomodar.

– Está tudo bem, papai. Você passou por momentos difíceis.

– Você é a melhor filha que um pai poderia esperar ter. Você sabe disso, não é?

– Ah, eu não elogiaria tanto. Deveria ter vindo visitar vocês antes.

Meu pai se senta.

– Isso parece estar uma delícia, querida. É o primeiro café da manhã decente que tomo em uma semana.

– O que você comeu durante esses dias? – pergunto, temendo a resposta.

– Sanduíches de bacon, da van de hambúrguer da zona industrial.

– O que Sammy tem comido?

– Leite e um pouco de bacon.

– Vou fazer compras novamente, mais tarde. Comprarei comida adequada.

– Você poderia deixar alguns cardápios prontos, coisas que posso fazer para Sammy? – pede meu pai. – Coisas simples. Que até alguém como eu consiga fazer.

Abro um sorriso. Meu pai pode fazer até a receita mais simples parecer complicada. Ele tentou cozinhar salsichas e fazer purê de batatas, uma vez. Ainda me assombro ao lembrar de todos os cantos da casa onde havia purê de batata grudado.

– Claro, papai, mas você não precisa se preocupar, por enquanto. Ficarei aqui por uns dias.

– É mesmo?

– Claro. Não vou deixar vocês dois sozinhos.

– Querida, mas você ainda vai se apresentar, não?

– Sim. Não posso desapontar o público. Mas assim tenho certeza de que deixarei você e Sammy com uma boa refeição e instruções para a hora de dormir dele. Você conhece alguém que possa cuidar dele enquanto trabalho?

– Eu não estou trabalhando no momento. Preciso me recompor.

– Gostaria que tivesse me avisado antes. O que você pensou? Que eu apareceria no Natal e não perceberia o estado em que a casa estava?

– Eu achei que poderia limpá-la antes de você chegar.

– Sempre otimista – sorrio e fico feliz em ver meu pai sorrir também.

– É, acho que você pode me chamar de otimista, sim.

Capítulo 19

Depois de recolher a mesa do café, começo a lavar a louça e passo o resto da manhã estocando suprimentos e brincando com Sammy.

Preparo um almoço simples de sopa com sanduíches – pequeninos com Marmite para Sammy, de queijo e picles para meu pai e para mim – e leite de uma fazenda local.

Enquanto nós três comemos, observo meu pai e percebo que me sinto feliz por poder cuidar dele.

A última semana deve ter sido muito estressante. E ele não tem o menor talento para cozinhar e fazer o serviço doméstico.

Ele ama Sammy demais, mas se atrapalha muito quando troca fraldas, nunca lembra qual é a quantidade certa de leite e confunde-se em todas as outras tarefas que envolvem os cuidados com um bebê.

Mas não é culpa dele. Seria como pedir a mim para dirigir o táxi. Não faço ideia de como o taxímetro funciona ou qual o melhor trajeto da avenida principal à estação de trem.

– Gostaria de ter tido tempo para comprar uma árvore de Natal – digo, olhando para o canto vazio da sala de estar, onde geralmente colocamos um pinheiro de verdade. – Fomos à cidade mais cedo, mas já haviam vendido todas.

Meu pai mastiga e engole um enorme pedaço do sanduíche.

– Desculpe-me, querida. Eu planejava comprar uma, mas, de alguma maneira, a véspera de Natal chegou mais cedo do que pensei. Então, quando é que seu amigo chega?

– Marc? Espero que venha hoje à noite, após a apresentação. Será estranho tê-lo como convidado aqui. Mas estranho de um jeito bom, espero.

Faz-se um silêncio embaraçoso.

– Você está braba comigo? – pergunta meu pai. – Por não aprovar o relacionamento de vocês?

– Não estou braba – digo. – Apenas... Um pouco confusa. Eu o amo muito, e ele me ama. Não sei como você não percebe.

Meu pai suspira.

– Genoveva e eu fomos morar juntos rápido demais. E agora percebo que talvez eu não a conhecesse bem. Ela foi capaz de deixar Sammy desse jeito... Então, não é a mulher que pensava que fosse. Eu não suportaria ver você passar pela dor que sinto agora. Você e Marc... Parece... Eu não sei. É repentino. Ele é muito mais velho e vocês se conhecem há pouco mais de cinco minutos. Não quero que cometa um erro.

– Quando você sabe, você sabe. Não é o que sempre dizia sobre a mamãe? Que eram jovens, mas sabiam que desejavam ficar juntos para sempre?

– E é isso que você quer? Com esse sujeito, Marc? Algo que dure para sempre?

– Mais do que tudo – baixo os olhos para o meu prato. – Ele é a pessoa mais incrível que conheço. Incrível. Às vezes me pergunto por que está comigo.

Meu pai ri.

– Você não percebe como ele a olha? Ele é louco por você.

– Mas talvez, um dia, ele perceba que não sou ninguém especial.

Meu pai deixa o sanduíche cair e alcança minhas mãos por cima da mesa.

– Você é muito, muito especial, Sophia Rose. Você é uma das pessoas mais especiais que existem.

– Obrigada, pai, mas acho que está sendo parcial.

– Eu posso ver que o homem se importa com você. Mas vocês deveriam ir mais devagar, só isso. Vá com calma. Não há pressa. Falar sobre casamento agora... parece uma loucura.

– Não parece uma loucura para mim. Parece certo. Mas preciso de sua bênção, assim como de sua permissão. Não poderia casar sem elas.

— Não disse que não daria minha bênção, precisamente. Mas... preciso ter certeza de algumas coisas antes de dizer sim.

— Como o quê?

— Eu e Marc podemos conversar a respeito no Natal. O que ele bebe? Conhaque? Vinho do Porto?

— Uísque, eu acho. E champanhe. Mas ele não bebe muito.

— Fico feliz em saber — meu pai bebe um gole de leite. — Então, quais são seus planos para hoje? É véspera de Natal. Você e Jen não costumavam se encontrar?

Passo minhas mãos no cabelo.

— Marc ia me levar às compras, mas ainda tenho de limpar algumas coisas, então... Pensei em ficar por aqui, e fazer companhia a você.

Meu pai suspira.

— Mesmo correndo o risco de ir completamente contra o que acabei de dizer, não quero você aqui, presa, limpando a casa. Vá passear com seu amigo, divirta-se. Você disse que ele vai levá-la para fazer compras?

— Sim.

— Você não odeia fazer compras?

— É outro tipo de compra. Vou ajudá-lo a escolher alguns presentes.

Meu pai empurra seu prato vazio.

— Divirta-se, querida. Não fique aqui comigo, ouvindo minhas lamentações.

Eu me inclino para limpar o rosto de Sam.

— Você tem certeza? Não se sentirá sozinho? E ficará bem aqui, cuidando de Sammy?

— Terei a sua companhia o dia inteiro, amanhã. É mais do que suficiente.

— Certeza?

— Certeza absoluta.

— Está bem. Deixarei um lanche para Sammy. E também o jantar para vocês dois, e mamadeiras limpas para quando Sammy for dormir.

— Vá e divirta-se, querida.

— Melhor ligar para Marc.

Capítulo 20

Marc diz que passará com o motorista para me pegar às 15h.

Às 14h30, dou uma volta no jardim, olhando para o relógio a cada minuto e contando os segundos.

Quando a limusine finalmente aparece na frente de casa, meu coração parece cantar, como se houvesse um pássaro em meu peito. Corro para fora, colocando o casaco sobre meus ombros.

Antes que eu possa entrar no carro, a porta de trás abre e Marc sai. Ele usa um terno preto alinhado, com camisa e gravata preta. Seu cabelo volumoso está solto na testa.

Marc me alcança com dois passos longos, tira-me do chão e enterra a cabeça no meu pescoço.

– Nossa, você está cheirosa – diz ele, enquanto inspira com força.

– Senti sua falta – sussurro, devolvendo o abraço com a mesma força.

Marc me pega em seus braços e me carrega até a limusine. Quando entramos, ele me põe no banco e se ajoelha, pressionando seu peito contra o meu e passando os braços ao redor do meu pescoço.

– Estou ficando louco de tanto pensar em você – começa Marc.

– Ah, é? E no que tem pensado?

– Penso em você amarrada, amordaçada, implorando para transar comigo.

Eu rio.

– E dizem que o romance morreu.

Marc me lança um sorriso avassalador.

– E por que fazê-la gozar várias vezes não é romântico?

A limusine alcança a rodovia; eu me inclino para os braços de Marc.

— Você percebeu a situação perigosa em que se meteu? – pergunta Marc.

— Pensei que seu trabalho fosse me manter segura – respondo.

— De todos, menos de mim.

— Por sorte, não quero estar segura com você – murmuro. – Quão perigoso você planeja ser?

— Não tenho nada planejado – responde Marc. – Exceto transar com você no banco de trás da limusine.

— Aqui? – sussurro.

— Você nunca reclamou.

— Eu reclamei, se você lembra.

— Ah, sim – Marc põe meus cabelos atrás dos meus ombros e desliza a língua pelo meu pescoço.

Eu estremeço.

— Nossa primeira discussão – Marc sussurra perto da minha pele. – Lembro-me com carinho.

— E o que mais você lembra? – murmuro, derretendo enquanto seus lábios me enlouquecem.

— De transar naquela noite com você, mesmo prometendo que não o faria. Encantado em ver como você era irresistível. Como você destruiu todo o meu controle.

— Foi bem difícil tocar seus sentimentos – digo, com tremores em minhas costas enquanto Marc está ali, roçando minha pele com seus lábios.

Ele pressiona a boca sobre minha garganta e suga-a com carinho. Levada pelo desejo, dou um gemido inesperado. Marc suga mais forte, correndo com a língua para frente e para trás. Então desliza o casaco dos meus ombros até que esteja atrás das minhas costas.

Por baixo do casaco, uso um longo suéter vermelho e um jeans preto. Mas não estou usando meus tênis; está muito frio. Escolhi botas de camurça cinzenta.

Marc apoia as duas mãos em meu traseiro e me puxa em sua direção, encaixando-se entre minhas pernas, e posso sentir seu membro duro, pronto para mim.

Ele tira a gravata com um gesto elegante e a exibe.

— Estenda seus pulsos.

Capítulo 21

– Marc, tem certeza? Aqui?

– Agora – ele rosna.

Ah, Deus. É tão excitante quando ele assume o controle.

Obediente, mantenho meus pulsos no ar, e Marc os toma em suas mãos, roçando seus dedos contra minha delicada pele branca. Ele os pressiona com força, até que solto um gemido baixo.

Seus olhos me analisam. Ele me observa com uma intensidade que me deixa mais e mais sem defesas. Ainda olhando em meus olhos, Marc segura meus pulsos firme com uma das mãos. Então, passa a gravata por trás das minhas mãos, provocando-me.

– Você vai me amarrar? – sussurro, excitada ao ponto de explodir.

– Você quer? – pergunta Marc, sorrindo ligeiramente.

– Sim.

– Então, diga.

– Eu quero que você me amarre.

Marc geme e seus olhos ficam turvos e suaves, denunciando seu desejo. Seus lábios se abrem.

– Deus, amo quando você diz isso...

Ele olha para meus pulsos e amarra a gravata ao redor deles com vigor, puxando as duas pontas com tanta força que um pulso estala contra o outro. Então, faz um nó complicado com uma longa ponta solta.

– Outro nó que se desfaz facilmente? – pergunto, minha voz mais rouca do que nunca

– Claro.

– Você deve ter sido um grande escoteiro.

– Curiosamente, nunca fui.

– Então, onde aprendeu a dar esses nós? – pergunto.

– Alguém me ensinou.

– Quem?

– Uma mulher.

– Ah!

Marc corre os dedos gentilmente por baixo das mangas do meu suéter vermelho, devagar.

– Ei, calma. Não é o que você pensa. Eu trabalhava nos bastidores de algumas peças quando era adolescente. Entre os trabalhos de ator, organizava o palco e movia os equipamentos. Muitos de nós trabalhávamos nos bastidores. A administradora do teatro me dava aulas de primeira sobre como dar nós – ele volta as mãos para o meu pulso. – Foi um treinamento muito útil.

– Estou vendo que sim – murmuro, sentindo seus dedos através da fria seda da gravata.

– Deus – geme Marc, fitando meus pulsos amarrados. – Você fica muito bonita amarrada assim.

Eu o sinto pulsar entre minhas pernas.

Marc fixa seus olhos azuis em mim e, em um movimento repentino, ergue meus braços acima da minha cabeça.

– Ah!

Ele amarra meus pulsos de forma que, quando estão acima da minha cabeça, parecem estar no lugar certo.

Deve haver um cabide para ternos logo atrás de mim, porque quando Marc ergue meus pulsos, eles tocam alguma coisa e, quando ele afasta suas mãos, meus braços estão presos.

Tento me mexer para comprovar minha teoria e concluo que estou firmemente presa.

Os olhos de Marc escurecem.

– É muito errado que eu goste de ver você se esforçando assim para se soltar?

– Seria, se eu não gostasse também – mas eu gosto. Ah Deus, eu gosto de ficar presa desse jeito, com Marc me olhando como um tigre pronto para o ataque, enquanto me sinto completamente indefesa e refém de seus desejos... Eu já posso sentir como estou molhada, e Marc mal me tocou.

A respiração de Marc me observando está pesada. Seus olhos estão famintos e sei que os meus também estão.

Quando o carro vira em uma esquina e sou jogada para o lado, a respiração dele fica ainda mais ofegante. Ele geme e se inclina para frente, puxa minhas botas, desabotoa meu jeans e me despe. Em seguida, arranca minha calcinha e ergue meu suéter e meu sutiã para brincar com meus seios, apertando os dois juntos e pressionando os lábios contra meus mamilos.

Posso senti-lo tão duro entre as minhas pernas que sua calça parece estar a ponto de explodir.

– Ah, Marc – gemo, enquanto sinto sua boca quente e seus dedos fortes nos meus seios.

Ele responde se afastando, tirando uma camisinha do bolso e libertando-se da calça. Completamente excitada, eu o observo colocar a camisinha e esticar a proteção de látex em seu membro.

Minha respiração está tão acelerada que acho que vou desmaiar e não acredito que possa suportar mais um momento sem ele dentro de mim.

– Por favor, Marc... – choramingo.

O carro vira em outra esquina e sou jogada contra Marc; meu corpo é atirado para frente, apesar das minhas amarras.

Marc empurra seu corpo contra o meu. Põe seus lábios em minha orelha e sussurra.

– Eu queria provocar mais algum tempo... Fazer você esperar. Mas não consigo. Você é completamente irresistível para mim, Sophia Rose. Irresistível.

Ele mergulha dentro de mim, em um só golpe. Eu arquejo e dou um gemido de prazer.

Em seguida, Marc estabelece um ritmo constante para frente e para trás, entrando e saindo de mim fácil e suavemente; sua respiração acelerando a cada movimento.

Eu estou em um mundo de prazer, atada e aprisionada, enquanto ele faz o que deseja. Mas que, também, é exatamente o que eu desejo.

Ah, Deus... Ah, Deus!

Ele se mexe com mais força e mais fundo agora, pressionando mais forte sua virilha contra a minha, enquanto ondas de prazer percorrem meu corpo uma vez e depois outra.

Depois de alguns golpes que me deixam ofegante de prazer, ele para e se afasta um pouco, arfando, afastando seu cabelo rebelde da testa.

– Marc, por favor...

Mas, antes que possa protestar, Marc se abaixa e enfia a cabeça entre as minhas pernas. Sua língua começa a percorrer círculos logo acima da região em que ele entrou em mim, em movimentos rápidos que me deixam totalmente louca. Mas é tudo muito brusco, muito rápido. Quase sinto dor.

– É demais – imploro. – Por favor, pare. Eu não aguento.

Marc levanta a cabeça.

– Eu sei *exatamente* quanto você pode aguentar.

– Marc, por favor – amarrada como estou, não há nada que possa fazer para evitar os choques de prazer que tomam conta do meu corpo. Contorço-me e luto, mas Marc apenas me segura firme com uma das mãos e continua sua tortura.

– Ah, ah. Por favor, Marc. Pare, por favor.

Aos poucos, a agudeza começa a ficar doce, até que suaves espasmos de prazer tomam conta das minhas coxas.

– Eu vou gozar – gemo. – Meu Deus, Marc. Ah, Deus!

Posso sentir meu pescoço e rosto corarem, e meus olhos piscam, semiabertos.

Marc se afasta.

– Ainda não.

Ele se ajoelha novamente, para que seu quadril fique alinhado ao meu, e posso vê-lo enorme e duro, a centímetros de mim.

Deus, eu o quero dentro de mim. Estou sentindo dor de tanta ansiedade, literalmente. Mas ele não entra. Em vez disso, põe suas mãos embaixo do meu traseiro e me puxa em sua direção, deixando-me mal acomodada no assento do carro.

Meu queixo quase toca meu peito, e meus braços ficam muito esticados.

Marc escancara minhas pernas. Então, acaricia meu traseiro e percebo o que tem em mente.

Capítulo 22

– Marc! – exclamo, espantada. – Você está de brincadeira. No carro?
– Você está pronta – diz Marc. – E, de onde estou sentado, você não está em uma posição para discutir.
– Se eu contestasse, você escutaria?
Marc franze as sobrancelhas.
– Você sabe que escutaria. Diga-me para parar, e eu paro.
Mordo meu lábio e sinto meu traseiro latejar ao pensar nele dentro de mim.
– Não pare.
Marc se aproxima, abrindo-me com duas mãos e deslizando para dentro de mim.
– Eu tiro se for demais.
– *Aaaahh* – eu gemo, enquanto ele começa a entrar, pouco a pouco.
– É bom?
– Sim... sim.
Os olhos de Marc se fecham, enquanto percorre mais alguns centímetros. Mas ele hesita, sem fôlego.
– Ah, Deus. Ah, Sophia. Eu não posso... Espere – diz ele, mais para si mesmo do que para mim. Após um momento, continua. – Certo, certo.
Marc avança mais alguns centímetros adentro, tão devagar e carinhosamente que, mesmo estando atada e dolorida, eu me sinto bem. Ele move seus dedos entre as minhas pernas, onde sua língua passeava há alguns momentos, e começa a me pressionar em círculos até que eu esteja fora de mim de tanto prazer.

– Ah! Ah! Marc... Ah... Ah!

Quando ele começa a entrar e sair de mim, não aguento mais.

– Ah, Marc! Estou gozando. Estou gozando!

Eu gozo em lugares que nunca pensei que gozaria, e o prazer que invade meu corpo é algo que nunca senti em minha vida.

Sinto como se tivesse mergulhado em uma calda, e a intimidade do que compartilhamos... faz com que eu me sinta mais próxima de Marc do que nunca.

Ele toma fôlego e empurra dentro de mim uma última vez, gemendo na minha orelha, gritando meu nome e segurando uma mecha do meu cabelo ao redor das suas mãos.

– Sophia. Oh, Sophia! – ele grita, assim que meu corpo pulsa ao redor dele e o calor se espalha do meu pescoço aos dedos dos pés.

– Eu amo você – consigo dizer, com voz suave e profunda.

– Deus. Eu também amo você – diz Marc.

Ficamos assim por um momento, agarrados um no outro. Então me sinto livre e deslizo solta.

Marc me alcança e, com um movimento preciso, liberta minhas mãos, segurando meus pulsos e massageando-os para que a circulação retorne.

Ele beija a pele avermelhada de meus pulsos. Então, tira a camisinha e a coloca em um copo de papel que joga na lixeira, embaixo de um dos bancos. Por fim, Marc me toma em seus braços.

– Nunca pensei que poderia ficar mais próximo de você. Mas, aí, me perdi um pouco mais.

– Eu sei – sussurro em seu pescoço, adorando seu calor e seus braços fortes. – Sinto-me mais próxima de você do que nunca.

Depois de um tempo, Marc me ajuda a vestir o jeans e a calcinha e coloca a calça dele. Então põe a gravata sem qualquer esforço, do jeito mais natural possível, como se estivesse inocentemente pendurada no guarda-roupas o tempo todo.

Eu rio.

– Você realmente vai usar essa gravata, agora?

– Claro que vou. Acaba de virar a minha preferida – Marc se aproxima de mim. – Você está bem? Não fui longe demais?

– Não, foi como sempre – digo sorrindo. – Quase longe demais, mas, no fim, na medida exata.

– Com você, a medida exata está ficando difícil de respeitar – diz Marc. – Preocupa-me que um dia eu não consiga parar.

– *Eu* não estou preocupada – respondo – Confio em você.

Marc me encara.

– Como foi que acabei com uma garota tão incrível?

O carro alcança o centro de Londres e nós ficamos abraçados, observando o movimento da cidade enquanto seguimos em frente.

Capítulo 23

A limusine estaciona ao lado de uma linda praça com uma fonte no centro, no coração do West End londrino. A praça é cercada por árvores altas, com galhos cobertos de neve, decorados com lanternas vermelhas que emitem luzes brancas.

– Onde estamos? – pergunto para Marc, enquanto ele me ajuda a sair do carro e entrar no casaco.

– Sloane Square.

– É Chelsea, não é?

– Isso mesmo.

Eu me lembro de assistir a um documentário sobre a Sloane Square, certa vez. Falava sobre as "Sloane Rangers" – garotas que viviam em apartamentos chiques, caminhavam pela praça comprando roupas de estilistas famosos enquanto procuravam maridos ricos.

Olho ao redor. Mulheres perfeitamente arrumadas, em roupas dignas da revista Vogue, caminham com ar decidido, balançando seus maravilhosos cabelos brilhantes e suas bolsas caras. Instintivamente, minha mão alcança minhas ondas indomáveis e eu tento ajeitar meu cabelo.

– Ei, querida – chama Marc, passando um braço pelo meu ombro. – Não fique nervosa.

– Pareço nervosa?

– Um pouco.

– Acho que me sinto meio que deslocada aqui.

– Você não deve se sentir deslocada. Estamos no lugar certo.

– Não tenho certeza. É que... As pessoas daqui são muito estilosas. Bonitas. Chiques. E aqui estou, usando jeans...

– Acredite em mim. Você tem mais classe e beleza que qualquer uma dessas mulheres.

Passamos por uma enorme árvore de Natal, decorada com bonequinhos de biscoito de cerâmica e luzes piscantes. É muito bonita, mas o pinheiro teve suas raízes cortadas e agora é mantido em pé preso a um vaso de água congelada.

– Sempre fico triste ao ver essas árvores sem as raízes – comento com Marc. – Na minha família, compramos a árvore inteira e a plantamos no jardim, ou no bosque, quando o Natal termina. Bem... exceto este ano. Meu pai não teve tempo de comprar um pinheiro. Uma pena. Gostaria que você visse a casa toda decorada. Fica aconchegante.

– Enquanto *você* estiver na casa, eu não me importo com a decoração.

Marc nos guia para fora da praça, na direção de uma rua estreita, cheia de táxis pretos.

– Para onde vamos? – pergunto.

– Um amigo tem uma loja ali. Uma loja de brinquedos. Eu achei que você poderia me ajudar a escolher algo para Sammy.

Paramos em frente a um mostruário lustroso, cheio de lindos brinquedos de madeira feitos à mão. A vitrine exibe um prédio alto, de tijolos vermelhos, e as palavras "Brinquedos do Peter" estão impressas em uma placa dourada.

Eu observo a vitrine. Há algo mágico sobre aqueles brinquedos. Todos são feitos de madeira maciça e posso dizer que foram desenhados por alguém que ama o que faz. Há casas de boneca, carrinhos, blocos de montar, um triciclo... até mesmo um caminhão de carregar madeira, completo, com troncos pintados à mão na traseira. Eu sei que Sammy vai *amar* empurrá-lo pela casa.

– Esta loja é perfeita para Sammy – digo. – Mal posso esperar para entrar.

– Você gostou? – pergunta Marc, enquanto olho a vitrine. – Peter faz todos os brinquedos sozinho. É um trabalho de muito amor.

– Ah, adorei – respondo.

– Ótimo, vamos entrar.

Capítulo 24

Um sininho toca quando abrimos a porta da loja e sentimos um cheiro delicioso de macieira e serragem. Há lascas de madeira vermelha espalhadas pelo chão, os brinquedos estão organizados em prateleiras de madeira esculpida e estantes de troncos cortados, ainda com casca. É como entrar em uma árvore escavada.

Um homem alto e magro, de cabelos brancos e óculos redondos caminha ao nosso encontro, puxando as mangas da camisa listrada.

– Marc! Como está você?

– Peter! – responde Marc, apertando as mãos do homem. – Que bom ver você.

Marc mantém um braço em meu ombro, o que faz Peter me olhar com interesse.

– Bem, eu nunca... Marc Blackwell, em plena luz do dia, com uma jovem dama. *Você* deve ser alguém muito especial.

– Esta é Sophia Rose – diz Marc, apertando o braço ao redor dos meus ombros. – E, sim, ela é muito especial para mim. Muito especial, mesmo.

– Fico feliz em ouvir isso! – exclama Peter. – Já era tempo de encontrar uma boa moça.

– Não há mulher melhor que Sophia.

– Bom, bom. Bem, deixe-me pegar um conhaque para vocês.

Peter vai aos fundos da loja e volta com uma garrafa de conhaque e três copos de cristal. Ele coloca os copos perto da caixa registradora, enche-os com doses generosas e depois, faz um brinde a nós dois.

– É muito bom, não? – pergunta depois de um gole. – Procurava uma desculpa para abrir a garrafa desde novembro.

– Encantado por lhe dar a oportunidade – diz Marc, tomando um gole brusco

– Obrigada.

Eu bebo um gole e é delicioso. Seco, fresco e incrivelmente morno em um dia de inverno. Desce pela garganta com tanta suavidade que nem percebo que se trata de uma bebida alcóolica, mas o calor que se segue me diz o contrário.

– Bem, como posso ajudá-lo hoje? – pergunta Peter, tomando outro gole de xerez. – Algo novo para seu sobrinho? Ou vamos mobiliar um quarto de bebê?

Peter me dá uma piscadela disfarçada. Eu dou um olhar furtivo para Marc e fico aliviada ao vê-lo sorrir também.

– Ainda não – ele responde. – Procuramos algo para um bebê de 1 ano.

– Acho que já sei do que ele gostaria – falo, olhando em volta. Os detalhes de alguns brinquedos são tão perfeitos que fazem com que eu deseje voltar a ser criança para poder brincar com a casa de bonecas e a linda mobília trabalhada do quarto.

– O caminhão de transporte na vitrine – concluo. – É perfeito. Ele vai amar empurrá-lo e pegar a madeira da traseira para morder.

– Ele pode morder – diz Peter com orgulho, enganchando os dedos nos bolsos da calça e balançando para frente e para trás. – Os corantes são naturais e atóxicos.

– Você faz coisas tão lindas – elogio, olhando ao redor da loja novamente. – Deve ter levado muito tempo para esculpir esses brinquedos.

– Anos – diz Peter, colocando seu copo de xerez sobre uma prateleira e caminhando até a vitrine. Ele retira o caminhão do suporte com as duas mãos. – É um dos meus preferidos. Ficarei satisfeito em mandá-lo para uma boa casa.

Ele o carrega com cuidado para a área de pacotes e, com todo o cuidado, envolve-o em folhas de papel de seda marrom. Então, pega uma folha de papel dourado, decorado com folhas de azevinho, e com destreza embrulha o caminhão para presente, colando algumas folhas verdadeiras no pacote.

– São de azevinhos jovens – explica, entregando o pacote para Marc. – Assim, o pequeno não vai se machucar com elas.

Marc pega o pacote com uma das mãos e põe o copo de xerez perto da caixa registradora. Então pega sua carteira.

– Não, não, pegue seu dinheiro de volta – diz Peter. – Eu nem sonharia com isso.

– Peter, doar para seu fundo de caridade é completamente diferente de comprar brinquedos na sua loja.

– Não quando você doa milhares de libras – Peter se vira para mim. – Marc tem sido *muito generoso* com Woodlands. Muito generoso, mesmo.

– Woodlands? – pergunto para Marc curiosa, erguendo uma sobrancelha.

– O projeto de Peter – responde Marc, como quem quer que a conversa termine o mais rápido possível.

– É um projeto de apoio aos três fazendeiros que me fornecem a madeira – explica Peter. – Isso dá a certeza de que terão um salário adequado, boas condições de trabalho, esse tipo de coisa.

– Parece ser uma boa causa – comento.

– *É* uma boa causa – afirma Marc. – E é por isso que Peter e eu temos essa discussão, sempre que apareço.

– Marc sempre vence – diz Peter, com uma piscadela. – Mas o que ele não sabe é que, sempre que me paga, coloco todo o dinheiro no potinho da caridade.

– Nesse caso, tenho que lhe pagar em dobro.

Peter dá um tapa na testa.

– Certo, certo. Você ganhou, como sempre – ele pega o punhado de notas que Marc lhe dá e devolve o copo de xerez. – Como está Denise?

– Bem. Aproveitando a vida na faculdade.

– Mas...

– "Mas" nada – Marc toma outro gole de xerez. – Uma mulher com a idade e experiência dela pode escolher o estilo de vida que desejar.

– E você acha que combina com ela? Morar sozinha?

– É o que ela me diz.

– E você acredita nela?

– Não importa o que eu penso. As escolhas da Denise são dela e apenas dela.

– Bem, eu acho que Denise é uma mulher maravilhosa, e é um pecado que não tenha casado novamente.

– Ela nunca teve interesse em encontrar alguém.

– Bem, Marc, você é o filho que ela nunca teve – fala Peter, erguendo as sobrancelhas brancas. – Os pais não costumam contar aos filhos sobre seus casos. Você gostaria que eu servisse de casamenteiro? Valerie tem um amigo que perdeu a esposa há dois anos. Um sujeito amável, que toca violino e gosta de teatro. O que você diz, devemos juntá-los?

– Eu diria que estaríamos interferindo na vida da Denise – responde Marc.

– Que pena – lamenta Peter, esvaziando seu copo. – Eu gosto de interferir, de vez em quando.

Peter dá outra piscadela para Marc.

– Denise vai encontrar alguém quando estiver pronta – diz Marc. – Até que aconteça, ela parece perfeitamente feliz.

Marc termina seu xerez e também bebo o resto do meu.

– Não há nada errado em sentir-se satisfeito – continua Peter.

Marc coloca o copo vazio perto da caixa registradora e aperta a mão de Peter.

– Foi ótimo vê-lo. Nós deveríamos nos encontrar novamente, em breve.

– É sempre um prazer – diz Peter, apertando a mão de Marc cordialmente.

– Tenha um lindo Natal – deseja Marc.

Peter parece aturdido.

– Tenha um lindo Natal? O que você fez com ele, Sophia? Ele sempre faz de conta que o Natal não existe. Faz o possível para não falar sobre a data.

– Eu não sabia disso – sorrio para Marc.

– Há muitas coisas que não sabe sobre mim, srta. Rose.

Capítulo 25

Quando saímos da loja, Marc segura o presente de Sammy em uma das mãos e fecha a porta com a outra. Eu me arrepio ao sentir o vento frio; Marc passa o braço em meu ombro e me puxa para perto dele.

– Você não sente frio? – sussurro, aquecendo-me contra seu peito

– Às vezes.

– Por que você nunca usa um casaco?

– Porque gosto de sentir frio.

– Por quê? – esfrego meus dedos para aquecê-los.

– Porque o roubaram de mim. Quando eu era criança, fui levado para o calor escaldante de Los Angeles e senti falta, ano após ano, do frio e da neve de Londres. Então, agora, quero sentir frio. Cada pedaço dele. O quanto puder.

– Deve ter sido horrível para você – digo, enquanto Marc me conduz pela rua, de volta à praça. – Deixar sua vida para trás desse jeito, quando você era tão novo.

Marc encolhe os ombros.

– Quando você é jovem, aceita o que acontece porque acha que é normal. Mas fiquei confuso por um bom tempo. Muito, muito tempo. Eu não era como você, que cuida de todo mundo.

– Ah, eu não sei – sorrio para Marc. – Você tomou conta da sua irmã e de Denise. Talvez você não seja o lobo mau, afinal de contas.

– Não, é exatamente o que sou. Um grande lobo mau. E se você não for cuidadosa, Sophia Rose, será mordida.

– Eu não tenho medo de você – falo, encontrando seus olhos, com um meio sorriso.

– Talvez devesse ter.

– Ah... E por que?

– Porque ainda sou um monstro controlador. Apesar do fato de estar aprendendo a não ser assim. Meu jeito de agir quando as coisas estão difíceis é tomar o controle de tudo. Quando se trata de segurança, é difícil agir de outra forma.

Atravessamos a praça.

– Marc? Eu gostaria que você me contasse o que está acontecendo. Com toda a segurança extra e minha proibição de ficar na sua casa.

– Neste momento não há nada para dizer. E pode ser que nunca exista algo para contar.

– E Getty ainda está sob custódia?

– Sim. E vai continuar por um longo tempo.

Não estamos mais na praça; caminhamos em direção a uma rua movimentada. Marc me faz seguir na direção de uma rua paralela, onde há um movimentado mercado a céu aberto. O cheiro de pão fresco, café e bolos de Natal domina o ar.

– Estamos no caminho certo, sr. Blackwell? – pergunto com um sorriso. – Isso é um mercado.

– Certíssimo. Dizem que o caminho para o coração de um homem passa pelo estômago. Então eu pensei que poderia agradar seu pai ao encher a casa com comida. E, claro, sei que você adora cozinhar. Então podemos comprar algumas coisas para o jantar de Natal.

Aconchego-me em seu paletó.

– Você é um homem muito esperto, sr. Blackwell. Já pensou em virar professor?

– Isso já me passou pela cabeça – Marc me conduz por lindas barracas de madeira, cobertas por coloridos toldos listrados, e paramos em frente à tenda de um açougueiro com enormes perus alimentados com milho, carne defumada e presuntos cor-de-rosa.

– Você já escolheu a carne?

— Temos um peru que tirei do freezer hoje cedo – respondo. – Comprei na promoção, há alguns meses. Pensei em cozinhá-lo, mas... esta carne parece incrível.

Marc aponta para um letreiro acima da tenda.

— Eu não me esqueci do incidente do *foie gras*. Livre de crueldade. Todos esses animais foram bem cuidados.

Eu sorrio, percebendo o letreiro que diz "criados em liberdade".

— Você lembrou.

— Como poderia esquecer? Eu não gostaria de comprar para você um assado que pode acabar no lixo.

Eu rio.

— Escolha o que quiser – fala Marc.

Fico indecisa entre as belas aves e os assados.

— Uau, nunca tinha visto carne com um aspecto tão bom. Aquelas aves... São imensas. Acho que não conseguiria colocá-las no forno. Mas... – aponto para um peru gigante, que é de tamanho médio de acordo com os padrões da tenda – Aquele parece ter o tamanho certo. E eu aposto que ficará delicioso.

Marc consegue a atenção do açougueiro e aponta para a minha escolha.

— Empacote esse para nós, por favor. Obrigado.

Ele entrega uma lista para o açougueiro e pega o peru embrulhado com cordas e papel branco.

— O que seu pai gosta de comer? – pergunta Marc.

— Tudo que é ruim para a saúde dele. E doces. Ele gosta de sobremesas.

— Então vamos comprar um pudim. Os daqui são muito bons.

— Ótima ideia.

Capítulo 26

Compramos um pudim de Natal imenso para meu pai, feito com conhaque, cerveja preta e xarope dourado. Está embrulhado em musselina e é quase do tamanho de Sammy.

Marc também pede que uma caixa de vegetais orgânicos seja entregue na casa de meu pai hoje, além de uma caixa enorme com biscoitos, queijos, champanhe e chocolates.

– Peter disse que você não gosta do Natal – começo com olhar de provocação, – então o que aconteceu?

– *Você* aconteceu. Qualquer coisa que você ama será meu dever amar também.

– Verdade?

– Verdade. O que mais você ama, srta. Rose?

– Não é óbvio? – pergunto, olhando para seus olhos azuis. São claros e leves com o frio de hoje.

Marc segura meu rosto por um momento e tira uma mecha de cabelo da minha face.

Espio algo por cima do ombro dele.

– Visgo! – puxo Marc na direção de uma tenda de lindas plantas verdes prateadas.

– Você gosta de visgo? – pergunta Marc, sorrindo. – Deveria ter adivinhado.

– Acho que é uma das plantas mais bonitas que existem – respondo. – E muito romântica!

– Eu suponho que já foi beijada embaixo de um visgo, não? – pergunta Marc, levantando uma sobrancelha.

– Uma ou duas vezes – digo, ficando vermelha.

Marc se abaixa para me beijar. Por um momento, o mercado frio desaparece e tudo que posso ver e sentir é ele. Quando se afasta, estou desorientada e leva alguns momentos para que os contornos do mercado reapareçam.

– Mas nunca assim – suspiro.

– Esperava que não.

Eu brinco com meu cabelo.

– Você quer aprender a amar tudo o que eu amo, não é?

– Sim, isso.

– E gostar? Você vai tentar gostar de tudo que eu gosto?

– Talvez. O que você tem em mente?

– Leo Falkirk.

O sorriso desaparece do rosto de Marc.

– Acho que milagres acontecem.

– Queria que vocês dois se dessem bem.

Marc dá uma risada.

– Ele vai ter que amadurecer muito antes que isso aconteça.

Depois de deixarmos as compras na limusine, Marc me leva à Fortnum and Mason, a gigantesca e caríssima loja de departamentos de Piccadilly.

O lugar todo está decorado com bolas de vidro translúcido, penduradas em laços lilás. O aroma da loja é incrível... maçãs e limões e algum perfume exótico.

– Achei que este seria um bom lugar para comprar um presente para Jen – diz Marc. – E para Genoveva. Se for apropriado.

– Você vai comprar um presente para Jen? – pergunto. – Você é tão atencioso. Ela provavelmente vai amar qualquer coisa desta loja... Mesmo um chaveiro. E Genoveva também. Mas... Bem, você sabe qual é a situação da minha família neste momento.

– Não quero parecer mesquinho ou algo assim por não comprar um presente para a mãe de Sammy, mas também não quero deixar seu pai aborrecido. Que tal comprar algo para ela, mas não colocar etiqueta no pacote? Assim, se ela aparecer, teremos algo para ela. E seu pai não vai perceber o presente, nem ficar triste.

– Se você acha que é o certo a fazer...

Estamos na loja há menos de um minuto e um homem com terno alinhado vem em nossa direção.

– Sr. Blackwell. Desculpe-me. Não nos disseram que nos visitaria hoje. Sinto muito que não houvesse ninguém para recebê-lo. Posso ajudá-lo com as suas compras?

– Não precisa pedir desculpas – responde Marc. – Esta visita não foi planejada. Mas, sim, seria bom ter ajuda.

O homem acena com a cabeça e anda discretamente atrás de nós.

Eu percebo que alguns clientes estão olhando para Marc, enquanto caminhamos pela loja. Eles se cutucam, e cochicham.

– *É ele? Parece com ele, mas... a moça que está com ele, nos jornais...*

Mantenho a cabeça baixa e fico perto de Marc.

– As pessoas estão nos olhando – digo.

– Você vai se acostumar – fala Marc.

– Vou?

– Sim. E não se preocupe, há seguranças por todo lado.

– Mesmo? – olho ao redor da loja, mas não vejo ninguém da equipe de Marc.

– Eles estão vestidos à paisana. Eles nos seguiram o dia inteiro.

– Ah... – lembro o beijo que demos na rua e que Marc e eu caminhamos abraçados pelas ruas frias.

– Isso é embaraçoso.

– Embaraçoso?

– Sim. Eles estavam nos observando. Nós dois juntos.

– Sophia, se você quer ter uma carreira de sucesso como atriz, terá que se acostumar a um certo grau de exposição e a ser seguida por seguranças.

– Então acho que é melhor me acostumar com isto.

– Você vai. Antes do que pensa – Marc me assegura e olha em volta. – Do que você acha que Jen gostaria?

Caminho em direção a um maravilhoso jogo de chá ao estilo da década de 30, cor de menta, decorado com flores de lis douradas.

– Ela adoraria isto – seguro uma das taças contra a luz e vejo a sombra dos meus dedos através da porcelana.

– É porcelana de ossos.

Marc se põe ao meu lado.

– Você é especialista em porcelana, srta. Rose?

Eu sorrio para ele.

– Não exatamente. Mas minha avó tinha um jogo de chá como este, e me ensinou a diferenciar a porcelana comum da de ossos.

– Talentos ocultos.

– É você quem diz.

Marc sinaliza para o assistente, e ele leva o jogo de chá para ser embrulhado.

– Essa foi a parte fácil – digo. – Agora, Genoveva.

Vejo algumas echarpes de *chiffon* expostas em um canto e vou até elas.

– Ela realmente gosta de echarpes. Ela as usa o todo o tempo – puxo uma estampada com pombas brancas. – Pombas brancas simbolizam a paz, não? É disso que todos nós precisamos, no que diz respeito a Genoveva.

Marc acena para o assistente e a echarpe é retirada, embrulhada e colocada em uma sacola.

– Preciso comprar algo para mais alguém? – pergunta Marc. – Alguma prima ou tia distante?

– Não. Somos uma família pequena e meus avós já morreram. Somos apenas eu, Sammy e meu pai no Natal. E Jen durante a tarde – penso um pouco. – Vai ser estranho não ter Genoveva. Bem, estranho para meu pai, de qualquer maneira. Especialmente, se nós dois estivermos cheios de gracinhas de namorados.

– É assim que você nos descreve?

– Como *você* nos descreveria? – pergunto.

Marc se vira para me encarar e, quando seus olhos azuis encontram os meus, sinto que somos as duas últimas pessoas do mundo.

– Eu nos descreveria como totalmente, obsessivamente apaixonados – diz ele, sua voz baixando para o tom que faz meu estômago gelar.

Olho fixamente para ele, perdida em seus olhos e palavras. Há vezes em que eu sinto que virei parte dele, e ele de mim.

As mãos de Marc encontram as minhas, quando estamos exatamente no meio da loja, olhando um nos olhos do outro. Ele estava certo. Estou me acostumando a ser o centro das atenções.

– Vamos – Marc me leva até um balcão, onde o assistente nos espera com as compras. – Eu tenho planos para você, agora à tarde.

Enquanto saímos da loja, penso sobre meu pai, totalmente sozinho neste ano, e como será solitário ter apenas a nossa presença. Este é o primeiro ano em que levo um namorado para o Natal. É algo intrigante que seja o mesmo ano no qual meu pai está sozinho.

– Marc – chamo, enquanto andamos por Piccadilly –, você se lembra do que Peter estava dizendo sobre Denise vivendo sozinha? Você acha que ela gostaria de passar o Natal conosco? Meu pai pode se sentir menos sozinho se houver alguém da idade dele. E é ótimo ter mais pessoas em casa durante o Natal.

Marc franze as sobrancelhas.

– Ela geralmente desaparece no Natal. Mas posso perguntar.

– Você faria isso? – hesito. – E sua irmã? O que ela vai fazer? Será que gostaria de vir também? Eu adoraria vê-la.

– Ela ainda estará no hospital – diz Marc.

– Ah... – olho para a enorme calçada coberta de neve. – Fico feliz que ela esteja melhorando, mas sinto muito em não poder vê-la. O Natal em nossa casa parece diminuir a cada ano. Eu adoraria ter uma parte da sua família em minha casa.

– Ela está melhorando rápido. Logo poderá receber visitas.

– Ótimo – olho ao redor. – Então, onde você vai me levar?

– Espere para ver.

Capítulo 27

Passamos o resto da tarde na pista de patinação em Marble Arch, bebendo coquetéis de champanhe na Park Lane e comendo espaguete em um tranquilo restaurante italiano, escondido em uma ruazinha em Covent Garden.

Quando Marc me deixa na porta do teatro, não quero me afastar dele, nem mesmo para fazer a peça. Mas sei que preciso. E eu também sei que amanhã passaremos o dia todo juntos. Uau! Isso será *surreal*. Mas muito bom.

A peça corre bem, mas parece longa, e quando finalmente termina desejo que Marc esteja esperando por mim nos bastidores. Mas ele não está e fico confusa. Ele não disse que iria à casa de meu pai comigo na véspera de Natal? Será que entendi errado?

Eu sigo para meu camarim e checo meu celular, mas não há mensagens. Fico tão desapontada em não ver Marc que mal escuto alguém bater na porta.

– Há uma atriz principal aqui? – chama Leo.

– Estou indo – digo distraída, vestindo meu jeans e o suéter. Quase arranco a porta ao abri-la.

Leo está apoiado de forma displicente no batente.

– Grande espetáculo o de hoje – diz. – Sem Marc?

– Eu achei que ele viria – respondo. – Mas... Não sei onde está.

– Vim lhe desejar um feliz Natal. – diz Leo, segurando um raminho de visgo. – Vou para Los Angeles em uma hora. Voltarei, mas não poderia ir sem lhe desejar um feliz Natal.

Ele se inclina para frente e me beija no rosto. Sua boca toca minha pele por um momento mais do que o necessário.

– Feliz Natal, Leo – digo. – Felicidades para a sua família.

– Para a sua também. Ei, Sophia...

– Sim, Leo...

– Divirta-se.

Um segurança me leva à saída do teatro, onde encontro a limusine esperando. Alimento mais um pouco a minha frustração ao perceber que Marc não está no carro.

– Olá, Keith – cumprimento enquanto me acomodo no banco ao lado dele. – Como você está?

– Bem – responde ele. – Esperando o dia de amanhã ansiosamente. Ah, Sophia, hoje à noite você vai querer sentar no banco de trás.

– Por quê? Gosto de conversar com você enquanto dirige

– Apenas... saia e dê uma olhada na parte de trás do carro.

– Bem, está certo – concordo, saindo do carro. – O que está acontecendo?

Keith não responde.

Vou até a porta de trás, com meu coração batendo rápido. Eu gosto de surpresas, mas, quando se trata de Marc Blackwell, não faço ideia do tipo de surpresa que posso ter.

Enquanto abro a porta, fecho meus olhos, me preparando. Quando os abro, deixo escapar um longo suspiro e um gritinho de alegria ainda mais longo.

A parte de trás do carro está cheia de visgos pendurados em todos os cantos: o mais lindo tom de verde enevoado, seus frutos brancos brilhando sob a luz da Lua. E, abaixo de todos os visgos, está o mais lindo de tudo.

Marc.

Mergulho dentro do carro e jogo-me em seus braços.

– Achei que você não viria quando não o vi me esperando nos bastidores.

– Gostaria de ter estado lá – diz Marc –, mas estava organizando uma surpresa de última hora para amanhã. Eu e Keith acabamos de chegar.

– Mais surpresas...

– Você vai gostar. Eu prometo.

Capítulo 28

Ficamos abraçados durante todo o caminho. Mas, quando chegamos à cidadezinha onde vive meu pai, Marc se endireita e parece alerta, segurando-me apertado junto do seu peito e observando a paisagem.

Quando chegamos, Marc não me deixa sair da limusine antes de checar a área. Finalmente, ele me deixa descer do carro, mas insiste para que caminhe perto dele em todo o caminho até a porta.

– Há algo para ficar nervoso? – sussurro, batendo suavemente na porta.

– Não há nada para se preocupar. Eu é que preciso ficar nervoso. E atento.

Quando meu pai abre a porta, não consegue esconder seu desconforto ao ver Marc. Mas é educado, convidando-nos para entrar e perguntando se Marc aceita um drinque.

A casa ainda está arrumada e suponho que Sammy esteja dormindo profundamente, pois não o escuto.

– Sammy está bem? – pergunto.

– Bem – responde meu pai, estreitando o cinto de seu robe. – Comeu tudo que você deixou e foi mais cedo e tranquilo para a cama.

Vou até a lareira.

– Sem cenouras para Rudolph, a rena do nariz vermelho? – pergunto, olhando para a grelha vazia.

– Não fiz aquilo tudo neste ano – diz meu pai, parecendo exausto. – Sammy é muito jovem, e eu estou velho.

– Que pena – lamento.

— Deixarei que se acomodem. Vejo vocês pela manhã – meu pai começa a subir as escadas.

— Você já vai se deitar?

— Gosto de dormir mais cedo agora.

— Certo. Durma bem – pelo menos hoje ele não foi dormir com roupas de sair. – Bem...

Viro-me para Marc, um pouco aturdida por vê-lo ali, plantado na sala da casa de meu pai. Parece surreal. É muito estranho saber que passará a noite aqui – esse astro de Hollywood em nossa casa. É tão diferente da casa dele, sem suítes, sem empregados.

— Aqui estamos, em minha casa.

— Gosto de ver esse seu lado – diz Marc suavemente. – Deveríamos subir. Você precisa dormir.

— Certo – tomo suas mãos. – E quanto a você? Não vai dormir?

— Quero ficar acordado por mais algum tempo. Quero manter a guarda. Com nós dois aqui, quero ter certeza de que estamos todos seguros.

— Marc, você está me deixando nervosa.

— Não fique – Marc beija minha testa. – Só estou sendo cauteloso.

Subimos as escadas e mostro-lhe o quarto de hóspedes. Era para ser um quarto de casal, mas, na realidade, é minúsculo, e a cama mal tem espaço para nós dois. Há um guarda-roupas em um canto e uma cadeira de balanço.

Percebo que meu pai empilhou minhas malas perto do guarda-roupas e vejo uma mala preta desconhecida, que suponho pertencer a Marc.

— Vou passar a noite sentado nesta cadeira – diz Marc. – Se me deitar ao seu lado, posso me distrair.

Sento na cama.

— Você vai mesmo passar a noite sentado na cadeira, e não aqui comigo, na cama?

— Sim. Preciso me manter alerta.

— Deus, Marc, agora você está me deixando nervosa mesmo – olho para a escuridão da noite através da janela. – Sammy está no quarto ao lado. É seguro ficarmos aqui?

– Sim – responde Marc. – Eu só não acredito em correr riscos desnecessários. Vá para a cama, Sophia. Descanse um pouco. Quero que aproveite o dia de amanhã.

– Certo – concordo, tirando meus sapatos.

Mas me sinto inquieta. Eu sei que Marc jamais faria algo que colocasse Sammy em risco. Mas por que ele não me diz do que tudo isto se trata? "Depois do Natal." Foi o que ele disse. "Apenas aproveite o Natal. E confie que Marc tem as melhores intenções", relembro.

Capítulo 29

Quando acordo na manhã seguinte, vejo Marc sentado na cadeira, no canto oposto do quarto.

Ele sorri quando abro os olhos.

– Feliz Natal, Sophia.

Sinto a calma que sempre me envolve na manhã de Natal. O mundo todo parece quieto e há mágica no ar.

– Feliz Natal, Marc – esfrego os olhos e sento na cama. – Você dormiu?

– Um pouco. Você dormiu. Eu adoro ver você dormindo.

Escorrego para fora da cama e sento em seu colo. Ele me abraça. A presença de Marc é o melhor presente de todos.

– Você ficou na cadeira a noite inteira?

– Sim.

Eu o beijo.

– Estou tão feliz por você estar aqui – sussurro. – É um pouco estranho, no entanto. Acordar e ver você aqui, na minha antiga casa.

– É bom, mas esquisito?

– É bom, mas esquisito – concordo, espreguiçando-me. Depois me levanto e espero que ele também se levante. – Venha. Vamos tomar um banho e preparar o café da manhã.

– Você não quer abrir o seu presente? – pergunta Marc, indo para o canto onde está a mala preta.

– Ah, não, sr. Blackwell – agito o dedo em frente ao rosto dele. – Na nossa família, não abrimos os presentes antes do jantar. Isso faz com que o dia dure um pouco mais.

Marc sorri.

– É bom saber que você exercita a sua paciência.

– Há muitas coisas que não sabe a meu respeito, sr. Blackwell – digo, repetindo o que ele havia me dito ontem.

– E mal posso esperar para saber... Bem, se tenho de esperar até depois do jantar para lhe dar o meu presente, tenho sorte de ter arrumado mais algumas surpresas. Vamos descer. Tem uma coisa lá embaixo à sua espera.

Com Sammy e meu pai ainda dormindo, corro pelas escadas sem fazer barulho, arrastando Marc comigo.

– Mais devagar Sophia, assim você vai cair.

– Estou ansiosa demais para ir devagar – respondo.

– A surpresa está na sala – diz Marc, apertando meus dedos.

Puxo Marc para a sala e paro, incrédula.

– Ah, Marc.

No canto da sala, há uma árvore de Natal incrível, com galhos maravilhosos, cheios de ramos. Parece que foi arrancada diretamente das florestas da Noruega.

Nos ramos, há folhas de azevinho, feitas de madeira e pintadas à mão, e bolas pintadas com cenas de Natal dos anos 50.

– Como você providenciou isso tudo? – pergunto atônita, respirando fundo. Eu me aproximo e toco os ramos com a ponta dos dedos.

– Enquanto você estava fazendo a peça. Por isso cheguei atrasado. E decoramos de madrugada, a equipe de segurança me ajudou – sorrio ao imaginar Marc e os seguranças andando nas pontas dos pés na calada da noite, pendurando enfeites de Natal.

– Não acredito que você fez tudo isso – falo, ainda boquiaberta.

– Você gostou? – pergunta Marc.

– Adorei. E Sammy também vai ficar encantado.

Como se fosse uma sugestão, começa um choro alto no andar de cima. Sorrio para Marc.

– Vou pegar o Sammy e acordar meu pai. E depois vou preparar o café.

Capítulo 30

Para o café da manhã de Natal, preparo panquecas com cerejas negras e um molho morno de conhaque. Sirvo com creme e café fresco.

Meu pai está tão surpreso quanto eu fiquei com a árvore e posso dizer que, no fundo, está feliz. Ele adora o Natal quase como eu.

Meu pai trata Marc de maneira cautelosa durante o café, mas os dois mantêm uma conversa amistosa sobre as ruas do vilarejo e sobre o amor mútuo por carros. Ele não fala muito, mas Marc faz o seu melhor.

Quando o café termina, meu pai se levanta.

– Preciso pedir mil desculpas para vocês dois.

– Precisa? – endireito-me na cadeira, pensando que meu pai percebeu que me casar com Marc faz sentido.

Meu pai limpa a garganta.

– Sim. Vocês devem estar se perguntando por que eu não trouxe nenhum presente. Bem, sinto vergonha em admitir, mas eu não consegui ir às compras este ano. Passei tanto tempo resmungando e me sentindo infeliz que esqueci que há outras pessoas no mundo além de mim. Mas isso vai mudar a partir de agora. Vou parar de pensar em mim e em minha mágoa e passar a pensar em todo mundo novamente. Só espero que possam me perdoar por ter sido tão egoísta.

– Tudo bem, pai – digo. – Nós sabemos que você passou por muita coisa na semana passada. Foram dias difíceis. Eu não esperava um presente e tenho certeza que Marc também não.

– Não. Não mesmo – concorda Marc.

– Vocês são muito compreensivos – diz meu pai, voltando a se sentar.

Há um silêncio constrangedor.

– Pai – começo, após um momento –, você tem pensado sobre a possibilidade de nos casarmos? Você... ainda pensa o mesmo?

Meu pai olha de relance para Marc e depois baixa os olhos.

– Preciso de mais tempo para pensar – responde ele. – Mas estou feliz por Marc estar aqui conosco. Será uma boa chance para conhecê-lo. Quem sabe, depois do Natal posso acabar mudando de ideia.

– Isso seria incrível – digo, sentindo a esperança aquecer meu peito. – Bem, vou arrumar as coisas.

Deixamos Sammy abrir um presente após o café. Essa é outra regra – as crianças podem abrir um dos brinquedos logo pela manhã, mas, depois, precisam esperar como os adultos.

Eu não tenho certeza se Sammy já entende que esse é um dia especial, mas ele escolhe o presente de Marc para abrir primeiro. E sorri muito feliz ao ver o caminhãozinho de madeira quando o ajudamos a abrir o pacote.

– Belo presente! – exclama meu pai, ajoelhando-se para ajudar Sammy a liberar as toras, que rolam pelo chão da sala. – Obrigado.

– O prazer foi meu – diz Marc.

Após o café, seguimos para nossa tradicional caminhada de Natal pelas trilhas do campo. Marc empurra o carrinho de Sammy rapidamente sobre a terra acidentada, enquanto o pequeno grita de alegria. Então, voltamos para casa e começo a preparar a ceia de Natal. Já havia colocado o peru no forno antes de sairmos, então começo a picar legumes, que vou provando conforme acrescento tempero.

Meu pai brinca com Sammy na sala e, para minha surpresa, Marc vem me ajudar na cozinha.

– Tenho uma entrada planejada – ele fala, abrindo a geladeira. Há um grande pacote branco lá dentro que não reconheço.

– De onde isso veio? – pergunto, enquanto Marc abre a embalagem.

– Eu pedi para que enviassem ontem. Rodney as comprou no mercado da Ponte de Londres.

O papel branco cai e revela oito lagostas gordas e vermelhas.

– Uau! – falo. – Elas são incríveis!

Marc tira o cabelo da frente dos olhos e vai até a parte do balcão onde ficam a tábua de corte e as facas. Escolhe uma delas e a afia sem muito esforço, o que me surpreende.

– Você parece *muito* à vontade na cozinha, sr. Blackwell. Achei que não sabia cozinhar.

Marc me dá um sorriso charmoso.

– Não me lembro de ter declarado que não sabia cozinhar.

– Mas Rodney não faz todo o serviço para você?

– Sim. A maior parte. Sou sensato o bastante para me afastar e deixar o mestre fazer o serviço. O mesmo vale para quando você está na cozinha.

– Então você *sabe* cozinhar?

– Eu não diria tanto. Mas sei preparar algumas coisas. Lagosta é uma delas. E eu sei afiar uma faca.

– Onde você aprendeu?

– Eu flertei com a ideia de abrir um restaurante em Los Angeles por um tempo e pensei que, se fosse fazer isso, deveria aprender tudo que há para saber sobre o negócio.

– Um perfeccionista em tudo que faz – comento com um sorriso.

– Sempre dou tudo o que posso em meus projetos – responde Marc, seus olhos fixos no meus, o que faz meu corpo estremecer.

– Sou um de seus projetos, sr. Blackwell? – pergunto. – Algo pelo que você faz tudo o que pode?

– Eu não a chamaria de projeto.

– Ah? E do que você me chamaria?

– De minha alma gêmea. A única mulher do mundo que pode derrubar minhas barreiras.

– Eu não acho que quebrei *todas* as suas barreiras – digo. – Ao menos, não por enquanto. Mas eu estou trabalhando nisso. Especialmente quando se trata de confiança.

– Confiança?

– Leo Falkirk.

– Eu confio em *você* – diz Marc. – É nele em quem não confio.

— Espero que isso mude. Então... Conte-me mais sobre como aprendeu a cozinhar.

Marc dá um meio sorriso.

— Eu não sei cozinhar. Mas aprendi tudo que pude sobre cozinhas profissionais, sobre o equipamento, a qualidade da comida, sobre como os chefs preparam frutos do mar e carne.

— Você aprendeu a cozinhar lagostas apenas observando um chef?

— Um, não. Muitos.

— Impressionante – digo, enquanto ele torce a cauda da lagosta. – Você aprende bem rápido, sr. Blackwell. Nunca consegui aprender coisa alguma apenas observando.

— Ah, eu não acho. Você pega tudo muito rápido.

— Ora, obrigada.

Eu vejo Marc manipulando as lagostas com suas mãos firmes, seus dedos fortes, revelando a carne branca abaixo da casca.

— Mas as lagostas não são melhores quando compradas vivas, e não cozidas?

— Bem, eu comprei pré-cozidas – conta Marc –, porque achei que você não gostaria de me ver cozinhando um animal vivo na sua frente.

— Você está certo. Eu não teria gostado.

Observo, fascinada, enquanto Marc corta cada lado da cauda da lagosta, retira a casca e, com destreza, separa as entranhas do animal, as coisas gosmentas pretas e verdes.

— Você é muito bom nisso – comento.

Marc ri.

— Espere comer antes de julgar.

Enquanto Marc continua seu trabalho e eu preparo os legumes, alguém bate na porta.

Marc ergue a cabeça.

— Surpresa número 2.

Eu sorrio para ele enquanto limpo minhas mãos em um pano de prato.

— Quem é?

— Abra a porta e veja.

Capítulo 31

Meu sorriso aumenta quando abro a porta da frente.

– Ai, meu Deus! – coloco a mão na boca e encaro as duas convidadas paradas no degrau da porta. – Eu não acredito. Uau!

Bem ali na minha frente estão Denise e Annabel.

– Feliz Natal, Sophia! – diz Annabel, sorrindo timidamente. – Espero que não se importe com nossa presença.

– *Importar-me?* Eu achei que não poderia vir. Marc disse algo sobre a clínica... sobre você permanecer lá. Estou muito feliz em vê-la! E Denise... Marc me disse que pediria para nos visitar, mas nunca disse que viria, com certeza. Estou tão feliz! Entrem, entrem.

Eu agarro os braços das duas e levo-as para a sala.

– Esse é meu pai. E Sammy.

Meu pai olha e sorri afetuosamente ao ver duas pessoas novas em casa. Ele é como eu: gosta da casa cheia no Natal.

Denise e Annabel o cumprimentam com apertos de mão, e Sammy engatinha ao redor delas para dar uma olhada nas novas convidadas.

– E, claro, vocês conhecem Marc – digo, sorrindo, enquanto Marc vem da cozinha e dá um beijo no rosto de cada uma. – Sentem-se, por favor. Sintam-se à vontade. É muito bom tê-las aqui!

Não consigo parar de sorrir enquanto recebo Denise e Annabel. Denise usa um vestido preto e brilhante com decote em "V", o que realmente a valoriza. Seu perfume é exótico e sua maquiagem brilha combinam com a roupa.

Annabel ainda está muito magra e usa um suéter simples de gola alta e calça jeans. Mas parece melhor do que antes, muito mais saudável, com olhos mais vivos e felizes.

É ótimo ter a casa cheia de gente. Não foi assim por algum tempo, desde que meus avós e minha mãe morreram.

– É ótimo tê-las aqui – digo, novamente. – Deixem-me pegar uma bebida para vocês.

– Você parece feliz – comenta Marc, enquanto vou à cozinha e procuro as bebidas ao redor da geladeira.

– Muito, muito feliz – dou uma pausa para embrulhá-lo com meus braços e enterrar a cabeça em seu peito. – Parece com cada Natal que tive em minha infância. A casa aconchegante e cheia de gente. Mamãe gostaria de ter visto a casa tão viva novamente! E ela adoraria tê-lo conhecido.

Os braços de Marc me envolvem.

– Você não costuma falar sobre sua mãe.

– Não? Pensei que falasse sobre ela o tempo todo. Sempre penso nela, principalmente no Natal.

– Não – Marc beija meu cabelo. – Você não a menciona com frequência. Mas eu entendo. Aprendemos a manter os pensamentos para nós mesmos quando perdemos um dos pais. A maioria das pessoas não entende como é sentir que nos falta um pedaço.

– Essa é uma boa descrição. Você também se sente assim?

– Sim.

Agarro Marc mais apertado.

– Mas agora tenho você – diz Marc. – Então, não me falta mais nada.

Capítulo 32

Geralmente bebemos cerveja no Natal e às vezes uma garrafa barata de Vinho do Porto. É estranho inspecionar a cozinha e encontrar garrafas caras de conhaque e champanhe. Mas, como estamos celebrando a chegada de convidados de honra, decido abrir uma garrafa de um champanhe caro.

Não temos taças de champanhe, então sirvo-o nas taças de vinho tinto que pertenciam aos meus avós.

– Bebidas! – digo, indo à sala.

Noto que meu pai sentou perto de Denise.

– Maravilhoso – Denise pega uma taça e dá um tapinha no meu braço. – Era isso que eu queria.

Annabel olha para a taça com cautela.

– Sophia... peço desculpas, mas eu não posso beber. É parte do programa de reabilitação.

Olho para o champanhe.

– Ah, meu Deus. Foi estúpido da minha parte. Annabel, não tem do que se desculpar. Não sei no que eu estava pensando.

– Annabel, temos um ótimo suco de laranja fresco, se você preferir – fala meu pai. – Ou chá?

– Chá seria ótimo.

– Vou pegar para você – meu pai parece muito mais alegre desde que as duas chegaram. Está agindo como antes. Talvez, apenas talvez, até o final do dia, ele se dê conta do homem maravilhoso que Marc é e concorde com nosso casamentoPapai pula do sofá, e eu tomo seu lugar.

– Fico muito feliz por Marc ter convidado vocês – falo para Denise e Annabel. – Foi meu melhor presente de Natal vê-las nos degraus da entrada.

Denise sorri.

– O prazer é meu. De verdade. Não posso descrever o choque que senti quando Marc me convidou. Ele costuma ignorar o Natal completamente. Já havia desistido, há muito tempo, de persuadi-lo a fazer algo além de trabalhar. O que você fez com ele, Sophia?

– Eu adoraria levar o crédito. Mas, sinceramente, não fiz nada.

– Eu acho que deve ser a sua influência – diz Annabel, com um sorriso esperto. – Nunca havia visto o meu irmão tão encantado com alguém. Antes de você aparecer, nunca pensei que ele fosse se acalmar. Nunca.

Denise acena.

– Quem alguma vez pensou que alguém quebraria a armadura de Marc Blackwell?

– Quem poderia imaginar? – concorda Annabel. – E, no entanto, Sophia quebrou.

Meu pai aparece com uma xícara de chá para Annabel e escorrego para o chão para que ele volte para seu lugar.

– A idade antes da beleza – digo, e meu pai dá um cascudo de brincadeira na minha cabeça.

– Como foi na clínica? – pergunto a Annabel, ao perceber a pulseira plástica de paciente em seu pulso.

– Um inferno, no começo – responde Annabel, com rugas aparecendo ao redor dos olhos enquanto tenta sorrir. – Mas, sabe, ficou melhor. Dia a dia. É o que eu preciso; eu sei disso. Então, posso aguentar um pouco mais. Tenho uma boa razão para suportar.

– Você tem alguma notícia sobre seu filho? Sobre conseguir a custódia? – pergunto.

– Pode ser que sim. As assistentes sociais estão avaliando meu caso. Se eu conseguir me manter sóbria desta vez e ficar longe dos meus velhos amigos... Se eu conseguir, há uma chance que Danny possa voltar a viver comigo.

Capítulo 33

Enquanto arrumo a mesa para o Natal, sinto Marc se esgueirar por trás de mim e me abraçar pela cintura.

– Deixe-me ajudá-la.

– Você estudou os melhores garçons, assim como os melhores chefs?

Eu coloco um guardanapo e um biscoito de Natal ao lado de cada faca. Nossa mesa de jantar é pequena, mas é muito agradável saber que estará repleta! Lembra-me de quando mamãe estava viva. Nos jantares que ela oferecia, batíamos os cotovelos um nos outros por sentarmos bem juntos, e ríamos.

– Não – responde Marc. – Na verdade, agradeço se você me der alguma orientação.

Fazemos uma pausa para observar como a mesa está ficando e Marc me puxa para ele, repousando a mãe sobre o meu quadril, o que me faz estremecer.

– Você gostou da sua surpresa? – pergunta Marc.

Viro para ele, com uma porção de talheres ainda nas mãos, e sinto seus dedos frios em minha cintura.

– Você sabe que sim. Adorei. Eu acho que Denise ficou surpresa por ser convidada. Ela me disse que você não costuma se importar com o Natal.

– Verdade. Eu preciso de uma ótima razão para celebrar o Natal – ele acaricia minhas costas até chegar aos meus cabelos, observando as mechas com interesse.

– E você encontrou uma boa razão este ano? – pergunto.

– A melhor razão.

Sinto um puxão no tornozelo e, quando olho para baixo, vejo Sammy tentando escalar minha perna.

– Sammy! – deixo os talheres e me abaixo para pegá-lo no colo.

Sammy tenta agarrar os talheres na mesa.

– Você quer me ajudar a pôr a mesa? – pergunto a ele.

– Parece que tenho um rival – diz Marc, sorrindo para Sammy. – Vou buscar os pratos de entrada.

Servimos os pratos de lagosta, coloco champanhe em canecas, copos e taças de vinho tinto que usamos antes e todos se sentam ao redor da mesa.

A lagosta está deliciosa, claro, e damos enormes garfadas nos frutos do mar. Tomamos goles de champanhe, pegamos biscoitos, usamos chapéus tolos e rimos enquanto esbarramos os cotovelos uns nos outros – do mesmo jeito que fazíamos há alguns anos, quando mamãe estava viva. Exceto que, naqueles dias, obviamente, não havia lagosta ou champanhe.

Presto atenção na expressão de Marc algumas vezes e não consigo acreditar em tudo isso... Não consigo acreditar que ele está aqui, comigo, da mesma forma que sua irmã; que ele parece tão relaxado e contente, sentado à velha mesa de jantar, tomando champanhe em uma caneca de futebol.

Quando todos terminam a entrada, tiro o belo peru gigante do forno e Marc me ajuda a encontrar espaço para ele. Também sirvo as batatas assadas, cenouras e nabos, couve-flor com queijo para Sammy e linguiças enroladas com bacon para meu pai.

Nós comemos, conversamos e rimos e, quando estamos satisfeitos, trago o pudim de Natal e acendo uma vela. Depois de cantarmos *We Wish You a Merry Christmas*, comemos fatias enormes de pudim com creme batido.

Quando estamos para terminar, meu pai bate com uma faca em seu copo, limpa a garganta e se levanta.

Nós todos ficamos em silêncio.

– Obrigado, obrigado a todos – fala meu pai, ajeitando o chapéu de papel. – Foi um dia maravilhoso. E gostaria de, particularmente, dar as boas-vindas a todos os convidados.

Meu pai é interrompido por uma batida na porta, e todos se viram para a entrada.

– Deve ser Jen – digo, levantando-me. – Ela chegou mais cedo do que esperava.

Corro na direção da porta, que abro de uma vez.

– Feliz Natal! – grito.

Porém, em seguida, dou um passo para trás.

– Ah!...

Não é Jen. É Genoveva que está à porta.

Capítulo 34

Genoveva usa uma pashmina verde-limão e uma calça combinando, e tem o cabelo arrumado, liso e brilhante ao redor do rosto. Também tem mais luzes, percebo – está muito mais loura do que a última vez em que a vi, o que não combina muito com suas grossas sobrancelhas marrons e a pele bronzeada.

– Genoveva – murmuro, olhando para ela feito uma idiota.

– Mike está? – pergunta ela, olhando por cima dos meus ombros.

– Sim, eu... – quando me viro, vejo que meu pai está atrás de mim.

– Genny... – começa ele suavemente.

– Não vim para ficar – interrompe Genoveva. – Mas eu tinha que fazer isto pessoalmente. Mike, você precisa parar de me perseguir. Ligações todos os dias, e hoje estas mensagens de texto. Isso precisa parar.

– Perseguindo você? – meu pai balança a cabeça. – Eu nunca quis... Quer dizer, sinto sua falta. Isso não é segredo. Mas hoje eu mandei uma mensagem a respeito de Sammy. Ele queria ver você e...

– Quero o divórcio – interrompe Genoveva. – Quero me casar com Patrick.

Meu pai parece ter levado um soco no estômago.

– Divórcio?

– Patrick e eu estamos apaixonados. Estou seguindo em frente com nossas vidas. Você deveria fazer o mesmo.

– E quanto a Sammy? – pergunta meu pai. – Genny, por favor. Isso é muito rápido. Não tenha pressa e pense bem sobre isso.

– Patrick não tem vontade de ter Sammy conosco – responde Genoveva. – Ele já tem os filhos dele. Mas vamos ter que fazer algum arranjo. Por ora, gostaria de ver Sammy, se ele estiver.

Meu pai abre e fecha a boca, mas não diz uma palavra. Então se afasta para deixar Genoveva passar.

– Não vou impedi-la.

Quando Genoveva vê a mesa cheia de gente, parece desconcertada.

– Não sabia que vocês tinham todos estes convidados – diz em tom de acusação, indo direto à cadeira de Sammy.

Genoveva o pega como se fosse uma sacola de compras e o acaricia como se fosse um cachorrinho. Sammy parece aturdido. Então, quando Genoveva tenta arrumar o cabelo dele, ele começa a chorar.

– Ele deve estar de mau humor – declara, entregando Sammy para mim. – Tem muita gente aqui, imagino.

Genoveva faz um bico quando nota a presença de Denise e Annabel.

– Então talvez seja melhor que ele passe o dia com você, Mike. Não o quero se ele for ficar chorando o dia todo. Quem diabos o vestiu esta manhã? Essa camiseta não combina com essa calça.

Genoveva coloca Sammy de volta na cadeira.

– Venho vê-lo na próxima semana, talvez, quando ele estiver melhor – ela se vira para meu pai. – Nossos advogados entrarão em contato. Feliz Natal.

Com estas últimas palavras, Genoveva vai embora, batendo a porta.

Capítulo 35

Quando eu e meu pai voltamos à mesa, há um silêncio constrangedor.

Denise cobre a boca com a mão. Marc está com as sobrancelhas franzidas. Os olhos azuis de Annabel estão arregalados. Sammy está completamente quieto, debruçado em sua cadeira e mordendo os lábios.

Todos estão com os olhos no meu pai, mas fingem que não, enquanto ele pega o garfo e empurra uma batata pelo prato.

Após um momento, pergunto desorientada:

– Papai, você está bem?

– Ela quer o divórcio – diz meu pai para ninguém em particular. – Um divórcio. Sammy vai crescer em uma família desunida.

Eu arrisco um olhar para Marc. Ele parece sério e pensativo.

Meu pai toma um gole de champanhe da caneca dele.

– Sophia, que isso sirva de lição para você. Apressar o casamento não traz nada além de mágoa.

– Pai, você está chateado. Não pense muito nisso agora. Talvez Genoveva...

– Não. Estou vendo tudo claramente pela primeira vez em anos – interrompe meu pai. – Você e Marc se conhecem há cinco minutos. Vocês são de mundos completamente diferentes, como eu e Genoveva. Desculpe, mas não posso dar minha bênção para o casamento. Simplesmente não posso.

Tento não demonstrar minha decepção. "Meu pai está magoado", digo a mim mesma. "Ele acaba de receber notícias devastadoras. Não está pensando direito."

– Pai, você deveria pensar nisso por mais algum tempo.

– Não preciso de mais tempo. Tomei minha decisão.

– Pai, *por favor*...

– Sinto muito, Sophia. Mas não poderia vê-la sentindo a dor que enfrento agora.

Denise se inclina e põe a mão no braço do meu pai.

– Mike, sinto muito por essa notícia horrível. Todos nós sentimos muito. De verdade. E eu sei que tem a melhor das intenções em relação a Sophia e Marc. Que tal repensar sua decisão daqui a uns meses? A temporada da peça de Sophia acabará em março. Por que não reconsidera até lá? Estou certa de que, após vê-la atravessar toda uma temporada com uma peça no West End, vai perceber como é uma jovem adulta. E como ela e Marc combinam um com o outro.

Meu pai suspira.

– Eu sei que Sophia é madura para a idade dela. Mas... ainda penso assim, acho que ela não está vendo as coisas como elas realmente são. Eu não acho que, com ele por perto, Sophia seja dona de suas vontades.

– Eu sou, sim – insisto – Claro que sou.

– Ele é uma influência forte demais, Sophia. Talvez você não perceba o quanto. E, além disso, tem a superproteção, todos esses seguranças rondando a casa. Não me parece um estilo de vida saudável.

Olho para Marc, meus olhos suplicando para que ele não diga por que os seguranças estão aqui.

– Mike... – chama Denise – Dê alguns meses para que eles provem que combinam, que são um bom casal. Não tome decisões precipitadas.

Meu pai apoia seu garfo na mesa.

– Certo. Está bem. Eu pensarei novamente em três meses, quando a temporada da peça de Sophia acabar.

Enlaço meus dedos nos dedos de Marc.

– Papai! Obrigada...

– Esperem. Tem uma condição.

– Uma condição?

– Você e Marc precisam ficar separados nesses três meses.

– Três meses *separados*? – pergunto.

– Ficar alguns meses sem ver Marc não vai matar você – diz ele. – E você vai ter tempo para pensar. Para reavaliar sua vida sem ele e para entender que existem outras opções para você.

– Três meses não vão mudar o que sinto e o que penso.

Eu me viro para Marc e percebo que ele deixou de apertar minha mão. Ele não parece brabo. Na verdade, parece pensativo, e isso me preocupa.

– Marc – balanço a cabeça –, você não está levando isso a sério, está?

– Eu vejo sentido no que seu pai diz. Você terá um tempo para entender o que realmente quer da vida. Pode existir alguém por aí melhor do que eu.

– Não – balanço a cabeça. – Marc, eu amo você. Só você. Você é tudo que eu quero!

Sinto as lágrimas vindo e as seco envergonhada por fazer uma cena. Se ele realmente me ama, como pode suportar todo esse tempo separado?

Marc seca minhas lágrimas gentilmente. Ele coloca um braço em meu ombro e seu calor me conforta um pouco. Mas não completamente.

– Eu sei como é importante para você ter a bênção de toda a sua família. E, se nos separarmos por algum tempo significa ter a aceitação do seu pai, então posso aguentar – ele se vira para o meu pai. – Mas também tenho uma condição. Eu vou ver Sophia se a segurança dela for ameaçada. Para ter certeza de que está bem. Mas, fora isso, manterei distância. Não serei parte da vida dela.

– Combinado – diz meu pai.

Eu balanço a cabeça.

– Pai, não! Você não precisa nos fazer passar por isso. Você já sabe que estamos apaixonados. Que nosso amor não vai mudar.

– Quero que você tenha certeza, antes de se comprometer com algo que é para toda a vida. Para sempre.

Eu escuto o tom da voz de meu pai e percebo que há um olhar decidido em seu rosto: o que quer dizer que ele não aceitará discussões e que "faremos o que tiver de ser feito". Eu vi esse mesmo olhar quando não pudemos comprar flores para o funeral da mamãe e tivemos de cortar sua roseira preferida para decorar o caixão. Ele não vai mudar de ideia. E realmente pensa que está fazendo o certo. Que está me salvando de um terrível engano.

Eu aperto a mão de Marc quando me dou conta da verdade. Essa é a nossa única saída. Três meses separados ou meu pai não vai dar sua bênção para nos casarmos.

Sinto olhares solidários de Denise e Annabel.

– Três meses – murmuro paralisada por dentro.

– Como Denise disse, a temporada de sua peça termina em março – fala meu pai. – Você terá três meses para se concentrar na sua carreira, em seu futuro. E, se os dois ainda tiverem o mesmo sentimento quando a temporada acabar, pensarei de novo sobre dar minha bênção.

– Nós teremos o mesmo sentimento – afirmo. – Tudo bem. Certo, está bem. Eu concordo. Concordo porque desejo que você veja que Marc é um bom homem. Que ele vai honrar a promessa. E que, mesmo após três meses separados, ainda estaremos apaixonados.

Capítulo 36

Meu pai diz que, enquanto estivermos separados, poderemos nos falar por telefone uma vez por semana. No entanto, não tenho permissão para ver Marc pessoalmente, de jeito nenhum. E nossa separação começa hoje à noite.

Quando deixamos a mesa de jantar, seguro a mão de Marc, mas não o sinto conectado comigo. Estou chocada. Marc está muito quieto e pensativo. Eu acho que está se preparando.

– Nós vamos fazer isso, mesmo? – sussurro, enquanto todos sentam na sala.

– Pode ser o melhor a ser feito – responde Marc. – Uma separação vai ajudá-la a pensar sobre o seu futuro. E se eu devo ou não fazer parte dele.

– Claro que você tem que estar nele, Marc. Eu amo você.

Marc trinca os dentes e, neste momento, todas as minhas dúvidas sobre o amor dele somem. Ele está lidando com a situação do jeito dele – tomando o controle.

– Eu também amo você – responde Marc, enquanto sentamos no sofá.

Alguém bate na porta.

Fico tensa, imaginando se Genoveva voltou, mas então a porta se abre e posso escutar Jen nos chamando.

– Olá a todos!

Jen aparece na sala, soprando um apito.

– Feliz Natal!

Ela usa um vestido vermelho vivo, com enfeites de pele branca, e carrega uma sacola cheia de presentes e garrafas de vinho.

– Oi, Jen.

– O que aconteceu com vocês? – pergunta Jen. – Parece que entrei em um velório. É a hora dos presentes, não? Vocês já jantaram!

Ela olha para a mesa de jantar vazia, mas ainda com pratos sujos de pudim e embalagens de biscoito.

– Uau! Que árvore fabulosa – ela põe seus presentes juntos dos nossos embaixo da árvore.

– Ainda não pudemos trocar presentes – explico.

Jen nota a presença de Annabel e Denise.

– Você deve ser a irmã do Marc. Prazer em conhecê-la – diz ela, aproximando-se e beijando Annabel.

Jen beija Denise também.

– E não preciso perguntar o seu nome. Eu a vi em uma montagem de *Les Misérables* há alguns anos. Você estava incrível. E Soph diz que é uma professora fantástica – ela se vira para mim. – Está tudo bem?

– Não muito – admito. – Marc e eu... Meu pai pensa que será melhor ficarmos separados algum tempo.

– Ah... – Jen olha para mim, para meu pai e de volta para mim. – Separados?

– Três meses, para ser exata.

– Por que você faria isso?

– Porque, de outra forma, meu pai não nos dará a bênção para o casamento.

Jen fica boquiaberta.

– Você está brincando.

– Não.

Há um silêncio estranho. Jen se joga nos braços de um sofá e se vira para o meu pai.

– Por que tudo isso, afinal? Não soa muito natalino.

– Não quero ser visto como um ogro por vocês – responde meu pai. – Mas, se Sophia quer minha bênção para se casar, eu penso que ela e Marc devem dar um tempo.

Jen ergue as sobrancelhas.

– Por que você não pode confiar na decisão da Sophia? Ela já tem mais de 20 anos. Não é mais uma adolescente.

– Não quero que ela sofra – responde meu pai. – Se é para ser, um afastamento de alguns meses não vai fazer diferença.

– Não me odeie por dizer isso – diz Denise, inclinando-se na minha direção –, mas acho que seu pai tem uma certa razão. O amor, quando se é jovem, não é necessariamente o mesmo do casamento. Você pode se apaixonar muitas vezes quando é jovem, mas um compromisso para a vida inteira é diferente.

– Eu só me apaixonei uma vez – declara Marc. – Por Sophia.

– Você pode mesmo estar sentindo tudo isso – responde Denise amavelmente. – Mas e quanto a Sophia? Mike tem razão, ela viu muito menos do mundo que você.

– Eu sei... – responde Marc – e não discordo da decisão dele. Eu acho que seria bom se Sophia tivesse um tempo para pensar no que vai fazer. Pode haver uma vida melhor para ela, uma que não posso dar.

– Vocês vão fazer isso mesmo? – pergunta Jen. – Ficar separados todo esse tempo?

– Eu não quero. Mas... não acho que temos outra escolha.

Jen se volta para meu pai.

– Mike, você tem certeza de que não está deixando outras coisas nublarem seu pensamento? Eu ouvi sobre Genoveva...

– Eu acho que o problema com Genoveva me fez ver tudo mais claramente. Ela nos visitou mais cedo. E agora vejo muitas coisas que nunca tinha notado – diz meu pai, franzindo as sobrancelhas.

Silêncio.

Penso no presente de Genoveva, embrulhado embaixo da árvore, e me pergunto por que tive a esperança de que se comportasse como um ser humano normal por ser Natal. Pobre Sammy.

– Vamos abrir os presentes? – pergunto, tentando mudar de assunto.

– Annabel, Denise, peço desculpas, mas não comprei nada para vocês.

Annabel sorri e abre um medalhão prateado do suéter.

— Recebi o presente de vocês pelos correios há alguns dias. É bonito. Muito bonito – diz ela enquanto abre o fecho do broche de bronze com um clique. – Como você conseguiu a foto de Daniel?

Eu sorrio ao ver a criança de cabelos louros dentro do medalhão. Ele se parece um pouco com Marc, em uma foto de infância.

— Pedi para Marc.

— E obrigada pelo livro – agradece Denise. – Eu adoro Robert Burns.

— Eu vi alguns livros de poesia na sua sala de aula e arrisquei.

Eu dou os presentes para Jen, meu pai e Sammy. Meu pai ganha acessórios para o carro; Jen ganha alguns filmes e o jogo de chá de Marc. Sammy recebe um boneco elástico que pode ser torcido de todas as formas. E entrego o presente de Marc.

— Não é muito – digo envergonhada porque todo mundo está me olhando. O presente está embrulhado em papel de seda preto e de repente parece ridiculamente pequeno e humilde.

Marc balança a cabeça e sorri.

— Ei! Eu não havia pedido que não comprasse nada para mim?

— Eu meio que ignorei.

Ele me dá um sorriso avassalador.

— Você meio que me ignorou?

— Sim. Bem, eu já tinha comprado quando você disse aquilo. Então... Abra.

Marc puxa o papel preto.

— Você fez isso? – pergunta ele, tirando uma pulseira feita à mão, de seda preta e cinza. Folhas de hera prateadas estão entrelaçadas no tecido com pequeno fecho de prata.

— Sim – admito. – Não é muito. Mas gostei de fazê-la para você. Espero que goste.

— Gostei, sim – declara Marc, fechando a pulseira no pulso.

Deus, amo seus pulsos. São claramente fortes, marcados por sombras e luzes.

Eu fico vermelha.

– Você não precisa usá-la o tempo todo ou algo assim. Quero dizer, não é tão especial.

– É especial para mim – afirma Marc. – É hora do seu presente – ele segue até a árvore e pega um pacote pequeno, um retângulo fino como um biscoito, embrulhado em papel dourado e prata. Tem um enorme ramo de visgo decorando o presente.

– Belo pacote – digo, acariciando o visgo. Estou aliviada em ver que o presente é pequeno. Não queria nada extravagante. Só serviria para me fazer sentir desconfortável. Mas, novamente, como diz Jen, os maiores presentes vêm em pacotes pequenos.

Cuidadosamente, tiro o papel e olho para o que está dentro.

Capítulo 37

Viro-me para Marc.

— Não é... não é o que estou pensando, é?

— O que você pensa que é?

Olho para o que está envolto pelo papel: uma fotografia de um lindo cavalo negro com uma mancha preta no focinho.

— É a foto de um cavalo – percebo. Mas eu sei que Marc preparou algo além disso. Ele não me daria apenas uma fotografia. O que significa...

— Ela é sua – diz Marc suavemente.

— Você está brincando – olho para a foto do maravilhoso cavalo, com pelos brilhantes e olhos negros e balanço a cabeça. – Eu... Marc, eu... eu não sei se posso aceitar. Quero dizer, eu só lhe dei uma pulseira feita à mão, e isso é...

— Ela vai me fazer companhia enquanto você estiver longe de mim. O nome dela é Ebony. É muito dócil. As pessoas que cuidam do meu estábulo podem tomar conta dela. Mas você pode visitá-la e cavalgá-la quando quiser.

Levanto bruscamente e me jogo nos braços de Marc.

— Obrigada – sussurro. – Isso é... um presente incrível.

— Vou levá-la para conhecer Ebony ainda hoje – fala Marc. – Ela está a uma hora daqui. Na fazenda que visitamos, você se lembra?

— Sua fazenda – respondo.

— Nossa fazenda.

De repente me dou conta de que há mais pessoas na sala e me afasto de Marc.

— Nós deveríamos... Beber uma xícara de chá?

Mais tarde, enquanto os outros descansam na sala, Marc se dispõe a me levar para ver Ebony.

– Keith vai nos levar? – pergunto.

Marc faz que não com a cabeça.

– Meu carro foi trazido para cá enquanto preparávamos o jantar. Eu vou dirigir.

Sorrio.

– Ótimo.

Jen e Annabel divertem-se jogando Scrabble, e Denise e meu pai estão conversando, tomando chá e comendo biscoitos de chocolate, então não sentem nossa falta quando saímos.

Seguimos até a fazenda em silêncio, felizes por estarmos juntos, mas perdidos nos próprios pensamentos. Temos muito o que pensar sobre tudo o que meu pai disse.

Quando chegamos à fazenda, percebo a presença dos seguranças rondando o perímetro.

– Marc – viro em sua direção enquanto o carro pula pelo caminho enlameado que leva até a casa da fazenda –, você disse que me contaria após o Natal o porquê de toda essa segurança. Eu acho que o Natal acabou. Então... você não vai me dizer?

Marc estaciona o carro.

– Certo...

Marc olha para o campo aberto à nossa frente e sigo seu olhar, vendo as árvores nuas ondularem com o vento frio.

– Talvez isso a ajude a entender por que não protestei muito sobre a decisão do seu pai.

Uma pausa.

– Marc?

– Minha equipe de advogados está cuidando de Getty. Você não precisa se preocupar com ele chegar perto de você. Mas há algo mais.

– Certo – respiro fundo.

– Há outros.

– Outros? O que quer dizer?

– Getty fazia parte de uma rede secreta. São conhecidos como DOR. Eles são donos de vários clubes em Londres. Poucas pessoas sabem da existência desse grupo. Souberam que Getty foi preso. E parece que os líderes do grupo querem se vingar de quem o colocou atrás das grades.

– Querem se vingar de nós?

– É o que parece.

Eu fico enjoada.

– A polícia sabe sobre esse grupo?

– Não exatamente – Marc balança a cabeça. – Ainda não, de maneira alguma. Isso precisa ser tratado com muita delicadeza. Os caras da DOR são espertos. Se fizermos as acusações erradas muito cedo, pode ser que a polícia não processe todos.

Silêncio.

– Marc?

– Tem mais uma coisa – Marc segura o volante. – Alguém mais, na verdade. Envolvida em toda essa história. Querendo vingança.

– Quem?

Marc vira-se para mim.

– Cecile.

Capítulo 38

– Cecile, minha colega na faculdade? – pergunto.
– Sim. Os caras da DOR a procuraram depois de saberem da prisão de Getty. Ela tem sido vista nos clubes noturnos deles.
– Ela jamais gostou de mim – digo, sentindo-me estranhamente paralisada. – E agora, tem mais razões do que nunca para me odiar.
– Eu não tenho certeza de como Cecile se envolveu com eles. Mas o que sei é que, neste momento, não é seguro que você fique na minha casa.
– É isso que não entendo. Achava que sua casa era segura.
– E é. Contra quase todos.
– Quase todos?
– Tem uma mulher. Uma das líderes da DOR. Seu nome é Yasmina. Ela conhece a casa de cima a baixo. Sistemas de segurança, a planta, tudo.
Meu sangue gela.
– Como?
– Ela trabalhou para mim como minha assistente pessoal, anos atrás. Contratei Yasmina por sugestão de Getty. Ela foi a forma que ele encontrou para ter acesso a mim, para ter certeza de que teria algo contra mim quando necessário. Ela sabe de muitas coisas sobre a casa. E sobre mim. Ela é esperta; muito, muito esperta. E cruel. Ela e o outro líder da DOR, Warren, foram acusados de alguns crimes doentios, mas nada foi provado.
Mexo a cabeça devagar, mais enjoada.
– Essa Yasmina... Vocês eram... – deixo a pergunta no ar.
– Não – responde ele, balançando a cabeça com firmeza. – Nunca. Nós temos gostos diferentes nesse aspecto.

– Ah. Certo.

– O pessoal da DOR é inteligente. Discreto. Eu preciso esperar para darem o primeiro passo. Mas, até lá, não acho que será ruim que estejamos separados. Eu não a quero no meio do fogo cruzado.

– E eu menos ainda quero ver *você* no meio do fogo cruzado. Marc, não suportaria se algo acontecesse com você.

– Não precisa se preocupar comigo. Posso cuidar de mim, é você quem tem de ser vigiada.

– Acho que deveria avisar Tom e Tanya. Cecile pode querer causar problemas na faculdade.

– Cecile não frequenta mais a Universidade Ivy.

– Não?

– Não. Nós do conselho pedimos para que se retirasse. Era claro que ela estava com problemas psicológicos e não posso ter alguém ameaçando meus alunos, você ou qualquer outro. Oferecemos tratamento, pago pela faculdade, mas ela recusou qualquer ajuda. Então, Cecile está por conta própria. Mas sob vigilância. Todos estão. Prometo que isso será controlado – ele aperta minha mão. – Vamos ver a sua égua.

Assim que ponho os olhos em Ebony, é amor à primeira vista. Ela é lindíssima e de um tamanho adequado – não é enorme como Taranu, nem muito pequena. Seu pelo brilha como estrelas em uma noite clara.

Marc pega alguns grãos para alimentá-la e, após alguns punhados, ela relincha, fuça na minha mão e me deixa acariciar seu flanco.

– Quer cavalgar? – pergunta Marc.

– Eu adoraria. Mas não posso deixar Sammy e meu pai sozinhos por muito tempo. Voltarei quando o Natal acabar. Ela vai me ajudar quando eu sentir sua falta. Acho.

O resto do dia parece um pouco apagado. Comemos queijo e biscoitos no chá, bebemos champanhe e jogamos um pouco mais, mas cada momento é enegrecido pela certeza de que logo eu e Marc teremos de nos separar. Como vou aguentar?

Apertamos a mão um do outro de vez em quando, dizendo, sem palavras, o quanto nos amamos. Mas, quando olho para Marc, posso dizer que está concentrado em seus pensamentos, tentando controlar seus sentimentos sobre o que está para acontecer.

Quando o final da noite chega, Denise, Annabel e Jen se despedem e meu pai vai para a cama. Com Sammy dormindo profundamente, Marc e eu vamos ao jardim para ficarmos sozinhos.

Paramos ao lado das árvores altas e olhamos para o céu negro, sabendo que não temos muito tempo até Marc partir. Sinto o calor de Marc contra meu rosto e pescoço. Tê-lo ao meu lado é ótimo, mas parte meu coração.

Afinal, pergunto.

– O que você achou do seu dia?

– Não foi como havia planejado. Mas estou satisfeito por tê-lo passado com você.

– Eu também. Foi o melhor Natal de todos, apenas por isso.

Observo um esquilo correr pelos galhos descobertos de uma árvore.

– Acho que preciso ir – começa Marc. – Está quase na hora.

– Eu acho que sim – respiro fundo, tentando ser forte e prática como ele.

Esforço-me para que a ideia da terrível separação não tome conta de mim, mas não consigo. Meu rosto assume uma expressão de pesar.

– Eu odeio ver você sofrer – diz Marc, rangendo os dentes.

– E aqui estou, tentando ser forte – tento rir, mas o riso é sufocado pelas lágrimas. Apoio minhas mãos no peito dele e tomo fôlego. – São só três meses, não é uma eternidade. E ainda podemos conversar uma vez por semana. E, quando acabar, poderemos ficar juntos para sempre. Para sempre.

Os lábios de Marc se curvam para cima.

– Isso quer dizer que você aceita o meu pedido, Sophia Rose?

– Você terá de pedir novamente se quer a resposta para a sua pergunta.

– Eu pretendo fazer exatamente isso.

Capítulo 39

Estou em nossa sala às escuras, vendo o carro de Marc partir. As rodas trituram o cascalho, e ele se vai. E fico sozinha, no escuro.

Uma sensação triste e melancólica toma conta de mim. Eu me sento, olhando para o lugar em que o carro dele estava estacionado. Então, subo as escadas e me jogo na cama.

Durmo feito uma pedra e só acordo na manhã seguinte.

– Olá, moça bonita. Um centavo por seus pensamentos.

Leo Falkirk caminha sobre o palco vestindo nada além de uma sunga justa, com a bandeira do Texas bordada nela. Seu corpo é tonificado e bronzeado, e seu cabelo louro cai sobre o peito musculoso.

Estou no palco usando *leggings* e uma camiseta folgada, olhando incrédula para a roupa de Leo.

– Por favor, não me diga que planeja usar isso no espetáculo de hoje.

– Esta é minha sunga de ensaio, somente para seus olhos – responde Leo com um sorriso de moleque. – Eu achei que você acharia graça. Para tirá-la de sua crise.

Nós não temos mais que ensaiar de verdade, já que o espetáculo está indo muito bem. Mas temos o compromisso de atuar o melhor que pudermos, então praticamos entre as apresentações, observando a reação do público e da crítica.

– Não estou em uma crise – contesto.

– Não durante as apresentações, talvez, mas... Puxa vida, você não tem se divertido muito o resto do tempo.

– Desculpe-me, Leo. Realmente não estou conseguindo me animar. Tudo parece um sacrifício.

Eu sento em um sofá roxo que parece macio, mas que está recheado de papel. O cenário já foi montado para a cena na casa da Fera, quando Bela lê poesia para ele.

– Eu sei, eu sei – diz Leo, pavoneando-se na minha frente. – M-A-R-C e sua estrela, amantes amantíssimos, cruelmente separados. Meu coração sente por sua causa. Mesmo.

Leo infla o peito e finge desmaiar.

– Mas você sabe que vocês sempre pareceram muito intensos para mim. Um tempo vai lhe fazer bem. Para ver que há outros homens além de Marc Blackwell.

– Você comprou isso em uma loja de souvenir, quando voltou para casa? – pergunto, acenando para a cueca.

– Não – Leo senta-se no sofá ao meu lado e passa um de seus braços nus em torno de mim. – Presente de Natal da minha mãe.

– Que bom que vocês dois se dão tão bem.

– A minha mãe tem senso de humor – diz Leo. – Você deveria tentar melhorar o seu. Você anda com uma careta terrível há semanas, desde o dia seguinte ao Natal.

Ele se levanta e deixa o palco por um instante, para voltar com um tabloide, que joga no meu colo.

– Isso deve alegrar você.

Fico boquiaberta quando leio a notícia: "Getty pega perpétua".

Capítulo 40

Eu olho para Leo. Ele sabe? Será que sabe o que aconteceu comigo?

– Leo, como você...

– Ele é um dos *paparazzo* que estavam incomodando você, não é? – pergunta Leo. – O que estava por trás de todas as histórias ruins?

– É ele – digo cautelosa, enquanto meus olhos examinam o artigo.

– Eu pensei que você ficaria feliz em saber que ele foi para a cadeia.

Eu aceno com a cabeça positivamente enquanto leio o artigo. Não menciona o meu nome de maneira alguma; diz apenas que Getty estava envolvido em um sequestro e com uma rede de boates que oferece sexo sadomasoquista e que foi sentenciado à prisão perpétua. Há fotos de Getty algemado sendo levado para o carro da polícia; ele parece pálido e envelhecido, suas costeletas características parecem desgrenhadas e perderam a forma.

– Ah meu Deus... – murmuro, lendo mais um pedaço da reportagem. – Mencionam Cecile.

– Quem é Cecile? – pergunta Leo.

– Ela é... uma garota da faculdade.

O jornal não diz se Cecile namorava Gerry. Apenas a menciona como uma amiga e a cita: "É um dia triste para a justiça britânica quando um inocente vai para a prisão e o culpado é inocente. Não deixarei a prisão de Giles ficar impune. Eu tenho amigos poderosos e pretendemos ter certeza de que a pessoa responsável por este crime sinta dor".

Dor.

Um tremor doente percorre meu corpo.

– Você está bem, Soph? – pergunta Leo, tirando o papel frouxo da minha mão. – Você está pálida.

– Estou bem – respondo, tentando sorrir.

– Você não está me convencendo – diz Leo.

– Certo, certo – esqueço o sorriso. – Melhor?

– Mais honesto, ao menos. Eu achei que hoje você ficaria feliz. Sexta, certo? Não é hoje que você pode ligar para o Príncipe Encantado? Sua ligação semanal? Um guarda fica ao seu lado enquanto você liga?

– Não. Marc vai me ligar depois da peça.

– Oh, não! – exclama Leo.

– Oh, não!?

– Isso significa que você vai passar o resto da noite enrolada em pensamentos sobre Marc, esquecendo as falas, perdendo suas deixas...

– Claro que não – reclamo. – Desde quando faço isso? Quando atuo, é a única hora em que esqueço do Marc.

– E quando nós ensaiamos?

– Talvez, um pouco. Às vezes.

– Só um pouco?

Somos interrompidos por Davina, trovejando pelas fileiras de assentos, com suas unhas vermelhas agarradas a um jornal enrolado.

– Ei, Davina! – cumprimenta Leo, de pé, para que ela tenha visão completa de sua bela indumentária. – Como estão as coisas?

Davina não parece notar o que Leo veste.

– Nós recebemos *essa* crítica hoje – diz ela, agitando o jornal. – Sophia, você precisa atuar melhor. Tente se esforçar.

Eu me levanto.

– Posso ler a crítica?

– Aqui – Davina alcança o palco e joga o jornal aos meus pés.

Eu folheio o jornal até a seção de críticas e começo a ler. Leo lê sobre meus ombros.

– Davina, essa crítica não é tão ruim – contesta Leo.

– É terrível – afirma Davina. – Você não leu o que diz sobre correr o risco de contratar uma atriz desconhecida e inexperiente?

– Sim, mas Leo está certo – falo. – Se isso é o pior que podem dizer, talvez não seja tão ruim... Certo, não é bom. Mas, definitivamente, não é horrível. Há coisas aqui que podemos trabalhar.

Leo acena positivamente com a cabeça.

– Eu concordo com Sophia. Em todo o caso, a plateia está amando a peça. Tivemos ótimas críticas online e em blogs.

Davina me olha.

– Sempre foi uma aposta contratar você. Estávamos destinados a receber críticas ruins.

– Davina, esta não é uma crítica ruim – digo, começando a me irritar. Achava que ela havia superado o problema comigo, após os ótimos comentários que o público fez do espetáculo. Mas acho que não.

– Poderia ser melhor.

– Ou pior – completo, exaltada. – Muito pior. Como Leo disse, o público ama a peça. E estamos nos esforçando muito para melhorá-la, sempre. Quando você vai me dar uma folga?

– Uma folga? – Davina pisca sem entender.

– Desde que começamos a temporada, Leo tem sido seu herói, e eu, a vilã. Mas a peça vai bem, muito bem. Muito melhor do que se esperava. Todos os jornais confirmam – aceno com o jornal para ela. – Até mesmo essa crítica diz que a venda de ingressos é grande. Qual diabos é o seu problema?

Davina dá um passo para trás e tropeça um pouco nos saltos.

– Bem... se você se sente tão bem a respeito... eu suponho que escolhi a hora errada...

– Não há uma boa hora para me tratar assim – digo. – Você sempre pensa o pior de mim. Quando isso vai parar? Eu preciso virar uma grande estrela de Hollywood antes de você me aceitar e dar valor à peça?

Davina olha para o chão.

– Talvez tenha me expressado mal... Peço desculpas se fui mal compreendida... – ela ergue a cabeça e dá um sorriso. – Vamos começar de novo. Eu me esforçarei para ver as coisas sob seu ponto de vista.

– Obrigada – digo, subitamente cansada. – Vamos tentar e recomeçar.

– Ótimo! – diz Davina, animada. – Bem. Vou deixar que ensaiem enquanto pego um café. Mal posso esperar pela apresentação de hoje.

De repente, ela se dá conta do que Leo está vestindo.

– E pelo amor de Deus, Leo, coloque uma calça. Você não é um garoto de programa.

Leo dá uma gargalhada depois que Davina se afasta.

– Já era tempo de dizer isto a ela. Eu estava me perguntando quando você iria estourar.

– Só queria deixar as coisas claras. Estou com muita coisa na cabeça nesse momento, para ainda ter de dar conta da campanha de ódio da Davina contra mim.

– Marc Blackwell é uma das coisas que ocupam sua cabeça? – pergunta Leo, erguendo uma sobrancelha.

– Mais do que isso – digo. – Problemas com a minha segurança.

– Sei que não posso competir com o sr. Perfeito, mas quero que saiba que, enquanto estiverem separados, tomarei conta de você, certo? Eu me importo com você. Não quero que nada de mal aconteça com minha companheira de peça.

– Obrigada, Leo. Você é muito amável.

Leo ri.

– Não é um adjetivo usado com frequência para me descrever, querida.

Capítulo 41

Nesta noite o espetáculo é ótimo e tem grande audiência. Enquanto eu e Keith nos dirigimos para a casa de meu pai, percebo que o sinal do meu celular se torna cada vez mais fraco, mas não quero correr o risco de não receber a ligação de Marc.

– Mudança de planos – digo a Keith. – Vou passar esta noite na faculdade. Você poderia me levar até lá? Preciso estar em algum lugar onde o sinal de celular seja bom.

– Sem problemas – fala Keith, enquanto manobra o carro para o nosso novo destino.

Após Keith me deixar na porta da faculdade, ligo para meu pai para informar que irei para casa na manhã do dia seguinte. Em seguida, caminho pelos belos jardins do campus, com os olhos grudados na tela do telefone, esperando a chamada de Marc.

Exatamente à meia-noite, o número de Marc ilumina a tela.

Eu sorrio; Marc mais uma vez é extremamente pontual.

– Olá Sophia – cumprimenta Marc com sua voz forte e gutural e imediatamente penso em seus braços fortes e seu peito largo.

Deus! Meu corpo dói de vontade de estar perto dele. Carrego um buraco em meu coração desde o Natal, e esse buraco acaba de se transformar em um abismo. Saber que ele está por perto, em Londres, e que mesmo assim não posso estar com ele... Não posso tocá-lo.... Que agonia!

– Oi – respondo, minha voz soa leve e estranha.

– Onde você está? – pergunta Marc.

– Estou na faculdade. O sinal do celular é melhor por aqui e eu não queria correr o risco de não receber sua chamada.

Silêncio.

– Bom – diz ele com a voz em um tom grave. – Faz sentido você alternar o lugar onde passa a noite, assim ninguém conseguirá descobrir onde está.

– Isso mesmo! – seguro o telefone com um pouco mais de força.

– Sinto saudades – diz Marc suavemente e suas palavras fazem meu coração se apertar.

– Eu também estou com saudades

Uma onda de emoções fortes me invade de repente.

– Sinto tantas saudades de você, Marc... Às vezes não sei se conseguirei passar por tudo isso. Como poderei ficar três meses longe de você? Faz apenas algumas semanas que estamos afastados e já estou agoniada – tento pensar em coisas boas e controlar minha voz. – Você está bem?

– Sem você, nunca estarei bem – responde Marc. – Estou muito longe de estar bem, mas estou tentando lidar com isso.

– O mesmo acontece comigo – respondo, caminhando em direção ao prédio de moradia do campus. – Estou lidando com isso, mas longe de estar bem.

– Penso em você todo o tempo – continua Marc.

– Eu também! – falo, enquanto entro no prédio e dirijo-me para as escadas.

– Detesto saber que você se encontra com o Leo todos os dias – reclama Marc, soando sombrio. – Saber que ele pode falar com você, tocá-la, e eu não...

– Mas eu sempre falo para você que não há razão para ter ciúme de Leo – protesto, enquanto subo as escadas em direção ao meu antigo quarto e destranco a porta. – Mas sei que sentiria o mesmo se estivesse em seu lugar. Seria terrível pensar em você na companhia de outra mulher enquanto eu não posso estar com você... Eu odiaria isso!

– Às vezes penso que Leo poderia ser um homem melhor para você – diz Marc. – Quando seu pai falou sobre a separação, a imagem de Leo surgiu em minha mente. Ele pode proporcionar a você coisas que eu jamais poderia; um relacionamento normal, sem coisas estranhas acontecendo o tempo todo.

– Eu não quero um relacionamento normal – afirmo.

Entro em meu quarto, que cheira a pó e desinfetante. Está meio frio no interior do dormitório, então coloco um pouco de papel e carvão dentro da lareira e acendo o fogo com apenas uma das mãos.

– E eu gosto de coisas estranhas – concluo.

– Seu pai ficaria muito mais feliz se visse você ao lado de um homem como o Leo.

– Mas eu não!

– Você tem certeza?

– Sim – afirmo.

Fazemos uma pausa.

– Você está em seu quarto?

– Sim, estou. Como você sabe disso?

– Eu ouvi você subindo as escadas. Feche a porta do quarto.

Tranco a porta e sento-me na beirada da cama.

– Tire o jeans.

– Como você sabe que estou usando jeans?

– Além do fato de você quase sempre estar usando jeans? Eu sei porque meus seguranças gravam um vídeo seu a cada hora. E eu os estudo detalhadamente.

– Seus seguranças me gravam a partir do momento em que deixo o teatro?

– É claro que sim!

Eu sorrio.

– Isso não seria contra as nossas regras?

– Apenas corrigindo; combinamos que *você* não me veria! Eu posso ver você por razões de segurança. Mas, como está obedecendo direitinho, tenho algumas novas regras para você seguir, srta. Rose. Vá até o seu guarda-roupas e escolha uma echarpe, a mais fina e macia que encontrar.

– Por quê?

– Não faça perguntas – responde Marc.

Faço o que Marc pede. Escolho uma longa echarpe de seda negra, estampada com pequenas caveiras brancas. Um presente de Jen no meu aniversário do ano passado.

– Agora, amarre-a em torno da sua boca.

– Por quê?

– Já disse! Amarre-a em torno de sua boca e não faça perguntas!

– Você quer que eu amarre a echarpe ao redor da minha boca, como uma mordaça?

– Sim!

– Mas, se fizer isso, não poderei conversar com você.

– É isso o que desejo. Até eu lhe dizer o contrário.

– Mas eu esperei a semana inteira para falar com você...

– Às vezes é melhor apenas escutar do que falar.

Olho para a echarpe e para o telefone novamente.

– Marc, eu me sinto meio estúpida sentada aqui com uma echarpe amarrada em minha boca.

– Você não precisará ficar assim por muito tempo. Passei um bom tempo nesta semana pensando em como fazer você gozar. E amordaçá-la é uma das poucas maneiras possíveis de dominá-la à distância.

– Dominar-me? – sorrio. – É assim que você chama isto?

– Isso é uma de várias coisas – percebo que Marc está sorrindo.

– Agora, amarre a echarpe sobre sua boca.

Relutantemente, pego a echarpe e coloco-a ao redor de minha cabeça, amarrando-a na nuca. Quando aperto o nó, ela desliza entre meus dentes. O tecido de algodão seca minha língua e torna difícil engolir e impossível falar. A sensação não chega a ser desconfortável, mas decididamente este não é o modo que eu escolheria para usar uma echarpe.

– Sophia?

– Hummmmm... – balbucio ao telefone.

– Eu vou meter em você agora.

Instintivamente olho para a porta do quarto, esperando Marc entrar por ela a qualquer momento. Mas, no fundo, sei que ele jamais quebraria o trato feito com meu pai. Ele jamais quebraria sua promessa.

Tento perguntar "como?", mas só consigo produzir um murmúrio incompreensível.

– Você não tirou o jeans. Tire agora.

Obedeço, retirando primeiro minhas botas e depois deslizando o jeans apertado por minhas pernas. Minha pele pálida brilha sob a forte luz do quarto, mostrando alguns hematomas e contusões resultantes da minha performance com Leo no espetáculo.

– Agora, sua calcinha.

Capítulo 42

Tiro minha calcinha, que é branca e de algodão. Fico aliviada por saber que Marc não pode vê-la, é uma peça sem graça e recatada. Nada que possa ser chamado de sexy; pelo menos, não acho que seja.

Estou apenas de suéter e com a boca amordaçada. Parte de mim quer arrancar essa mordaça e dizer a Marc que não estou com vontade de brincar; afinal, não conversamos a semana toda. Mas o calor gostoso que invade o meio das minhas pernas me impede de fazer isso.

– Deite de barriga para baixo e me coloque no viva-voz – ordena ele.

Coloco a ligação no viva-voz e apoio o telefone sobre o edredom, sentindo o algodão macio contra minha pele.

– Abra suas pernas.

Obedeço, sentindo uma corrente de ar gelado.

– Quero que imagine que estou parado atrás de você.

Penso em Marc, alto, sexy e intenso e tremo ao imaginá-lo entre minhas pernas. Se me concentrar o suficiente, posso fingir que ele está aqui no quarto comigo, esperando para me tocar.

– Eu vou puxar você da cama por seus tornozelos – explica ele. – Quero que você deslize pela cama.

Eu me contorço pela cama indo da esquerda para a direita até sentir que minhas pernas estão para fora do colchão.

– Agora vou fazer com que você se curve. Quero que fique com o traseiro para cima, esperando que eu coma você.

Ah, meu Deus.

Deslizo um pouco mais e fico de joelhos. Nua da cintura para baixo e com o meu traseiro empinado no ar, exatamente como ele ordenou.

Separo minhas pernas. É muito difícil não falar! Procuro o telefone pela cama e coloco-o perto do meu ouvido.

Deus! Estou muito excitada! Amordaçada e seguindo à risca as instruções de Marc... Quero tanto que ele me toque, mas conto apenas com minha imaginação nesse momento.

O que eu não daria agora para sentir seus dedos agarrando meu traseiro, seu corpo fazendo pressão entre minhas pernas.

– Abra um pouco mais as pernas.

Obedeço, sentindo pequenos choques percorrerem minhas coxas. Gemo atrás da mordaça e ouço a respiração de Marc tornar-se mais e mais ofegante.

– Não vou transar com você ainda – fala ele com sua voz grave. – Vou fazer com que me deseje mais, com que implore. E, quando eu estiver pronto para transar com você, eu o farei. Mas somente quando eu estiver pronto.

Dou um gemido alto, agitando-me na cama, esfregando meu corpo contra a cabeceira.

– Não se mexa – manda Marc. – Posso ouvir você se mexendo. Não se mova até que eu diga que pode.

Paro de me mexer. Há uma pausa.

Fico ali, imóvel, esperando. Quanto mais espero, mais excitada e mais quente me sinto e fico cada vez mais desesperada para ouvir a voz de Marc. Tento chamá-lo através da mordaça, mas consigo apenas produzir um gemido abafado.

Quero mais. Mais instruções, mais da voz de Marc, mais *dele*. Assim que penso que não posso aguentar mais, quando estou a ponto de tirar a mordaça e chamar Marc, ouço sua voz grave.

– Você não imagina como meu pau está duro, Sophia. Estou imaginando você na cama, amordaçada e esperando por mim.

Dou outro gemido através da mordaça.

– Hummmm...

Deus! Percebo que Marc está prestes a perder o controle, e eu também. Isto é quase insuportável.

Volto a me esfregar contra a cabeceira da cama, para cima e para baixo, para cima e para baixo, imaginando Marc atrás de mim, deslizando entre minhas pernas.

– Eu disse para você não se mexer – repete Marc.

Gemo novamente e escuto a respiração de Marc tornar-se ainda mais ofegante. Tento parar de me mexer, mas é difícil permanecer imóvel. Estou muito, muito excitada!

– Como você se mexeu sem que eu mandasse, vou lhe bater com força três vezes – fala Marc.

Ah, meu Deus! Oh, *Deus!* Dou um longo gemido...

– Hummm...

– Uma – ouço uma palmada através do telefone e imagino Marc batendo em alguma coisa.

Imagino a dor em meu traseiro.

– Duas – outro tapa.

Se eu não estivesse amordaçada, estaria ofegante, imaginando a palmada de Marc

– Três – mais outro tapa.

Ah, meu Deus! Ah, meu Deus!! Estou desesperada para me mexer. Morrendo de vontade de me tocar, imaginando Marc transando comigo.

– Passo os dedos pela pele rosada que há no meio de suas pernas – a voz de Marc fica mais baixa e grave do que de costume, e eu percebo que ele está quase gozando. – E agora enfio meu pau em você. Eu me espremo entre as suas pernas, deslizando dentro de você, todinho dentro de você.

Gemo mais forte e não consigo mais me segurar; esfrego-me com força contra a cama conforme imagino Marc dentro de mim. Deus, como queria que ele estivesse aqui!

Sinto ardor onde quero que ele me toque. Movo meus dedos para o meio de minhas pernas e começo a fazer movimentos circulares, gemendo cada vez mais alto, desejando Marc cada vez mais e ouvindo sua respiração ofegante pelo telefone.

Tudo isso é demais e não posso mais aguentar.

– Hummmm...

Gozo, tentando gritar o nome de Marc por entre a mordaça, mas o único som que consigo emitir é um gemido agudo que fez a respiração de Marc tornar-se mais rápida e ofegante.

– Adoro ouvir você gozar – murmura Marc.

Ondas de prazer invadem meu corpo, passando entre minhas pernas, meus seios e atrás do meu pescoço. Caio sobre a cama, sentindo o ar gelado em minha pele.

– Vá dormir agora – responde Marc. – Você pode tirar a mordaça.

Tiro a echarpe de minha boca e me ajeito na cama, levando o telefone comigo. Deito-me exausta em meu travesseiro, com o telefone ao meu lado.

– Eu amo você, Marc. Sinto tanto sua falta.

– Eu também amo você – responde Marc com doçura. – Tire seu suéter e cubra-se com o edredom.

Obedeço, sentindo meus olhos começando a se fechar.

– Boa noite, Sophia. Conversaremos novamente na próxima semana.

Capítulo 43

Na manhã seguinte, acordo sentindo-me feliz e descansada. E um pouco frustrada. A voz de Marc ao telefone foi melhor do que nada, mas não se compara a estar com ele. E, é claro, agora sofro a agonia de ter que esperar mais um semana inteira para ouvir sua voz novamente.

Troco de roupa rapidamente e vou para a casa de meu pai. Ao chegar lá, eu o encontro servindo o café da manhã de Sammy, dando para ele um pouco de mel direto do pote.

– Vou fazer um mingau para ele comer com o mel – digo, suspirando ao reparar no estado da casa. Não sei o que meu pai faz, mas, desde que saí na noite passada, tenho a impressão de que alguém passou por aqui e virou a casa de pernas para o ar.

– Obrigado, querida – agradece meu pai. – Você quer tomar o café da manhã?

Sento-me à mesa e faço uma careta para Sammy.

– Sim, vou tomar um café. Você não deveria voltar a trabalhar hoje? – percebo que meu pai usa uma velha camiseta e bermudas.

– Em pouco mais de uma hora. Ao menos, é essa a ideia. Mas fico feliz por você estar aqui e me ajudar com as coisas. Quero dizer, você tem espetáculo hoje à noite e não quero que se canse com a casa.

Eu rio.

– É fácil cuidar da casa sem você por aqui, papai. Já devia saber disso.

– Você me parece um pouco cansada, minha querida,

– Um pouco – respondo com um bocejo.

– Eu posso chamar aquela moça do vilarejo, Charlene, para vir até aqui.

Sammy começa a reclamar.

– Não, não, *nãããão!*

Balanço a cabeça em negativa.

– Sammy não gosta dela. E você não pode pedir para Charlene fazer uma faxina, que é o que esta casa precisa. Vá para o trabalho; será bom para você voltar a sua vida normal.

– Estarei de volta na hora do chá. Ligue-me se precisar de alguma coisa antes disso.

– Eu ligo – respondo.

Quando papai sai, tiro a jarra de mel do alcance de Sammy, limpo suas mãos e seu rostinho e sirvo a ele um novo café da manhã, enquanto limpo a casa. De alguma maneira, meu pai conseguiu sujar tanto Sammy quanto os armários da cozinha com mel. Então, limpo tudo e troco as roupas do pequeno.

Depois disso, sento-me para decorar o texto que Leo e eu reescrevemos para uma das cenas da peça. Alguns críticos disseram que o personagem de Leo se sobressaía demais de vez em quando, por isso resolvemos reescrever alguns diálogos.

Sammy puxa minhas pernas enquanto tento decorar os novos diálogos e percebo que não conseguirei estudar enquanto ele estiver por perto, engatinhando pela sala e pedindo minha atenção. Aliás, Sammy ainda não saiu de casa hoje. Ele precisa de um pouco de ar fresco.

– Você venceu, Sammy – digo, fechando minha pasta. – Venha, vamos passear no parque.

Capítulo 44

Na hora do chá, volto para casa e Sammy parece esgotado de tanto brincar nos balanços e na caixa de areia. Tomo um café forte e reúno minhas últimas forças para fazer espaguete com molho pesto – uma das comidas favoritas de Sammy.

Eu gosto de fazer a massa de macarrão, como minha mãe fazia, mas hoje não. Fico cansada só de imaginar ter que enrolar a massa com o pequeno engatinhando em volta de mim.

Sammy e eu acabamos de nos sentar para comer quando escuto a porta da frente se abrindo. Paro de ralar queijo *cheddar* sobre o macarrão e grito.

– Você teve um bom dia na volta ao trabalho, papai? – grito, ouvindo papai colocar sua pochete sobre o móvel da entrada.

Em seguida, ouço-o andando pelo corredor.

Percebo, então, dois sons diferentes de passos e uma voz que não é a de meu pai.

– Que belo lugar vocês têm aqui, sr. Rose!

Sou capaz de reconhecer aquela voz em qualquer lugar. Leo Falkirk.

Salto de minha cadeira assim que meu pai e Leo entram na cozinha.

Leo veste um casaco que parece ser bem caro, com sua pele bronzeada e seus dentes perfeitamente brancos parecendo deslocados em nossa humilde casa de campo. Fico tão surpresa em vê-lo que quase derrubo o ralador de queijo.

– Leo! – olho para ele e para meu pai. – O que você está fazendo por aqui?

— Fico feliz em vê-la também, Sophia — responde Leo, iluminando a sala com seu sorriso.

Sammy começa a bater sua colher na mesa, excitado em ver um convidado em casa.

Leo move o corpo para desviar uma coluna de madeira e senta-se à mesa de jantar, como se fosse a coisa mais natural do mundo para ele estar ali.

— O que teremos para o jantar? — pergunta Leo, erguendo uma sobrancelha de modo atrevido. — O cheiro está muito bom!

Olho para meu pai com cara de surpresa.

— Leo estava lá fora quando cheguei do trabalho — explica meu pai. — Então eu o convidei para jantar conosco.

— Pensei em passar por aqui e ver como estavam as coisas — explica Leo, pegando um dos carrinhos de brinquedo de Sammy e fazendo as rodas girarem com um dedo. — Nunca estive na casa de sua família antes, então decidi visitá-la e oferecer uma carona até o teatro.

Fico boquiaberta enquanto Leo se inclina e cheira o vapor que sai da panela com espaguete e pesto no meio da mesa

— Mal posso esperar para jantar — diz ele.

Eu o encaro, sem saber se me sinto feliz ou com raiva. É bom vê-lo, mas tenho certeza de que Marc não ficaria feliz em saber de sua visita surpresa para mim.

Por fim, não tenho tempo de ficar irritada. Leo pega dois grafos e faz uma pequena dança com eles para Sammy no tampo da mesa. Ver Leo Falkirk, com seu queixo quadrado e músculos fortes em ação, brincando com os talheres, deixa-me mais relaxada. Eu rio junto com Sammy.

— É bom ver você, Leo.

— Sei que não sou nenhum Marc Blackwell — fala Leo, pousando os talheres e colocando seus enormes cotovelos sobre a mesa —, mas, visto que ele não pode visitá-la, eu mesmo tenho que fazê-lo.

— Bem, quem diria — digo.

Meu pai se senta à mesa.

– É bom para você ter outros amigos além de Marc – começa ele, olhando para mim. – Fico feliz que Leo esteja aqui.

– Muito obrigado, sr. Rose. Eu também acho que é bom para Sophia ter a mim como amigo.

– Pode me chamar de Mike.

Balanço a cabeça enquanto sirvo o espaguete para Leo e meu pai.

– É muito interessante vocês dois decidirem esse tipo de coisa por mim. Quero dizer, como se vocês soubessem o que se passa pela minha mente ou algo assim.

As porções não são muito grandes, pois eu não fazia ideia de que Leo viria para o jantar, mas pelo menos há comida suficiente para todos. Ralo bastante queijo sobre os pratos para fazer com que a quantidade de macarrão pareça maior.

– Deve estar ótimo – diz Leo, pegando um garfo e espetando-o no meio do prato de macarrão. Ele enrola uma enorme porção de massa no garfo e coloca tudo de uma vez na boca.

– Delicioso – murmura.

Tudo bem – admito –, não fui eu que fiz a massa, mas, em minha defesa, quero dizer que não sabia que você viria jantar.

– Pensei que, como seu companheiro de espetáculo, eu seria bem-vindo à sua casa – diz Leo, ainda mastigando seu macarrão.

– E você é bem-vindo – falo. – Eu apenas... foi uma surpresa, é só isso.

– Uma boa surpresa?

– Uma surpresa. Não sei como o Marc reagiria se soubesse que você está aqui.

– Você não pode deixar que Marc controle sua vida – conta meu pai.

– Eu não deixo – retruco. – Se o fizesse, já teria pedido para o Leo ir embora. Mas eu amo Marc, papai. Respeito os sentimentos dele. E isso não vai mudar!

Meu pai baixa o olhar para o prato.

– As coisas *mudam* às vezes, minha querida. E você pode acabar com alguém bem pior do que Leo.

Meu rosto fica corado.

–*Papai*!

Leo ri.

– Está tudo bem, Mike. Sophia e eu temos uma relação de amor e ódio. Ela odeia me amar, mas eu sei que no fundo ela é louca por mim.

– Deus – balanço a cabeça, mas não consigo deixar de sorrir. – Sou louca por você como um amigo, nada além disso.

Leo estala os dedos.

– Então você é louca por mim? Isso já é um progresso.

Ergo as sobrancelhas e o encaro.

– Não espere nada além disso.

Estou prestes a comer uma porção de espaguete quando percebo um vulto passar rapidamente pela janela. Deixo meu garfo cair.

– O que foi aquilo? – levanto-me rapidamente da mesa, quase engasgando.

Capítulo 45

Leo e papai olham ao mesmo tempo para a janela.
– Sophia? – diz Leo.
– Você viu aquilo? – aponto para o lugar onde a sombra escura estava, mas, é claro, não havia nada mais ali. – Era... era um... um vulto. Estava por ali, no jardim.
Vou até a janela e olho para o gramado, mas não há ninguém por lá.
– Você tem certeza? – pergunta Leo.
Digo que sim e corro até a porta dos fundos. Abro-a repentinamente; o vento gelado do inverno envolve meu corpo quando saio para o jardim. Paro no meio do gramado e começo a andar em círculos. Checo os arbustos, o entorno das árvores e as laterais do quintal, mas não há nada fora do normal por ali.
– Você está bem?
Viro-me e vejo Leo a meu lado.
– Havia alguém ali – afirmo. – Eu tenho certeza.
– Ei, eu acredito em você. Quer que eu olhe ao redor da casa?
– Você faria isso?
– É claro que sim.
Leo passa pelo pequeno portão do jardim e o escuto caminhando pela vegetação rasteira.
– Minha querida – chama meu pai. – Está tudo bem?
– Sim, está tudo bem, papai. Apenas... Acho que estou vendo coisas, é isso. Leo está checando lá do outro lado – coloco a mão na testa. Não há nada para se preocupar.

Meu pai balança a cabeça.

– Quem não estaria vendo sombras tendo toda essa segurança ao redor?

– Os seguranças estão aqui para me manter segura, papai.

– Tudo isso me parece um exagero – continua meu pai, voltando para dentro da casa.

Quando a porta dos fundos se fecha, noto algo branco tremulando com o vento em um arbusto. Vou até lá, imaginando que seja um pedaço esquecido de lixo ou algo assim. Ao chegar mais perto, porém, vejo tratar-se de um bilhete com uma mensagem escrita em vermelho:

"DOR terá sua vingança."

Dou um passo para trás, deixando a nota cair sobre o gramado. A brisa leva o pequeno papel cada vez mais alto, por sobre as árvores, acima do telhado da casa e daí para longe.

Vejo o bilhete voar para longe, com meu coração batendo cada vez mais forte.

"DOR terá sua vingança."

Ah, meu Deus. Eles estavam aqui. No nosso jardim!

Leo retorna pulando a grade do quintal.

– Não consegui achar nada. Ei, você está bem? Parece que você viu um fantasma!

– Deixaram um bilhete para mim – explico com a voz trêmula. – É melhor entrarmos agora.

Capítulo 46

– Papai! Papai! – chamo ao entrar em casa do jardim.

– Eu preciso ligar para o Marc!

Hesito por um momento. Não quero contar a meu pai sobre o bilhete encontrado no jardim; isso envolveria explicar muitas coisas.

– Preciso contar a ele que vi algo no jardim.

– Foi apenas uma sombra, minha querida!

– Preciso contar isso para ele – repito.

– O que acha de eu ligar para o Marc e contar isso a ele? Assim você continuaria mantendo o nosso acordo.

– Está bem. Você conta para ele. Diga que precisamos de mais seguranças aqui hoje mesmo.

Durante a apresentação daquela noite, pulo assustada com qualquer sombra. Qualquer movimento nos bastidores ou na plateia me desconcentra e faz com que eu esqueça minhas falas. Leo tem que me socorrer quando eu as confundo ou perco o instante exato de dizê-las.

Quando Leo e eu estamos na última cena, posso jurar que vejo Cecile na primeira fila e repito o primeiro verso da canção na hora errada. Leo, um verdadeiro profissional, volta a cantar também o seu primeiro verso, para me acompanhar. Quando terminamos, percebo que a pessoa que imaginei ser Cecile não se parecia nada com ela.

Eu estou vendo coisas.

– Noite difícil – comenta Leo quando chegamos aos bastidores. Ele coloca gentilmente seu braço sobre meus ombros e me acompanha até o camarim. – Ei, eu sei por que você anda tão assustada. Está tudo bem!

– Eu sinto muito, Leo – olho para ele sentindo-me envergonhada. – Você merece mais. Alguém mais profissional.

– Ei! Ei! – Leo vira-se para mim, com suas mãos largas e pesadas sobre meus ombros. – Como já disse, todos nós temos noites ruins. Você não seria humana se não deixasse que alguns problemas pessoais a afetassem de vez em quando. Isso acontece com todos nós.

– Não aconteceu ainda com você – contesto, vendo Davina aproximar-se de nós.

– Claro que acontece – afirma Leo. – Muitas e muitas vezes. Quando Sigourney me trocou por aquele cara francês, não consegui acertar minhas falas por semanas. O filme que estava fazendo demorou o dobro do tempo para ser terminado.

Sinto-me mais relaxada.

– Um cara grande e durão como você atrapalhando-se todo por causa de uma garota?

– Um cara grande e durão como eu. Eu costumava me apaixonar com frequência, naqueles tempos. E acreditei que Sigourney fosse o amor da minha vida. Ela era tão sofisticada, tinha tanta classe... Era tudo o que eu não era. Mas nós não combinávamos muito, para falar a verdade. A supermodelo e o surfista vagabundo não poderiam realmente formar um casal que desse certo. Era quase como se ela não fosse uma pessoa de verdade, entende? Parecia totalmente diferente sem aquelas roupas, o cabelo produzido e a maquiagem. Não era como você. Você é linda todo o tempo!

Fico vermelha.

– Ah, Leo, pare com isso! Ninguém bate na minha porta convidando-me para posar para a revista Vogue ou para fazer um comercial para a Chanel.

– Pois deveriam!

– Sigourney Seymour não está casada agora? – pergunto para mudar de assunto.

"Muito sensível, Sophia!", penso.

Por sorte, Leo não se mostra magoado ou ofendido.

– Ah, sim, com o cara pelo qual ela me trocou. Louis Dupois.

Disso eu já sei. Jen gosta de estar a par de *todas* as fofocas de celebridades e me conta tudo, esteja eu interessada ou não.

É estranho falar sobre alguém tão famoso quanto Sigourney Seymour, como se fosse apenas mais uma conhecida de Leo. Mas Leo é também uma superestrela. As vezes esqueço isso, por ele ser tão humilde.

– Sophia. Leo – Davina vem a nosso encontro e eu já me preparo para levar uma bronca.

Não tenho como me defender. Mereço ouvir algumas palavras duras após a apresentação da noite de hoje, mas parece que Davina não está braba comigo.

– O escritório do teatro não está revendendo os ingressos cancelados. Vocês conseguem acreditar nisso? Poderíamos estar vendendo vinte ingressos extras por noite!

– Vinte ingressos a mais por noite não é grande coisa, Davina – fala Leo. – Não se preocupe tanto por isso.

– Sim, eu me preocupo com isso. Conversarei com eles amanhã. – Davina descruza seus braços. – Vocês dois estavam ótimos hoje. Adorei a duplicação dos versos na cena final.

– Não foi intencional – admiti. – Eu me atrapalhei.

– De qualquer modo, ficou muito bom – diz Davina. – Isso mantém o espetáculo espontâneo. Afinal, por que pagar por um ingresso de teatro se você irá assistir exatamente à mesma apresentação todas as noites? Eu gosto quando vocês agitam um pouco as coisas. Está tudo bem?

Seus olhos vigilantes brilham mostrando algo parecido com preocupação. Mas não estou certa disso. O rosto de Davina não costuma deixar transparecer com facilidade suas emoções.

– Ficarei bem – respondo, virando-me para Leo. – Tive um dia difícil hoje, é isso.

– Você me parece exausta.

Assim que ela me diz isso, percebo que realmente estou cansada. Sinto todo o meu corpo exausto, desde meus olhos até os meus pés. Posso me deitar no chão, aqui mesmo, e dormir imediatamente. E tenho certeza de que estou com olheiras

– Sim – respondo. – Vou para casa, pois amanhã tenho de acordar muito cedo.

– Acordar cedo? – pergunta Davina. – Os dias são feitos para dormir quando se está com uma peça em cartaz. Ao menos as manhãs.

– Eu sei disso. Porém minha família precisa de mim neste momento.

– Bem, encontre alguém que possa ajudá-la. Este espetáculo também precisa de você.

Capítulo 47

Depois de trocar de roupa, Leo e eu seguimos para o saguão para dar alguns autógrafos. Deveria estar agradecida por ter fãs nos esperando, mas tudo o que consigo pensar nesse momento é em dormir. Mesmo assim, armo meu melhor sorriso. Com Leo ao meu lado, tudo ficará bem e eu realmente me sinto honrada em assinar autógrafos.

Assim que chego ao saguão e começo a autografar alguns bloquinhos e caderninhos de uma família sorridente, Leo me cutuca e me mostra seu telefone.

— Ei, adivinhe de quem acabo de receber uma mensagem de texto?

— Não faço ideia — respondo, voltando-me para a família e agradecendo enquanto dou um autógrafo.

— Marc Blackwell — continua Leo.

— Marc? — minha caneta para no ar enquanto assino o último ingresso. Porém, logo me dou conta do que estou fazendo e completo minha assinatura. Cumprimento finalmente a família, desejo a todos uma boa viagem de volta para a cidade deles e me viro para Leo.

— Marc mandou uma mensagem de texto para você? — pergunto.

— Sim, ele me pediu para passar uma mensagem a você.

— Qual mensagem?

— Ele diz que dobrou o número de seguranças ao redor da casa do seu pai. E ele quer que eu peça a você para ir para casa. Disse que você está cansada demais para assinar autógrafos.

— Como ele sabe que estou dando autógrafos? — olho ao redor, procurando Marc na multidão.

– Marc tem seguranças por toda partes. Eles observam você todo o tempo.

Dou um sorriso cansado.

– Não acredito que Marc escreveu para você. Ele deve estar realmente desesperado para que eu receba sua mensagem. Ele... – não concluo a frase.

– Você pode terminar de falar – diz Leo. – Ele me odeia, certo?

– Eu não diria isso. Ele é apenas muito protetor e um pouco ciumento. Quem não estaria com ciúme nessa situação? Ele não pode me ver e você, sim.

– Entendo – responde Leo. – Também não gostaria muito de mim se fosse ele. Mas ele tem razão, você deve ir para casa. Pare, senão você vai cair de cansaço a qualquer momento.

– Não posso ir embora agora – argumento. – Todas estas pessoas estão esperando um autógrafo. Não há como eu simplesmente ir embora sem atendê-las.

– Você precisa encontrar um modo de ir embora – prossegue Leo. – Você sabe disso, não?

– É, eu sei disso – respondo. – Mas não sei como posso sair daqui agora.

Estou tão cansada ao chegar à casa de meu pai que mal consigo me manter em pé. Tenho uma chave reserva, mas não consigo acertar a fechadura.

Estou a ponto de me ajoelhar para ficar no mesmo nível da fechadura quando sinto alguém ao meu lado. Os pelos da minha nuca arrepiam-se. Deveria me sentir assustada, mas não estou. Sinto-me totalmente calma porque sei quem é.

– Marc.

Capítulo 48

— Não se vire — a voz de Marc é grave e autoritária e desperta uma porção de sentimentos em mim, como sempre. — Falo sério, Sophia. Continue olhando diretamente para frente. Combinamos que não veríamos um ao outro, e eu pretendo manter minha palavra.

Minha mão começa a tremer na fechadura.

— Você não acha que isso quebra as regras? Você vir conversar comigo fora da nossa ligação semanal? — minha voz assume um tom mais agudo. Deus, ter ele aqui, atrás de mim... Minha temperatura começa a subir, mesmo que esteja frio. Percebo o corpo impressionante de Marc se aproximar e sinto seu calor.

— Não. *Você* concordou em não *me* ver. Mas eu posso ver você, se isso for importante para a sua segurança — percebo que ele está sorrindo. — Então, não estamos quebrando as regras. Você não consegue me ver, não é?

— Não.

— Bom. Eu precisava estar aqui hoje, após aquele bilhete no jardim.

— Como você sabe disso?

— Vídeo de segurança. Eu sempre estou por perto, cuidando de você. Mesmo quando você não se dá conta. Quando vi o vídeo de você no teatro, você me pareceu estar caindo de cansaço — ele faz uma pausa. — Sophia, posso ver claramente que você não está bem. Você está se desgastando demais.

— Estou cansada — respondo. — Mas meu único problema é ter saudade de você. Estou desesperada de saudade.

— Desespero não é o que sinto neste momento — a voz de Marc mexe comigo e tudo o que posso fazer é me controlar para não me virar e jogar-me em cima dele, para beijar seus lábios e sentir seus braços em torno de mim.

A chave treme de novo em minha mão, e eu uso a outra para firmá-la.

– Amanhã, quero que você volte para a faculdade – fala Marc –para descansar por lá. Cuidar do seu pai e fazer esse espetáculo ao mesmo tempo é esforço demais. Vou enviar ajuda.

Balanço a cabeça.

– Sammy não se dá bem com estranhos. E meu pai precisa de mim, sua filha. Alguém que se importe com ele. Não posso deixá-lo, simplesmente.

Houve um silêncio prolongado, e escuto a bela respiração de Marc.

– Está bem, fique, então. Mas vou enviar ajuda de qualquer modo, concorde você ou não – a voz de Marc torna-se mais profunda.

– Preciso ir agora. Estou lutando para manter o controle.

– Não vá – as palavras escapam de minha boca, cheias de emoção. Ter ele aqui, tão perto de mim, é como alguém oferecendo um copo de água gelada no deserto.

– Eu preciso ir. Você sabe disso.

– Sim – meu coração fica apertado e eu respiro fundo. – Eu... Sim. Isso é tão difícil... Ainda temos meses pela frente.

– *Jesus*, tenho de ir embora agora mesmo. As coisas estão saindo de controle. Entre e vá direto para cama, Sophia. Quero que você durma amanhã até o meio-dia.

– Até o meio-dia? Sammy acorda às 6 horas – olho meu relógio e já é quase uma 1 hora, o que significa que tenho aproximadamente cinco horas para dormir.

– Você não precisa se preocupar com isso. Alguém virá aqui tomar conta de Sammy pela manhã. E para cuidar da casa também.

– Meu pai não gostará disso – respondo. – Ele ainda está muito frágil.

– Ele entende a situação. Já está tudo combinado; eu conversei com ele mais cedo e nós armamos um plano B para o caso de você estar muito exausta nesta noite – Marc dá uma risada. – Seu pai e eu concordamos ao menos em uma coisa: você é nossa prioridade.

— Sammy não se dá bem com estranhos.

— A pessoa que virá amanhã não é um estranho. Agora, vá para dentro e descanse. Não discuta.

— Marc...

— Não discuta, já disse. Fiquei feliz em saber que Leo estava aqui hoje à tarde.

— Eu... Ele chegou de surpresa.

— Sei o que ele fez. Sei sobre o vulto no jardim e que ele tentou cuidar de você — noto certa tensão na voz dele nas últimas palavras e percebo o como é difícil é para Marc saber que Leo esteve aqui. Meu coração perde um compasso.

— Obrigada — digo.

— Eu também sou grato. Talvez ele tenha amadurecido mais do que eu percebi. Ele quer proteger você e é exatamente disso que você precisa agora.

— A única pessoa que desejo que me proteja é você.

— Mas eu não posso estar com você todo o tempo, então fico feliz porque Leo pode estar aqui.

Ouço Marc se afastar um pouco. Cada fibra do meu corpo quer virar-se para ele, mas resisto.

— Leo é uma estrela — ouço uma certa dureza na voz de Marc. — Ao contrário de mim, ele é bem-visto, amado até. Ele é o garoto dourado de Hollywood. A DOR pode me tachar de vilão, mas não pode tocar em um fio do cabelo dourado de Leo. Se fizerem alguma coisa para ele, será um escândalo. Ele é um bom protetor para você e sua família.

Sinto como isso machuca Marc. Sua dor e frustração. O quanto é difícil para ele deixar de lado seu ciúme e permitir que outro homem se aproxime.

— Marc?

— Sim, Sophia.

— Você deixar de lado seus sentimentos desse modo... por nossa segurança... você é incrível.

— Tudo isso é muito difícil, acredite em mim. Agora, vá para dentro. Você precisa dormir. E eu estou a ponto de quebrar as regras neste exato momento.

Capítulo 49

Na manhã seguinte, acordo ouvindo o som do aspirador e o aroma de café fresco subindo pelas escadas. Sento-me na cama, tentando ouvir a voz de Sammy, mas não escuto nada.

Checo meu relógio; são 9 horas. Meu Deus! Eu realmente precisava dormir. Meu coração dispara quando percebo que Sammy não me acordou. Deus, espero que ele esteja bem.

Saio da cama e corro para o quarto dele, mas não está no berço. Meu coração bate mais rápido ainda. Corro escadas abaixo de pijamas e quase tropeço em Rodney, que segura o aspirador em uma das mãos e aspira o pó com a outra.

– Ai! – grito de susto. – Rodney, você deve estar... Marc me disse... Onde está Sammy?

– Ele está na sala – responde Rodney. – Ele está bem e brincando.

Entro na sala e encontro Sammy escalando outra visita. Uma visita bem familiar. Abro um grande sorriso.

– Jen!

– Soph – Jen sorri de volta. Ela está sentada no sofá, ajudando Sammy a subir em suas pernas. Está vestida informalmente e seu cabelo brilhante está puxado para trás em um coque elegante e sofisticado. A calça jeans preta a veste perfeitamente.

– Marc me chamou para ser sua babá de emergência; disse que você precisava de um pouco de ajuda. Você poderia ter me chamado, eu já estaria por aqui há dias.

Sento-me ao seu lado e ajudo Sammy a subir no colo dela.

– Pensei que você estivesse trabalhando. Não quis...

– Não queria me incomodar? Sim, sim, conheço você bem o suficiente. Não quer que ninguém assuma suas responsabilidades. Mas você só precisava me pedir. Se você cair de cama de exaustão, não seria bom para ninguém.

– É muito bom ver você. Bom de verdade!

– Para mim também. Eu sinto como se tivesse perdido minha melhor amiga desde o mês passado. Uma apresentação todas as noites? Quem trabalha sete dias por semana? Até mesmo Deus tira um dia de folga...

– É apenas até marco – digo.

– Eu sei, eu sei. E, depois disso, você terá um enorme e belo casamento e será feliz para sempre...

– É o que eu espero – uma sensação desconfortável percorre minha espinha, quando me lembro do bilhete que encontrei na noite passada.

– Você está bem? – Jen ergue a cabeça. – Percebi que você estremeceu.

– Acho que é por causa do frio.

– Então suba para o seu quarto e vista-se melhor, pelo amor de Deus – Jen sorri para mim. – É inverno; você não deve descer as escadas como uma louca. Sammy está bem comigo.

– Sei que ele está bem – dou um beijo na testa de Sammy. – Ele adora você quase tanto quanto a mim.

– Ah, sua presunçosa! – Jen dá um tapinha em meu braço.

– Mas... E o seu trabalho? – pergunto. – O pessoal de sua empresa não vai reclamar de você largar tudo desse jeito, de uma hora para outra?

– Ah, não, está tudo bem. Tudo perfeitamente bem.

– É que eles costumam ser tão rigorosos.

– Eu sei. Mas eu não ligo mais para isso. Você sabe por quê?

– Por que?

– Porque, desde ontem, eu não trabalho mais para eles.

Eu arregalo os olhos.

– Não trabalha mais para eles? – um pensamento maluco cruzou minha mente. – Jen, você não pediu demissão somente para vir aqui me ajudar, não é mesmo?

– Não... Quero dizer, você sabe que eu faria qualquer coisa por você, mas essa foi exatamente a melhor oportunidade para pedir demissão.

– Está tudo bem? – pergunto. – Você não foi demitida, não é? – eu conheço Jen. Ela não tem medo de dizer o que pensa e por isso se mete em problemas algumas vezes.

– Não – Jen ri. – Estou montando meu negócio. Você sabe, aquele escritório sobre o qual tagarelo sem parar desde que me formei na faculdade. Minha própria empresa de relações públicas.

– Uau! Isso é fantástico! Mas você não deveria estar na frente de uma tela de computador, procurando clientes ou coisas assim?

– Tenho um tempo de folga, para falar a verdade. Eu já consegui um cliente fantástico.

– Nossa! Já? Quem é esse cliente? Alguém de quem eu já tenha ouvido falar?

– Ah, sim, creio que você já ouviu falar sobre ele. Seu nome é Marc Blackwell.

Capítulo 50

Encaro Jen.

– Marc Blackwell é o primeiro cliente de seu escritório de relações públicas?

– Sim! E eu farei um trabalho fantástico para ele. E para você! Você é parte dos negócios dele, caso não saiba. Controle de danos. Eu tenho de proteger sua reputação todo o tempo.

Eu rio.

– Uau! Isso é estranho, mas... Acho que é estranho de um jeito bom. Quero dizer, você está feliz com isso?

– Eu estou em êxtase! Meu primeiro cliente é uma estrela de Hollywood. Isso é o máximo! Muito obrigada, Soph, por ter me apresentado a ele. Mal posso esperar para começar a trabalhar!

– Ah, não creio ter feito muita coisa – respondo. – Ele não teria contratado você caso não acreditasse em seu trabalho. E nós duas sabemos o quanto você é boa no que faz!

– Adoro quando você me elogia.

– Mas, se Marc é seu cliente, você não deveria estar trabalhando para ele neste exato momento?

– Bem, como disse, tenho um certo tempo de folga. E tem também o fato de que ele me pediu para vir até aqui ajudá-la durante algumas semanas. E ele está me pagando uma comissão enquanto estou por aqui. Ele é um cara legal, não é?

– Legal até um pouco demais – respondo. – Eu não quero ninguém sem trabalho por minha causa. Você ou ele, ou quem quer que seja. Mas... é bom ter você por aqui.

– Sei que nos divertiremos bastante!
– Sim. Sempre nos divertimos!

Um pouco mais tarde, tenho outra surpresa. Marc combinou com Denise para que ela viesse até a casa de meu pai, para me dar aulas de canto.

Quando ela chega, a casa já está limpíssima, graças a Rodney. Sammy dorme profundamente no andar de cima e Jen está lendo a revista *Heat*. Rodney está no jardim, lavando o pátio com água sanitária. Meu pai está no andar de cima, organizando uma pilha de roupas velhas para a loja de doações.

– Denise! – eu a abraço – Que bom ver você!
– Não poderia deixar minha aluna preferida se atrasar em seus estudos – Denise entra em casa e coloca sua enorme bolsa no chão, entre pilhas de galochas.
– Ah, tenho certeza de que você tem um monte de alunos preferidos – falo, levando-a para a sala de estar.
– É verdade. Mas isso não significa que não ame muito todos eles.
– Venha. Fique à vontade.

No sofá, Jen ergue a cabeça.
– Oi, Denise, como você está?
– Estou bem e você?
– Ótima!

Ouço o barulho de alguém descendo as escadas. É papai, é claro. Somente ele poderia fazer um som como aquele apenas ao andar pelas escadas. Ele chega ofegante à sala, e seu rosto se ilumina quando vê Denise.

– Pensei ter ouvido sua voz – diz ele.

Denise sorri para ele.
– É bom ver você, Mike.
– Você gostaria de um pouco de chá? – pergunta meu pai.
– Eu adoraria – responde Denise.
– Eu faço – digo a eles, temendo pela nossa pequena e, no momento, imaculada cozinha. Se deixar papai fazer o chá, logo haverá leite espalhado pelos móveis e açúcar pelo chão.

– Não, pode deixar que *eu* faço isso – adianta-se Rodney, entrando do jardim com suas luvas de borracha amarelas e segurando um balde negro. – Você, Sophia Rose, deveria estar descansando hoje.

– Eu dormi até as 9 horas – respondo em protesto.

– Deveria ter dormido até o meio-dia – retruca Rodney. – E não pense que não percebi você tentando arrumar a cozinha agora pela manhã.

– Eu estava apenas ajeitando os armários...

Rodney agita seu dedo para mim.

– Já chega. Esse é o meu departamento. Agora sente-se que eu trarei chá para vocês.

Capítulo 51

Antes da aula de canto começar, Denise e eu conversamos um tempo sobre a faculdade. Tom e Tanya parecem estar muito apaixonados um pelo outro, o que me faz rir bastante, embora não os veja desde antes do Natal.

Wendy está desfrutando de suas mais do que merecidas férias, por isso as coisas na administração da faculdade andam meio confusas.

Marc ainda ministra aulas e seus alunos aproveitam ao máximo. Saber disso me deixa ansiosa, não apenas por Marc, mas por suas aulas. Aprendi tanto com ele, em tão pouco tempo. Quando ele me deu aula por uma semana, após o incidente com Giles Getty, senti que realmente melhorei muito a minha técnica.

Após uma atualização geral, Denise me fala sobre Cecile.

– Tenho certeza de que você está ciente de que Cecile foi convidada a deixar a faculdade, não?

– Sim, eu já sabia.

– Ryan, o amigo dela, não ficou muito feliz com a notícia, mas não teve coragem de reclamar. Apenas caminha pelo campus com o rosto carrancudo.

– Creio que deixar a faculdade será devastador para ela – digo.

– Também acho! A ideia era dar a ela a ajuda que estava precisando e depois deixá-la voltar para suas atividades normais, quando estivesse melhor. Mas... pobre moça. A família não quer mais saber dela, porque foi expulsa da faculdade e está grávida. Então... Ela escolheu um rumo ainda pior. E, pelo que ouvi, ainda não está recebendo nenhum tipo de ajuda.

Nervosa, roo as unhas.

– Isso... são más notícias – eu digo. – Estar grávida e sozinha deve ser terrível.

– Sim, deve ser mesmo. Mas oferecemos ajuda a ela e Cecile recusou. Ela preferiu tomar outro caminho.

– Outro caminho?

Denise concorda.

– Ela tem sido vista frequentando alguns clubes alternativos.

– Ah, ouvi algo sobre isso também – comento, quase arrancando sangue de meus dedos.

– Marc lhe contou? – pergunta Denise, erguendo uma sobrancelha.

– Sim.

– Ele a está vigiando também. Todos nós estamos, na verdade. Mas tenho certeza de que tudo dará certo.

– Sim – respondo sem muita certeza.

– Vamos começar nossa aula?

É uma sensação estranha cantar a plena voz na casa de meu pai, principalmente porque sei que ele, Jen, Sammy e Rodney estão rondando pela casa. Mas, assim que supero minha vergonha, Denise e eu fazemos uma grande aula.

Durante a aula percebo que alcanço notas que jamais tinha conseguido e minha voz está mais clara do que nunca.

Ao terminar, Rodney nos traz o chá da tarde com biscoitos recém-assados, geleia caseira e manteiga fresca. Eu, Jen, Denise e papai nos sentamos na sala de estar, servindo algumas colheradas de geleia para Sammy, comendo os biscoitos e bebendo o chá.

Não demora muito para que papai comece a conversar com Denise sobre a música dos anos 60 e rapidamente os dois se perdem em um mundo de melodias psicodélicas e lembranças da infância, enquanto o resto de nós brinca com Sammy.

Ao observar meu pai conversar com Denise, percebo que é a primeira vez que o vejo sorrir desde a manhã do dia de Natal. Os dois parecem divertir-se juntos.

Quando terminamos de comer os biscoitos, papai pergunta a Denise se ela gostaria de passar o resto do dia em casa e jantar conosco. Denise concorda.

– Você não tem mais aulas para ministrar na faculdade hoje à tarde? – pergunto.

– Hoje à tarde não – responde Denise. – Você não se importa que eu fique, não é mesmo, Sophia? Pode me dizer, caso se importe. Eu entenderia. Sei que estive aqui para a festa do Natal, mas uma visita social de uma professora em um dia de semana poderia ser um pouco demais...

Jen solta uma gargalhada.

– Ela já fez muito mais do que isso com um professor!

– Jen!

– Desculpe-me. Não resisti.

– De qualquer modo, não considero você uma professora – digo para Denise. – Você é uma amiga.

– Fico feliz em saber disso – responde Denise. – Porque eu a considero uma amiga também.

– Fico feliz – afirmo. Então tenho uma ideia.

– Papai, como Denise ficará aqui pelo resto da tarde e Jen está cuidando de Sammy, o que você pensa de eu ir visitar a irmã de Marc antes do meu espetáculo? Ela está internada novamente e deve se sentir muito sozinha.

Não preciso dizer que, com Denise por aqui, não preciso mais fazer companhia para meu pai.

Ele franze a testa.

– Sophia, a ideia de você não se encontrar com Marc é para que possa fazer suas coisas. Ser você mesma. Manter um pouco de distância.

– Não é culpa de Annabel o fato de você ter me colocado nessa posição – respondo. – Ela não poder receber minha visita só porque você não tem muita certeza sobre meu relacionamento com Marc.

Meu pai suspira.

– Você tem razão. Tudo bem, vá visitá-la.

– Estarei de volta a tempo de fazer o jantar.

– Ah, não, você não fará isso – Rodney recolhe os pires e as xícaras e os coloca em uma bandeja. – Cozinhar é meu departamento agora. Ordens de Marc. Você deve ir com calma e concentrar-se em seu espetáculo.

– Pela primeira vez, Marc e eu concordamos em alguma coisa – fala meu pai.

Capítulo 52

A clínica não é nada daquilo que eu esperava. Para começar, não se parece com um hospital. Parece mais uma mansão, com tijolos vermelhos, várias chaminés, cercada por hectares de gramados verdes e pinheiros.

O lugar onde Annabel está internada fica na zona oeste de Londres, perto de onde Marc me levou quando Ryan colocou drogas em minha bebida. Levo cinco minutos andando por uma trilha de pedrinhas, até alcançar os grandes pilares da entrada da clínica.

Empurro a pesada porta negra da entrada e adentro na clara e arejada área de recepção, decorada com tapetes grossos. Um leve aroma de fragrância de limão e chá de camomila paira no ar.

Annabel me espera na recepção, sentada em um sofá de couro bege.

– Sophia! – ela se ergue com um salto e joga seus braços em volta de mim, dando-me um abraço apertado. – Estou muito, muito feliz por você ter vindo. É que... tive um dia ruim hoje.

– Então fico mais feliz ainda por ter vindo – respondo. – Trouxe alguns biscoitos para você. Conte-me então sobre seu dia ruim.

Entrego a ela uma cesta de vime, coberta com um pano vermelho xadrez.

– Você mesma fez esses biscoitos? – pergunta Annabel, tirando o pano que cobria a cesta. – Estão com um aroma delicioso!

– Deveria ter sido eu – respondo. – Mas não, foi Rodney quem fez. Na próxima vez, eu mesma farei os biscoitos para você.

– Não seja boba. Ter você aqui é mais do que suficiente, não precisa trazer nada. É um alívio poder receber visitas. Antes do Natal eu me senti muito, muito só.

— Você me parece estar muito bem agora – digo. – Sinto muito em saber que hoje você não está tendo um grande dia.

Annabel balançou a cabeça e colocou a cesta de biscoitos sobre uma mesa de café.

— Vamos dar uma volta lá fora?

Annabel e eu saímos para o gramado e é ótimo poder sentir o cheiro da terra molhada e ver os galhos pelados das árvores acima de nossas cabeças. Às vezes, quando estou no teatro, sinto que o concreto irá cair sobre mim. É bom saber que ainda há partes de Londres, além do campus da minha faculdade, que conservam o verde e a natureza.

Andamos um tempo em silêncio. E então Annabel resolve me contar porque teve um mal dia.

— Esta manhã, descobri que ter novamente a guarda de meu filho não será tão simples como eu imaginava – começa ela. – Há muitas avaliações e burocracia a serem cumpridas. Coisas que preciso provar, mas que não tenho como fazê-lo. Provar que eu vou criá-lo em um ambiente estável, que terei amigos a meu lado para me apoiar, que terei uma renda mensal... Tudo isso me parece impossível de conseguir neste momento.

Seu rosto magro se enruga e percebo como ela parece mais velha à luz do dia. Eu a abraço com carinho.

— Posso ajudá-la – ofereço. – Preenchi vários desses formulários para meu pai quando eu era mais jovem. Alguns de nossos vizinhos pensavam que ele não era um pai adequado para mim, então vinham nos checar todo o tempo.

— Fico surpresa em saber que vocês tiveram esse tipo de problema – diz Annabel.

— Éramos uma família unida – respondo. – Mas tivemos tempos difíceis também. Não foi culpa de ninguém. Meu pai havia acabado de perder a mulher quando tudo isso aconteceu. Ele estava sofrendo. De qualquer modo, não vamos falar mais sobre mim. Marc e eu a ajudaremos a conseguir tudo o que precisa para ter seu filho de volta o mais rápido possível.

– Marc já fez tanto por mim. E você também. Provar que estou bem envolve conseguir me manter por mim mesma. Eu preciso parar de receber ajuda das pessoas e começar a viver sozinha.

– Annabel, você está lutando contra um grande vício em drogas. Esse é o momento em que você precisa da ajuda de outras pessoas. Fique bem primeiro, depois você poderá começar a ajudar outras pessoas.

– Eu não sei, Sophia. A vida parece muito difícil agora... Sinto-me sem esperanças. Eu não mereço ter o Daniel. Aquele garoto precisa de uma mãe melhor do que eu posso ser.

Balanço a cabeça.

– Annabel, nenhum menino deve crescer em um orfanato. Você é uma boa pessoa, que teve uma vida difícil, e isso é tudo – coloco minhas mãos firmemente em seus ombros. – Se você conseguir superar o vício em heroína, será capaz de fazer qualquer coisa, inclusive de ser uma boa mãe. E Marc e eu a ajudaremos em cada passo desse caminho.

Capítulo 53

Visito Annabel algumas outras vezes durante a semana e seu humor oscila, conforme ela enfrenta dias bons e dias ruins. Quando vejo os formulários que tem de preencher, fico ainda mais desesperada para conversar com Marc. Já havia visto esses formulários e sei como seria importante para Annabel ter seu próprio espaço, caso ela realmente deseje ter de novo a guarda do filho. Preciso perguntar a Marc se ele está disposto a ajudá-la.

Até que a sexta-feira chegue, passo parte do meu dia pesquisando na internet, na casa de meu pai. Preciso aprender tudo o que puder sobre as leis e regras sobre adoção e custódia para que possa explicar a Marc exatamente o que Annabel precisa. É importante que não deixe escapar nenhum detalhe. Precisamos ter tudo pronto para que ela possa ter a chance de ter seu filho de volta.

Quando a noite cai, tenho pronta uma longa lista dos tópicos que preciso discutir com Marc e sinto-me confiante sobre o futuro de Annabel.

Rodney prepara uma deliciosa lasanha para o jantar e, depois de termos comido, decido tomar um banho de banheira relaxante enquanto Sammy dorme. Jen voltou para o seu apartamento e meu pai está no trabalho, então a casa está tranquila e em silêncio, exceto pelos sons de Rodney lavando a louça.

Estou me enxugando quando a campainha toca.

– Eu atendo – diz Rodney.

Escuto o som de passos pesados e a voz de Leo no vestíbulo.

– Já vou indo! – grito, enquanto corro para fora do banheiro enrolada em minha toalha, indo em direção ao quarto de hóspedes.

Típico de Leo: ele está plantado no começo da escadaria quando passo pelo corredor e, assim, tem visão completa de meu corpo envolto pela toalha branca e meu cabelo todo molhado.

– Bela roupa – comenta ele. – Imaginei que você gostaria de ter companhia novamente para ir ao teatro.

– Espere na sala. Já vou descer.

Após me vestir com uma calça *legging*, botas de cano longo e um enorme suéter rosa, desço as escadas, ainda secando meu cabelo. Leo está me esperando sentado no sofá, usando uma calça jeans surrada e uma camiseta com a estampa de um pôr do sol.

– Ah, minha coestrela favorita. Vestida e pronta para sair – diz ele. – Pensei em vir buscá-la hoje. Você não se importa, não é mesmo?

– Não – respondo sinceramente. – Será bom ter companhia.

– Ei, como se chamam aquelas flores amarelas em seu jardim? São lindas!

– Narcisos – respondo. – Eles sempre nascem por aqui, não sei por quê.

– Nar-ci-sos – repetiu Leo. – Preciso falar sobre elas para a minha mãe. Ela adora flores amarelas.

– Elas são muito fáceis de serem plantadas – explico. – Você apenas coloca o bulbo na terra e pronto. Elas brotam todos os anos. Se você gostou das flores no jardim da frente de casa, deve dar uma olhada no pátio dos fundos, pois está coberto por elas.

– Uau! Posso dar uma olhada?

– Claro que sim.

Leo me acompanha até o jardim e mostro a ele os narcisos brilhantes brotando em cada canteiro. Eles fazem um manto de pétalas amarelas sobre o gramado.

– Muito bonito – fala Leo.

– Não é mesmo?

– Sabe de uma coisa? Vou sentir sua falta quando a temporada de nossa peça acabar.

– Estaremos velhos quando a temporada acabar. Ainda estamos na metade da temporada.

– Acho que o tempo está passando mais devagar para você do que para mim – diz Leo dando um sorriso hesitante. – Mas você está se divertindo, não está? Ao menos parte do tempo?

Sorrio.

– Sim, é divertido. Trabalhar com você é engraçado e atuar é maravilhoso. Só gostaria de não sentir tanta falta de Marc.

– Você ainda sente saudades dele, não sente? – pergunta Leo.

– Mais do que nunca!

– Que coisa... Mas, se você se sentir solitária no meio da noite, sabe aonde me encontrar.

Eu rio!

– Ei, pode rir à vontade, mas se não fosse por Marc Blackwell você poderia me dar uma chance. Poderíamos ser felizes para sempre juntos.

– Você não faz o meu tipo. E só está interessado em mim porque não pode me ter.

– Quanta mentira – responde Leo. – Bem, talvez haja um pouco de verdade nisso. Muito pouco, para ser sincero. Mas como sabe que não sou do seu tipo?

– Eu apenas sei.

– Eu sempre acreditei que detestava iogurte congelado. Um dia eu provei e agora eu adoro.

– Confie em mim. Não preciso prová-lo para saber que você não faz o meu tipo.

– Tem certeza sobre disso? – Leo abaixa seu rosto ao ponto de nossos narizes quase se tocarem. Coloca a mão sobre meu ombro.

– Você pode estar perdendo algo realmente incrível – fala.

Antes que eu possa perceber o que está acontecendo, seus lábios tocam os meus e ele põe seus braços em volta de mim, pressionando-me contra seu corpo.

Capítulo 54

Fazia muito tempo que eu não era abraçada ou beijada. Muito, muito tempo. E, quando os lábios de Leo começam a se mover gentilmente sobre os meus, não o afasto. Deixo acontecer, porque sinto falta disso: estar perto de alguém. Sentir a mão de alguém no meu cabelo. Braços fortes apertando meu corpo.

Os lábios de Leo exploram os meus. Suas mãos deslizam em meu cabelo e seu peito se aperta de encontro ao meu. Tenho de admitir, isso é bom. Mas é do beijo de Marc que eu sinto falta. E não quero beijar ninguém mais.

Afasto-me de Leo, sentindo-me tão envergonhada como jamais me senti. Minha pele brilha de culpa. Dou um passo atrás, sacudindo minha cabeça.

– Ai, meu Deus, Leo, não queria que isso acontecesse...

Leo passa os dedos por seus espessos cabelos louros.

– Na verdade, eu também não queria. Acho que era uma coisa que deveríamos experimentar.

– Você foi ótimo – sussurro, sentindo-me envergonhada, com a culpa e o embaraço crescendo em espiral constante. – Meu Deus, como deixei isso acontecer? Por quê? Eu amo Marc.

Afasto meu olhar de Leo, sentindo as lágrimas brotando em meus olhos.

– Ei – Leo coloca suas mãos pesadas em meus ombros. – Não foi culpa sua! Eu beijei você, lembra-se disso? E você está longe do seu namorado há mais de um mês. Não leve as coisas tão a ferro e fogo. Culpe a mim se for o caso, pois foi minha culpa. Eu deveria ter percebido que você estava vulnerável demais.

Lágrimas escorrem pelo meu rosto.

– Eu preciso contar ao Marc o que aconteceu.

Leo nega com a cabeça.

– Não, você não precisa. Foi um acidente, só isso. E não foi sua culpa. Eu já deveria saber que somos apenas amigos e nada mais. Você me disse isso muitas vezes.

– Não posso manter isso em segredo – falo quase chorando de novo.

– Por que você precisa contar isso para ele? É por ele ou por você mesma?

– Ele vai descobrir, Leo, mesmo que eu não conte, ele tem câmeras por aqui – sinto-me atordoada. – E não quero que ele saiba disso por terceiros. A verdade precisa vir de mim.

– Eu acho que não aconteceu nada demais – continua Leo. – Foi apenas um beijo entre amigos, só isso. Nós nos beijamos no palco todas as noites.

Eu suspiro.

– Isso não deveria ter acontecido!

– Ao menos diga a ele que a culpa foi minha. Porque a culpa *foi* minha!

Sacudo a cabeça.

– Deveria tê-lo afastado antes.

– Ei, você é apenas humana!

– Por favor, não brinque com isso.

– Desculpe-me. Falando sério, esse beijo não foi nada demais. Foi uma coisa estúpida. Eu sou um idiota.

– Nós dois somos idiotas – respondo, sentindo-me mal. – Preciso me encontrar com ele, agora mesmo!

– E como fica a peça de hoje?

Eu hesito.

– Você vai simplesmente desaparecer e deixar na mão todas aquelas pessoas? – pergunta Leo.

– Eu...

– Ora, Sophia, você sabe tão bem quanto eu que o público não pode esperar. Eles pagaram para nos ver hoje à noite.

Meus olhos se concentram nas pedras rosadas do pátio, sob meus pés.

– Você não tem sua ligação semanal com Marc, hoje à noite? – pergunta Leo.

Eu concordo.

– Então. Ligue para ele depois do espetáculo – sugere Leo. – Ele provavelmente não sabe o que aconteceu e provavelmente não irá levar isso a sério. Quero dizer, não foi grande coisa. Eu a beijei e você se afastou de mim.

– Tudo bem – concordo, mas com um enorme sentimento de culpa se avolumando dentro de mim. – Você está certo. O nosso público não pode esperar.

Capítulo 55

Eu me sinto péssima durante todo o espetáculo. Atuo bem – estou em uma espécie de piloto automático, dizendo minhas falas e cantando minhas músicas como um robô. Porém, durante todo o tempo me sinto desesperada, imaginando o que aconteceria quando contasse tudo para Marc.

Quando a cortina é baixada, sinto-me terrivelmente confusa. Não sei o que sentir ou o que pensar. Será que Marc vai me deixar? *E se Marc me deixar?* Deus! Nem consigo pensar nessa possibilidade...

Corro para o meu camarim e apanho meu celular. Como não há sinal lá embaixo, então me troco e vou diretamente para a rua.

Contorno a multidão em frente ao teatro e disco o número de Marc novamente. Para o meu alívio, a ligação se completa na primeira tentativa.

– Sophia? – pergunta Marc com voz baixa. – Onde você está? Você deveria estar na limusine.

– Eu preciso falar com você – começo com voz trêmula. – Marc, algo aconteceu. Algo ruim. Eu preciso ver você.

– Sophia, acalme-se. Diga-me o que há de errado. Você está bem? Está machucada?

– Não, nada disso.

– Bom! – posso sentir o alívio na voz de Marc. – Vá para a limusine. Keith levará você para a faculdade. Encontrarei você por lá.

Enquanto Keith e eu atravessamos as ruas de Londres, começa a chover. Uma chuva fraca, a princípio, mas, em pouco tempo, grossas gotas de chuva atingem os vidros do carro e uma parede de água escorre pelas janelas. Quando chegamos à faculdade, uma tempestade se aproxima. O céu está coberto por grossas nuvens cinzentas, e raios e trovões iluminam as torres do campus.

Corro através dos gramados na chuva e, quando chego a meu quarto, estou ensopada. Sento-me na cama, tremendo, e ligo para o celular de Marc.

– Olá, Sophia.

– Olá.

– Você já se trocou ou ainda está com as roupas molhadas?

– Como você sabe que minhas roupas estão molhadas? – pergunto.

– As câmeras de segurança do campus filmaram você correndo através do gramado, cobrindo a cabeça com seu casaco. Quando você chegou ao seu prédio, vi que estava encharcada.

– Marc, há algo que preciso contar a você.

– Garanta para mim que você não está machucada.

– Não estou ferida.

– Então do que se trata?

– É sobre Leo.

Silêncio.

– Marc?

– Estou ouvindo.

– Nós... Leo e eu nos beijamos.

Mais silêncio.

– Não significou nada – falo rápido demais e atropelando as palavras. – Não significou nada mesmo para mim. Estávamos brincando um com outro e ele me beijou e eu o afastei de mim. Não foi nada. Eu só estou com saudade de você. Saudade de estar perto de você e acho que isso me deixou confusa. Eu devia tê-lo afastados antes, mas... não o fiz. Eu me sinto muito mal por isso. Muito mal. Marc, eu amo você, eu amo você demais.

– Leo beijou você? – Marc fala devagar.

– E permiti.

Marc deixa escapar um longo suspiro.

– Sophia, eu entendo.

– Você entende?

– Sim. Isso era... parte de meu plano, de algum modo. Quando seu pai sugeriu que nos afastássemos por um tempo, eu quis que você passasse algum tempo com Leo, para ver se ele não seria o homem certo para você. Um homem melhor. Um homem que poderia dar a você uma vida melhor, sem problemas com a imprensa, sem lados obscuros. Então, eu entendo o que aconteceu. E eu a amo o suficiente para deixá-la ir embora, se for o caso.

Balanço a cabeça ao telefone.

– Por favor, Marc.... Por favor, *escute-me*. Eu amo você. Eu não amo Leo. Eu não sinto por ele o mesmo que sinto por você e não preciso de um beijo para saber disso, pois eu já sabia. Perdoe-me, Marc, por favor. Eu amo muito você

– Eu a desculpo – diz Marc. – Desculpas não são a questão. A questão é saber quem é o homem certo para você e esse homem poderia ser Leo.

– Não. Não é. Leo é apenas meu amigo e nada além disso.

Um longo silêncio.

– Você precisa acreditar em mim – digo. – Por favor, o homem certo para mim é você. E será sempre você.

– Estou indo encontrá-la.

Sinto um aperto na garganta.

– Marc?

Mas a ligação já havia sido cortada.

Ligo para Marc uma vez mais e ele atende ao segundo toque. Um toque além do habitual.

– Marc...

– Sophia, já disse. Estou indo encontrá-la. Você não precisa saber nada além disso.

– Marc, por favor, não termine tudo comigo.

– Sophia, acalme-se – Marc responde suavemente. – Estarei aí logo.

A linha cai e fico olhando para a tela do celular. Sento em minha cama e espero, prestando atenção na porta e saltando de susto como uma louca ao menor ruído.

Após meia hora, ouço batidas na minha porta.

Sei que é Marc, não apenas pela forma como ele bate, mas também porque quem quer que seja ali fora subiu as escadas de maneira tão furtiva que não escutei passos.

Salto da cama.

– Espere, não abra a porta – é a voz de Marc.

Eu hesito.

– Devo esperar aqui? – pergunto.

– Sim!

Ouço algo, um leve som de alguma coisa deslizando, como uma camiseta ao ser tirada, e vejo um objeto fino e escuro passar por baixo de minha porta.

Chego mais perto.

– O que é isso? – pergunto.

– Uma venda. Saia da cama e coloque-a sobre seus olhos.

Estou totalmente confusa.

– Uma venda? Mas... por quê?

– Porque temos um acordo com seu pai. Você não pode me ver, e eu pretendo manter esse acordo.

– Ah...

Saio da minha cama e pego a venda negra, sentindo seu tecido sedoso com a ponta dos dedos.

– Coloque-a sobre os olhos e depois abra a porta.

Capítulo 56

Respiro fundo, cobrindo meus olhos com a venda; minhas mãos tremem um pouco.

Amarro a venda na parte de trás de minha cabeça e, instantaneamente, tudo fica escuro. Eu posso ouvir minha respiração e sentir o tecido macio contra minhas pálpebras inquietas, mas além disso não tenho noção de nada, exceto da escuridão.

Cuidadosamente, dou passinhos em direção à porta e tateio para encontrar a maçaneta. Eu imagino como devo parecer, mãos estendidas, cabelo preso para trás, vendada e tropeçando como uma mulher bêbada.

Meu coração bate cada vez mais forte enquanto sinto a madeira fria da porta sob meus dedos.

– Marc? – digo, com a palma da mão esticada contra a madeira.

– Eu estou aqui. Você está vendada? – pergunta ele.

– Sim – respondo, abrindo a fechadura e desastradamente alcançando a maçaneta.

Eu abro a porta e dou um passo para atrás.

Há um momento de quietude quando sinto o ar frio tocar meu rosto. E então escuto os passo de Marc, seus pés protegidos por sapatos de couro. Ele entra e sinto suas mãos nas minhas enquanto ele me conduz até a cama.

Eu me esforço para não me jogar sobre ele. Quero sentir seus braços me envolvendo, estar segura e aconchegada em seu peito. Mas eu não sei o que ele sente por mim agora. Ou por que está aqui. Deus, por favor, não o deixe terminar comigo. Por favor!

Ele me faz sentar e escuto-o voltar para fechar a porta.

Silêncio.

– Marc?

– Você devia ter se livrado dessas roupas molhadas – diz Marc de algum canto do quarto.

Eu o escuto perambulando em volta da cama. Então ouço um barulho de algo amassando e sinto a brisa de algo caindo ao meu lado. Eu tateio e encontro meu robe.

– Vista isso.

– Marc, sinto muito. Sinto muito, muito...

– *Agora*, Sophia – interrompe ele. – Você vai ficar doente se continuar nessas roupas molhadas.

Eu faço o que ele quer, tirando minhas roupas e deslizando para dentro do robe.

– Você veio aqui para terminar comigo? – pergunto.

– Não. Se fosse isso, não a faria usar uma venda. Nosso acordo não significaria muito se não estivéssemos juntos.

Meu coração se enche de esperança.

– Quando você me ligou... eu não pude tirar da cabeça que algo terrível havia acontecido. Que sua segurança estava comprometida. Então eu precisava vê-la. Para ter certeza de que está bem.

– Algo terrível aconteceu – sussurro. – Marc, sinto muito. Sinto muito, mesmo.

– Não precise se desculpar. Eu vi a gravação no jardim. Ele a beijou e você o afastou.

– Eu estava sentindo tanto a sua falta – falo, começando a chorar. – Foi por isso que não interrompi o beijo antes. Mas eu estou muito envergonhada por isso. Muito envergonhada.

– Não fique – a voz de Marc fica suave.

– Por favor, perdoe-me.

– Eu já disse. Não há nada para desculpar. É Leo quem precisa me pedir desculpas.

– Não odeie o Leo. Ele estava só brincando.

– Com a minha futura esposa.

– Eu sei, mas ele não quis causar problemas.

– Não fosse pelo fato de que ele cuidou de você quando havia um intruso no jardim, eu já o teria enchido de pancadas – rosna Marc.

– Marc...

Eu sinto sua respiração chegando mais perto de mim. Os pelos do meu pescoço eriçam e sinto o peso dele na cama. Então seus dedos correm por minha nunca, acariciando-me da nuca à linha úmida do cabelo, e dou um gemido rouco.

– Mas, contanto que esteja segura – diz Marc –, nada mais importa para mim. E posso ver que está. Eu devo ir embora agora. Não quero quebrar o nosso acordo.

Eu tento aguentar, procurando não enlouquecer com o som da voz dele. Posso sentir seu delicioso cheiro amadeirado e sentir o calor de seu corpo atrás de mim.

– Sim – concordo e minha voz oscila, assim como minhas intenções. Eu não quero que ele vá embora. Cada pedacinho do meu corpo implora por ele.

Marc se inclina para mais perto de mim, tão perto que quase sinto sua boca tocar meu pescoço.

– Aguente firme, Sophia. Estaremos juntos em breve.

A respiração de Marc é forte e sei que está tentando se controlar também.

– Você testa meu autocontrole até o limite, sabia disso, Sophia Rose?

Eu sinto o seu peso deixar a cama e escuto seus passos afastando-o de mim.

– Eu não quero me controlar agora – respondo ofegante. – Deus, não quero. De verdade.

– Eu nunca quebro minhas promessas. Com ninguém.

Eu rio e isso relaxa minha tensão.

– Eu sei. Você é um bom homem. Não importa o quanto negue. Obrigada. Obrigada por me perdoar.

– Eu já disse a você. Não há pelo que se desculpar.

– Marc?

– Sim, Sophia...

– Eu não vou escolher o Leo. Você sabe disso, não?

– A maior parte do tempo – sinto um sorriso em sua voz. – Mas torne um hábito seduzir astros de Hollywood quando não estou por perto e eu...

– Eu não seduzi o Leo.

– Não intencionalmente. Você também não me seduziu. Mas aconteceu.

– Eu seduzi você? – pergunto.

– Mais ou menos.

Eu sei que Marc está me provocando, mas eu não posso resistir à brincadeira.

– Engraçado. Sempre achei que fosse atração mútua.

– Mútua? Eu tentei me afastar, se você lembra.

– Eu lembro. Mas não diria que o seduzi.

– Não. Seduzir é um termo totalmente errado. Enfeitiçar é melhor.

Eu agarro um travesseiro e o lanço contra o vazio.

Marc ri.

– Não foi uma má jogada. Bem, que outra palavra você usaria? Eu cedi aos seus encantos.

– Meus *encantos*? – agora, é a minha vez de rir. – Cuidado para não cair do pedestal em que me coloca, Marc Blackwell. É muito alto.

– Não é alto o bastante – Marc faz um momento de silêncio e, mesmo de olhos vendados, sei que está olhando para mim.

– Eu queria que pudesse me beijar – deixo escapar.

– Eu também – sussurra Marc. – Preciso ir embora. Antes que as coisas fiquem mais duras.

– Má escolha de palavras – falo.

Eu escuto a porta do quarto ranger.

– Vou indo – anuncia Marc. – Antes que eu rasgue sua roupa, amarre a corda ao redor dos seus tornozelos, dobre você na cama e transe com você.

Eu respiro fundo.

– *Por que* você disse isso?

– Por que *você* tem que ser tão irresistível?

Um ruído estranho faz minha cabeça girar na direção da sacada.

– O que foi isso? – pergunto.

O ruído muda de algo quebrando para se transformar em um barulho estranho como o arranhar de um gato e ecoa pelo campus.

– Fique onde está – manda Marc. Eu sinto o deslocamento de ar enquanto ele passa por mim, de volta para o quarto.

– Marc – chamo. – O que foi isso?

O barulho lá fora parece o de um animal, mas a sensação ruim em meu coração me diz que é outra coisa... algo humano.

Um baque surdo na janela, e todos os meus instintos me dizem para tirar a venda. Eu a alcanço com os dedos.

– Mantenha os olhos vendados – ordena Marc. – Sophia, continue onde está – a voz dele soa rude e cheia de preocupação. – Exatamente onde está.

– Marc, o que está acontecendo? – pergunto, o tom de voz baixando para um sussurro.

Escuto as cortinas se fechando.

– Você ficará segura aqui. Eu preciso descer para resolver um problema.

Eu o escuto andando apressado pelo quarto e, no momento seguinte, a porta fechar com um estrondo.

Puxo a venda, arfando. O quarto ainda está quente por causa da presença de Marc e sinto o delicioso cheiro pungente e amadeirado de seu corpo. Mas algo está muito errado, e eu preciso saber o que é.

Não sou bisbilhoteira por natureza. Mas a visão das cortinas fechadas desperta em mim algo além da curiosidade. Preciso ver do que Marc está me defendendo.

Caminho até a janela e puxo um pouco a cortina de lado.

Quando olho através da janela, meu corpo fica muito, muito frio.

Capítulo 57

Escorrendo pelo vidro, vejo listras vermelhas brilhantes.

Ah, meu Deus. Apesar de desejar dar as costas para aquilo, olho mais de perto, examinando o líquido espesso escorrendo pelos vidros.

Sangue. Tenho certeza disso. O jeito que escorre, a cor, a viscosidade.... Não pode ser outra coisa. Vejo uma espécie de mancha listrada, então três longas gotas escorrem como pingos de chuva.

Quando presto atenção à sacada, estremeço, chocada. Há alguma coisa rubra e volumosa lá fora, brilhando sob a luz da lua. Coloco a mão sobre o coração, em uma vaga tentativa de me acalmar, e, em seguida, escuto novamente os ruídos penetrantes que cortam o imóvel ar noturno.

Quando presto atenção nos sons, eles viram palavras.

– Você está morta, Sophia Rose. M-O-R-T-A, morta.

É Cecile.

Talvez não seja a Cecile que eu me lembro da faculdade. Ela está muito, muito irritada e cheia de rancor. E grita como uma louca. Meu coração está disparado. Como ela entrou no campus?

Ouço a porta de entrada do prédio de dormitórios bater e o eco dos passos de Marc.

Os gritos param e viram choro. Acredito ter ouvido a voz de Marc, seguida da voz de outros homens, os seguranças de Marc. E então silêncio.

Enquanto tento entender o que acabo de ouvir, meus olhos se acostumam com a escuridão e eu olho novamente para o objeto disforme na sacada.

Repentinamente, percebo o que é. Já vi algo assim antes, no açougue da minha cidadezinha, mas nunca comprei. É um coração de porco, enorme e pingando sangue. Cecile deve tê-lo arremessado contra a janela. Como diabos ela conseguiu jogá-lo tão alto?

Estremeço novamente e os arrepios se transformam em uma espécie de tremedeira que não para, mesmo quando me enrolo no edredom.

Cecile realmente se superou. Ela poderia ter ferido alguém.

Graças a Deus que Marc estava aqui.

Meu celular toca.

Eu vejo o número de Marc na tela e o atendo.

– Marc?

– Sophia – a voz dele me acalma. – Você ainda está no quarto?

– Sim. Você está bem?

– Você não precisa se preocupar comigo. É você e sua segurança que são importantes.

– Sua segurança é importante também.

– Eu posso tomar conta de mim – ele respira fundo. – Cecile estava aqui.

– Eu sei. Eu ouvi. Como ela entrou?

– Alguém deve ter dado a chave a ela. Meu palpite é Ryan. Mas eu não quero que se preocupe. Você está segura aqui. A equipe de segurança nunca a teria deixado entrar no bloco. Há câmeras por todos os lados. Os seguranças já estavam a caminho para interceptá-la antes que eu descesse as escadas. Ela está em um estado mental muito mais frágil do que poderíamos imaginar.

– Ninguém tinha como prever isso, Marc – eu o consolo. – Quem imaginaria que ela tivesse ficado tão louca? E aparecer no meio da noite, jogando pedaços de carne...

– Você viu a sacada, então.

– Sim – admito.

– Eu disse para não abrir as cortinas.

– Eu sei. Eu não sei por que abri as cortinas. Não pude me conter. Como será que ela jogou aquilo tão alto?

– Ela usou uma catapulta. Alguém vai limpar a sujeita assim que amanhecer.

– Você acha que isso conta como quebra do acordo de nossa ligação semanal? Já que é a quarta ligação do dia?

– Não nos falamos por mais de meia hora. Isso tudo conta como uma ligação apenas. E agora me escute com cuidado. Eu dei uma nova senha para a equipe de segurança. Pergunte por ela antes de falar com qualquer um ou deixar qualquer pessoa entrar em seu quarto – pausa. – A senha é "hera".

Meu corpo todo treme de medo.

– Vou lembrar.

– Eu odeio deixá-la sozinha aí em cima. Odeio – posso sentir a frustração de Marc pelo celular. – Mas eu vou ficar no campus a noite inteira. A segundos de distância de você. Sophia...

– Sim, Marc?

– Haverá notícias sobre isso amanhã.

– Sobre o quê?

– Sobre Cecile. Quando a levamos até o portão de entrada, havia *paparazzi* lá fora. Ela foi direto ao encontro deles. Eles têm fotos minhas ao lado dela, falando com ela. É possível que façam uma história a partir disso.

– Ah.

Eu odeio pensar que Marc pode ser caluniado nos jornais, especialmente em uma história que envolva Cecile. Mas há coisas piores que podem acontecer. Quer dizer, ao menos Marc não se feriu.

– Bem, acho que teremos que passar por essa tempestade quando ela chegar.

– Vá para a cama agora, Sophia. Vou ficar de olho em você.

– Eu sei.

Capítulo 58

No dia seguinte, Keith me leva de volta à casa de campo assim que possível.

Estou sentada no jardim da casa relendo meus diálogos, quando Jen entra correndo com uma pilha de jornais.

– Sophia, você está sabendo disso?

Afasto os olhos de meu roteiro amassado. Está frio e estou aconchegada no casaco que Marc me deu, usando grossas luvas de lã.

Vejo uma foto escura e sem foco de Marc e Cecile, estampada na primeira página.

– Mais ou menos. Quer dizer, eu sabia que eles tiraram fotos de Marc e Cecile ontem à noite. Ela invadiu a faculdade, e Marc e os seguranças a colocaram para fora.

– Mas esses artigos... – ela estende os jornais para mim.

Eu leio as manchetes "O filho bastardo de Blackwell", "Marc leva aluna número 2 para a cama", "A traição de Blackwell".

– Ah, meu Deus.... Posso ver os artigos? – puxo a pilha de jornais das mãos com unhas bem feitas de Jen e jogo-os na mesa do jardim. Então tiro as luvas, e dou uma olhada nas páginas.

Todos os artigos são sobre Marc ser o pai do filho que Cecile espera. Ela é citada em todos os artigos, deve ter contatado todos os jornais de Londres.

– Ela está completamente maluca – falo. – Quero dizer, ela mentiu para os jornais antes, mas isso é diferente. Estes artigos vieram da ilha da fantasia.

– Eu queria que alguém tivesse me contado. Como posso impedir que vocês dois tenham essa má cobertura da imprensa, se não me contam quando esse tipo de foto é tirada?

– Eu nunca imaginei que a história seria tão ruim.

– Eles foram espertos – diz Jen, abraçando a si mesma e tremendo de frio. – Alegam isso e aquilo, e nada é dito de forma que possamos mover um processo contra eles. Mas farei com que uma história oposta circule, mostrando que Cecile se recusou a fazer o teste de paternidade.

– Ela recusou o teste de paternidade?

– Ainda não. Mas ela vai quando eu pedir aos advogados de Marc que a mandem fazer um. Eu tenho trabalho a fazer.

– Mas você ainda não começou a trabalhar para Marc. Você está trabalhando de babá, Jen, e não é problema seu.

– Claro que é. Você é minha amiga, então seu namorado é minha prioridade. Eu não vou deixar que alguém arraste a reputação de vocês na lama. Tenho algumas horas disponíveis. Sammy está dormindo. Isso me dá a maior parte da tarde para tentar conter os danos.

– Meu pai viu essas reportagens? – pergunto, gesticulando na direção dos jornais.

– Ainda não. Mas ele vai passar por alguma banca qualquer hora dessas. Nós deveríamos falar com ele antes que isso aconteça. Assim, você conta o que realmente aconteceu, antes que ele tenha a ideia errada.

– Certo – levanto-me da cadeira de metal do jardim, colocando os jornais embaixo do braço. – Vamos falar com ele.

Encontramos meu pai na porta da frente, colocando sua pochete e preparando-se para trabalhar.

– Você já vai sair? – pergunto satisfeita em ver meu pai retomando sua rotina. Vagar sem rumo pela casa não combinava com ele.

– Eu estou tentando trabalhar quantas horas puder antes do próximo fim de semana.

– Por quê? – pergunto.

Meu pai de repente fica muito interessando em sua pochete.

– Ah, é porque espero tirar a noite de sábado de folga. Para poder sair com Denise.

– Denise? Denise, minha professora na faculdade?

Meu pai tosse para não me encarar.

– Sim. Quer dizer, não é nada demais. Apenas dois amigos saindo para jantar.

– Vocês dois vão sair para jantar? – pergunto. – Como um encontro?

– Eu não chamaria de encontro, exatamente – responde meu pai, com as bochechas coradas. – Denise leu a respeito de um jantar ao estilo da década de 50 no Soho, então... Pensamos em dar uma olhada.

– Isso é ótimo, papai.

– É apenas um jantar. Apenas isso.

– Denise é uma mulher amável – fala Jen. – E muito atraente também, não acha, Sophia?

– Sim – concordo, entendendo a intenção de Jen. – Uma mulher muito atraente.

Papai coça a orelha.

– Tudo que sei é que é uma pessoa muito afetuosa e amigável. E eu gosto de passar meu tempo com ela.

– Bem, você gosta de sair. Você merece uma noite legal.

– Vejo as duas mais tarde.

– Espere um minuto, pai. Posso falar com você? Os jornais de hoje publicaram uma história sobre Marc. E, antes que escute de alguém, só queria lhe dizer que se trata de um total absurdo. Uma invenção.

– Que história?

Eu olho para Jen e ela olha para mim.

– Você pode ler por si mesmo – digo, entregando um jornal.

Meu pai desenrola o jornal e o olha, da esquerda para a direita. Ele nunca foi o mais rápido dos leitores, então demora um tempo até que seus olhos se arregalem e comece a balançar a cabeça.

– Sinto muito, querida.

– Papai, está tudo bem. Mesmo. Esses artigos não me incomodam, eu sei que são mentiras. Mas eu só queria me certificar que você soubesse a verdade antes de ler isso em alguma banca na rua.

Meu pai franze as sobrancelhas.

– Soph, querida. Você tem certeza de que são mentiras? Quero dizer, você não vê o Marc há algum tempo. E ele foi fotografado ao lado dessa moça.

– Eles tiraram essa foto na faculdade ontem à noite. Eu estava lá. Cecile invadiu o prédio e jogou um coração de porco na minha janela. E Marc desceu e a encaminhou para fora do prédio, com os seguranças. Foi aí que tiraram a foto. Olhe, dá para vê-los no fundo – aponto para os dois homens com uniformes negros.

– Ela jogou um coração de porco na sua janela? – pergunta Jen, seus olhos arregalando.

– Eu sei, ela está alucinada.

– Então essa moça chamada Cecile estava na faculdade ontem?
Eu concordo.

– E Marc estava lá também? – papai pronuncia as palavras lentamente.

– Sim.

– E você?

– Sim – meu coração se encolhe quando percebo o que meu pai está pensando.

Capítulo 59

– Vocês dois deveriam estar separados. Era o nosso acordo.

– Nós estamos. Mas... algo aconteceu ontem à noite, e Marc apareceu para ter certeza de que eu estava bem. Ele estava saindo da faculdade quando Cecile apareceu. Eu não o vi.

Os lábios de papai ficam finos e brancos.

– Sinceramente, papai. Nós estamos seguindo as suas regras. Ficamos separados esse tempo todo. A noite passada foi assim. Uma ligação um pouco maior. Como disse, não pude vê-lo.

– Bem, então. Há uma solução mais fácil, não? Sem mais ligações semanais.

– Mas papai...

– Você quer respeitar o acordo ou não?

– Se isso significa receber sua bênção para nos casarmos, é claro que vou respeitar.

– Então de agora em diante, sem mais ligações. Faltam algumas semanas antes que possam se rever. Eu tenho certeza de que podem aguentar.

Eu me sinto mal.

– Por favor, papai. Há coisas que preciso dizer para ele, sobre Annabel. Ela precisa da nossa ajuda. Pai, espere – ponho a mão no seu braço –, posso ao menos ligar para ele hoje? Para dizer o que está acontecendo?

Meu pai franze a sobrancelha.

– Você pode mandar um e-mail hoje, para ele saber sobre o novo acordo. Mas é só isso. Sem contato até que o prazo de três meses termine – com isso, ele bate a porta.

– Você vai ficar bem. É mais forte do que imagina – diz Jen.

– É o que você pensa.

– É o que sei. Você já aguentou dois meses. E ao menos pode enviar um e-mail para Marc hoje. É melhor do que nada, não é?

Concordo, pensando naquela minúscula luz no fim do túnel.

– Sim. Eu acho que é melhor do que nada.

De: SophiaR
Para: MarcBlackwell

Querido Marc,
Eu não sei começar este e-mail. Mas aí vai.
Eu amo você.
Eu amo você tanto que dói. De fato, tudo dói neste momento. Ficar longe de você dói, não ouvir sua voz dói, pensar em você dói.
Tenho más notícias. Meu pai leu os jornais e descobriu que estávamos na faculdade ontem à noite. E agora diz que não podemos mais nos ligar. Só podemos nos falar por e-mail, e apenas por hoje. Depois disso, nada até que o mês termine.
Eu preciso lhe falar sobre Annabel. Eu dei uma olhada nos formulários que ela precisa preencher e na lista de providências que deve tomar para ter o filho de volta. Ela precisa de um lugar para viver, e eu pensei que poderia morar perto de nós. Você poderia encontrar um lugar para ela? Assim, eu poderia ajudá-la com o filho.
Eu estou escrevendo isso do jardim, usando o casaco que você me deu. Leo acha que...

Eu paro de escrever; meus dedos gelados pairam sobre o teclado do iPhone. Não; melhor não falar sobre Leo. Deletar, deletar, deletar.

Algumas pessoas acham que dar um tempo no relacionamento pode ser saudável. Mas, para mim, parece que posso morrer a qualquer momento nestas últimas semanas. Nossas ligações semanais eram o que me faziam suportar os dias, mas agora que não as temos estou perdida. Totalmente, completamente perdida. Por favor, responda logo.

Eu amo você.

Sophia.

Meus dedos doem porque eu digitei muito rápido. Está frio aqui fora, mas começo a entender o que Marc quer dizer sobre o frio. Ele me ajuda a sentir algo, caso contrário estaria paralisada.

Eu me sento olhando para o celular, esperando, esperando uma resposta. Depois de vinte minutos, percebo que o e-mail ainda está esperando na caixa de saída e que o sinal está fraco.

Eu entro em casa, mas o sinal não é melhor. Jen está brincando com Sammy na sala e olha quando entro.

– Você mandou o e-mail para ele?

– Sem conexão – mostro a tela do celular para ela. – Eu vou à faculdade. O sinal telefônico ao redor da cidade é muito instável.

– Como você vai até lá? Você não disse que Keith teria a manhã de folga?

– Usarei ônibus e trem. Como nos velhos tempos.

Capítulo 60

Enquanto caminho pelas ruas estreitas da cidade, passo por quitandas e açougues; finalmente consigo sinal de rede e o e-mail é enviado.

Observo o celular ansiosamente enquanto caminho, esperando a resposta de Marc. Ela chega em cinco minutos.

Sophia.
Deixe-me falar com seu pai para explicar. E me desculpar.
E tenho tentado persuadir Annabel a se mudar para Richmond há anos. Eu compraria algo onde ela quisesse. O problema é que uma parte dela ainda está atada ao pai de Daniel e aos velhos amigos.
Eu amo você também.
Marc.

Escrevi rapidamente uma resposta, tropeçando na calçada por causa da pressa em responder.

Não, não, não faça isso! Você não conhece meu pai como eu. Ele está furioso por termos nos encontrado ontem à noite e não vai mudar de opinião. É assim que tem de ser.
E eu não acho que Annabel ainda queira essa vida. Mas ela está um pouco deprimida por ter que depender das pessoas. Ela quer ser independente. Precisamos encontrar uma forma de encontrar um lugar para ela, sem que sinta que estamos fazendo caridade.

Em poucos momentos, Marc responde:

Re: Sobre seu pai, eu nunca fui bom em aceitar as coisas. Mas, por você, aceito qualquer coisa. Se é assim que tem de ser, então vamos enfrentar.

Diga para Annabel encontrar um local apropriado que eu compro para ela. Ela pode escolher. E então, quando estiver trabalhando, ela pode me pagar um aluguel até que o local esteja pago. Não será um favor. Apenas um empréstimo.

Você nunca deixa de me surpreender. Eu levo Jen e Rodney para ter certeza de que não está sobrecarregada. E aí você transforma minha irmã em seu novo projeto. Mas não se sobrecarregue.

Eu vou observá-la sempre. Manter você segura.

Eu amo você.

Marc.

Eu passo toda a jornada no ônibus e no trem escrevendo e esperando as respostas de Marc. Escrevemos sobre o quanto nos amamos e sentimos a falta um do outro e falamos sobre o casamento e o que faremos na lua de mel.

Eu fico muito corada ao ler e escrever as mensagens sobre a lua de mel e espero que os outros passageiros não percebam. Quando digo para Marc que estou a caminho da faculdade, recebo a resposta mais rápida de todas.

Não sozinha, não vá não. Eu vou mandar um motorista encontrá-la, me diga onde você está. Keith está de folga esta manhã, mas eu tenho um substituto.

Eu respondo:

Tarde demais. Já estou na rua Liverpool. Eu preciso entrar no metrô agora e vou perder o sinal. Não se preocupe, estou cercada de gente o tempo todo.

Antes de entrar na estação de trem da Central Line, eu recebo uma resposta:

Eu já disse como amo e odeio seu lado independente, srta. Rose? Mas isso fica no caminho da sua segurança. Vou enviar seguranças para observá-la e não reclame.

Eu sorrio quando leio a última mensagem. Quando saio do metrô na Oxford Street, vejo que Marc já respondeu.

Sophia,
Onde está você agora?

Respondo:

Caminhando para a faculdade. Está tudo bem. Chegarei em vinte minutos.

Marc responde:

É melhor que chegue mesmo. Ou vou procurar você. Já que temos pelo menos um dia para trocar mensagens, deixei uma coisa esperando por você na faculdade. Porque você gosta de surpresas.

Eu sorrio para essa mensagem também e cambaleio para o meio da rua. Percebo que estou sobre o asfalto e espero a luz verde. Então, respondo:

Depende da surpresa, sr. Blackwell, mas até agora suas surpresas têm sido ótimas.

Marc responde:

Responda quando chegar ao quarto.

Intrigada, enfio meu celular no bolso e serpenteio entre a multidão de Londres até a faculdade.

Capítulo 61

Quando abro a porta do meu quarto na faculdade, vejo uma grande caixa preta sobre a cama, amarrada com um laço de fita rosa-choque. A janela foi limpa, e um enorme buquê de rosas brancas frescas na minha mesinha de cabeceira ilumina o quarto. São exatamente como as rosas do hotel sofisticado em Londres, onde fiquei com Marc.

Sento na cama e mando uma mensagem para ele, avisando que cheguei. Depois pego a caixa, puxo a fita e ergo a tampa com cuidado.

A caixa é daquele tipo de papelão grosso e caro, que faz barulho. Meu coração quase flutua quando vejo o que está dentro dela.

Em meio a uma nuvem de seda cor-de-rosa, está uma corrente e uma calcinha com um objeto de plástico duro costurado na área do púbis.

"O que será isso?"

Pego a corrente e a calcinha, segurando-as contra a janela, e começo a ter uma ideia do que passa pela mente de Marc.

Meu telefone apita e eu toco nele rapidamente, para ler o e-mail de Marc.

Tire suas roupas. Todas. Vista a calcinha. Depois, sente-se na cama e espere minhas instruções.

Olho para a calcinha. O que será essa coisa plástica dentro dela e para que serve? Adivinho que estou para descobrir.

Tiro meu casaco e minhas roupas, meias, sapatos, roupa de baixo, tudo, e visto a calcinha que Marc deixou para mim.

Agora estou praticamente nua. Quando faço algum movimento, sinto a calcinha esfregando em mim.

Sento na cama e sinto o plástico frio e duro pressionar entre minhas pernas. A sensação é bastante agradável.

Marc manda outra mensagem.

Enrole a corrente em volta dos tornozelos. Não quero que você fuja.

Sinto um calor prazeroso subir entre minhas pernas enquanto olho a corrente pousada sobre a seda macia. Faço um gesto para pegá-la, mas hesito. Será que posso fazê-lo sem que Marc esteja aqui? O calor subindo por entre minhas coxas me diz que sim.

Alcanço a corrente e enrolo-a nos meus tornozelos, ouvindo os elos baterem um no outro e sentindo o metal frio contra a pele. Meu celular apita de novo.

Levante a seda da caixa. Há coisas embaixo dela.

Capítulo 62

Pego a caixa novamente e tiro a seda rosa de dentro. Debaixo dela, há um pedaço de veludo negro com correntes penduradas e um pequeno pedaço de madeira negra.

Enquanto tiro os objetos da caixa, descubro que esse conjunto de correntes com a peça de madeira é mais do que parece ser.

Primeiro, há dois objetos; um é composto basicamente de uma corrente, com duas folhinhas de hera de prata em cada ponta. As folhinhas de prata são lindas, e fico surpresa quando me dou conta de que são, na verdade, pequenos grampos.

A outra corrente tem um pedaço de madeira escura preso no centro e um prendedor fixado nas pontas.

Meu celular apita de novo e pego-o nas mãos.

Quero que você prenda as folhas de hera nos mamilos. Depois pegue a mordaça de madeira e morda-a. Feche o prendedor atrás da sua cabeça.

Digito uma mensagem de volta:

Você realmente sabe como cuidar de uma garota.

Marc responde:

Não fale comigo.

Com as mãos tremendo um pouco, prendo um dos grampos de hera no mamilo, como Marc disse. Arde um pouco, mas torna-se tolerável após alguns segundos.

Depois, cautelosamente, faço o mesmo com o outro grampo.

Ai. Ai, ai, ai.

Esse dói. Com o beliscão que faz meus olhos encherem-se de lágrimas, pego a mordaça, coloco-a entre meus dentes e prendo o fecho atrás da cabeça. Morder a madeira ajuda a me desligar um pouco do ardor dos seios, mas não muito.

De novo um apito e outra mensagem:

Vá olhar-se no espelho. Depois sente-se de novo na cama e espere.

Levanto-me com cuidado e vou arrastando os pés até o espelho, com a corrente presa aos tornozelos. Tento não balançar meus seios, mas claro que não consigo – e eles ardem a cada sacudidela.

Dirijo-me para o armário, abro-o e me olho no espelho de corpo inteiro. Sinto um latejo de prazer entre as pernas quando me vejo. Tenho de admitir que é sexy estar amordaçada e amarrada assim.

Volto para a cama, sentindo a umidade aumentar.

Meu celular apita e leio a nova mensagem de Marc:

Vou chupar você. Vou usar minha língua de forma suave o suficiente para que chegue à beira do insuportável. Você vai gritar para que eu vá mais longe, mas não irei. NÃO se toque. Caso contrário, será punida.

Enquanto tento absorver essas palavras, sinto uma vibração entre as pernas. O plástico rijo da calcinha está vibrando encostado em mim, e eu quase pulo de susto. Preciso de um momento para entender que Marc deve estar operando a calcinha por controle remoto.

Solto um gemido quando as vibrações vão aumentando, para cima, para baixo, deixando-me cada vez mais excitada. Mas o e-mail de Marc estava certo: é suave demais, leve demais. Quero mais, como ele disse. Quero mais forte. Mais intenso.

O celular toca de novo:

Quero que aperte os grampos nos seios.

Ah, meu Deus. Será que sou capaz de me machucar assim? Elevo a mão até atingir a folhinha de hera da esquerda. Mantenho-a aí por alguns instantes, ganhando coragem. O grampo já está me machucando e penso que apertá-lo pode me fazer ultrapassar a fronteira que separa o prazer da dor, levando-me diretamente para a dor.
Tudo bem. Coragem. Vamos lá, Sophia. Marc gosta de testá-la.
Aperto, só um pouco, e sinto uma dor quente.
Ai.
Mas é um "ai" bom, e, mesclado com as vibrações entre minhas pernas, deixa-me um pouco zonza.
Quase deixo cair o celular.
– Oh, céus – ouço minha voz dizer, enquanto a dor desaparece e só ficam as suaves vibrações entre minhas pernas. – Oh, Marc, não aguento. Por favor. Preciso de mais.
Meus olhos estão um pouco fora de foco quando a mensagem seguinte de Marc chega.

Você está me implorando mais? Espero que sim. Porque tive prazer torturando você e agora vou fazê-la gozar.

De repente, as vibrações na minha calcinha tornam-se mais intensas e fortes. Tanto que começo a sacudir e contorcer-me na cama, gritando, gemendo e murmurando.
– Ah, meu Deus; mais, mais; sim; assim, assim.
Outra mensagem:

Deite de bruços na cama e pressione os seios com força no colchão, para que fiquem ardendo. Agora você tem a minha permissão para se tocar.

Gemo de novo, deitando de bruços e sentindo os grampos entrarem na minha carne. Estão bem enfiados nos seios, causando uma sensação deliciosa de ardência, uma fisgada que me faz balançar para frente e para trás para que a sinta com mais intensidade.

Agarro a calcinha e puxo-a para cima entre minhas pernas, para que as vibrações sejam tão fortes quanto possível. Ondas de calor sobem e tomam todo meu corpo, até que o prazer torne-se insuportável e que eu sinta ondas fluir para baixo da minha barriga e das minhas coxas. Não consigo segurar mais.

– Ai, que delícia – gemo, apertando meus seios com mais força no colchão para sentir a fisgada. – Ah, meu Deus, estou gozando, estou gozando.

E como gozo. Muito. Sentindo alfinetadas doloridas percorrer meus seios e mamilos, e o prazer espalhar-se em uma onda morna por todo meu corpo.

Fico deitada na cama por um momento, deixando as sensações prazerosas se espalharem pelo meu corpo. Então o celular apita de novo e eu o alcanço com a mão, virando o rosto na direção da tela.

Queria estar com você.

Esforço-me para me concentrar. Para fazer com que meus dedos se movam. De alguma maneira, consigo digitar uma resposta.

Você não faz ideia.

Capítulo 63

Marc e eu ficamos nos mandando mensagens de texto até meia-noite. Algumas me fazem sorrir. Algumas me fazem querê-lo perto tão fortemente que mal posso aguentar.

À meia-noite, sabemos que temos de nos despedir. Sem mensagens, sem ligações. Nada. Mas faltam apenas poucas semanas. E então poderemos ficar juntos.

Após nosso dia repleto de e-mails, o tempo parece passar mais devagar do que nunca. Horas e, finalmente, dias se arrastam.

A sensação de dor no meu peito e no meu coração começa a diminuir conforme março vai passando, mas continuo sem comer ou dormir direito.

As apresentações da peça se sucedem em um turbilhão confuso, enquanto represento um dia após o outro. Passo as manhãs dormindo na casa de campo e passo as tardes com Jen e Sammy.

A única coisa em que consigo pensar é Marc, Marc, Marc. Eu deveria estar me sentindo mais feliz a cada dia que passa, mas, à medida que se aproxima o fim da nossa separação, o tempo parece desacelerar. É como se os dias estivessem acorrentados aos meus tornozelos e eu os estivesse arrastando comigo.

Jen faz todo tipo de coisa para tentar me alegrar. Ela nos leva, eu e Sammy, para ver animais de fazenda ou à feira orgânica para comprar ingredientes para o molho de macarrão. Mas só consigo pensar em Marc.

O único momento em que a escuridão realmente se ilumina é quando monto Ebony.

Ela é linda e, quanto mais se acostuma comigo, mais excitada fica quando me vê. Falo com ela sobre toda e qualquer coisa: da falta que sinto de Marc, do espetáculo, dos pequenos acontecimentos da vila. Ebony deixa-me tagarelar, baixando sua linda cabeça e apoiando o focinho na minha mão.

Em alguns dias, eu monto. Noutros, passeio com ela em volta do campo, sentindo seu calor a meu lado e compartilhando um momento de quietude.

Ver a irmã de Marc me faz bem também. Annabel está chegando mais perto de conseguir a guarda do filho e acompanhar seu restabelecimento e a recuperação de sua alegria realmente me levanta o moral.

Visito-a sempre que posso: pelo menos uma vez por semana, às vezes mais.

Certa manhã, estou na casa de meu pai, botando pão fresco e sopa caseira em uma sacola para visitar Annabel, quando recebo uma ligação da clínica de reabilitação onde ela está internada, na zona oeste de Londres.

Está chovendo a cântaros e, por algum motivo maluco, o tempo me anuncia a chegada de más notícias.

– Srta. Sophia Rose? – pergunta uma jovem ao telefone.

– Sim – respondo. – Em que posso ajudá-la?

– Estou ligando da Clínica Tower. Pelo que soube, a senhorita deve visitar a srta. Blackwell hoje.

– Sim – concordo. – Estou de saída, inclusive.

Olho pela janela e vejo a limusine parada na rua em frente à nossa casa. A chuva castiga seu teto preto brilhante e escorre pelas janelas escuras.

– Está tudo bem?

Há uma pausa.

– A srta. Blackwell deixou a clínica há algumas horas. Achei melhor avisá-la, para evitar que faça o trajeto em vão.

– Ela deixou a clínica? Mas... Por quê?

– Ela teve notícias ruins sobre a situação da guarda da criança hoje cedo e foi embora – outra pausa. – Algumas vezes, a dependência é simplesmente forte demais. Em média, metade de nossos pacientes vão embora e voltam à vida antiga.

Sacudo a cabeça ao telefone.

– Mas ela estava indo tão bem. Honestamente, não consigo pensar que ela tenha abandonando o tratamento. Mesmo após más notícias. Você tem certeza que ela foi embora da clínica?

– Verificamos no quarto dela. E no refeitório, nas salas de atividades – responde a mulher.

Pego minha bolsa.

– Alguém verificou a área externa?

– É improvável que esteja lá fora com este tempo.

Ouço a chuva martelando na janela e penso em Annabel. Sei que ela teve recaídas por muitas e muitas vezes antes dessa. Talvez esteja apenas sendo ingênua, mas não acredito que ela abandonaria tudo agora. Meu instinto me diz que ela ainda está na clínica de reabilitação. Em algum lugar, infeliz e sozinha.

– Estou indo para aí – digo à mulher, pegando meu casaco e abrindo a porta da frente.

– Soph, você está indo ver Annabel? – grita Jen da sala de estar.

– Estou – grito de volta. – Vejo você em breve.

– Você quer tomar café antes de ir? Rodney está fazendo panquecas.

– Não vai dar tempo – digo, saindo no temporal. – Talvez coma na clínica. Volto mais tarde.

Capítulo 64

Quando chego à clínica, checo o quarto de Annabel, só por desencargo de consciência. Ela não está. Saio para a área externa e começo a procurar no bosque.

O temporal está violento, de forma que, em poucos minutos, estou encharcada. Mas não me importo; a única coisa que me importa é encontrar Annabel.

Depois de procurar na ala leste do prédio, vou para a ala oeste, e minhas botas curtas chapinham na lama enquanto caminho por entre pinheiros e carvalhos.

Annabel e eu andamos por esse bosque muitas vezes, e conheço-o bem, mas encontrar alguém aqui é outra história, sobretudo com este tempo.

Faltam muitos acres a serem percorridos, e as coníferas perenes não me deixam ver mais do que alguns metros à frente.

Finalmente, tropeço em uma pedra cinzenta enorme, sob um pinheiro frondoso. A pedra está protegida da chuva, graças aos galhos espessos e às folhas abundantes acima dela, e eu sento, dando-me conta pela primeira vez, desde que cheguei, que estou quase desmaiando de fome.

Escuto minha respiração pesada ir diminuindo até o silêncio.

À medida que meus ouvidos vão se habituando à chuva torrencial, um som me chega com a brisa. Um choro desesperado e contido.

Sento-me abruptamente.

É Annabel. Estou certa disso.

Ponho-me de pé em um salto e avanço enfrentando a lama em direção ao som, parando de vez em quando para escutar.

Após cinco minutos de caminhada, encontro-a, enrodilhada sob um carvalho imenso. Está molhada até a alma e soluça enquanto a chuva cai.

Fico de cócoras ao seu lado e coloco a mão nas suas costas.

– Annabel, sou eu, Sophia.

Os soluços acalmam-se um pouco, e a cabeça de Annabel gira para o lado.

– Sophia – diz ela suavemente. – Como você me encontrou aqui?

– Eu a procurei.

– Você está encharcada – diz Annabel. – Por favor, vá para dentro. Eu não estou podendo ver ninguém agora.

– Não vou a lugar nenhum sem você – respondo. – Você vai me contar o que aconteceu?

Annabel recomeça a soluçar. Ela chora muito por alguns minutos, com o corpo inteiro tremendo. Deixo-a botar tudo para fora.

Depois pergunto de novo, devagarinho:

– O que aconteceu?

– Eles dizem que não posso ficar com Daniel – soluça Annabel. – Mesmo que eu tenha casa e meios de sustentá-lo. Eles dizem que ele vai ser adotado. Seu sobrenome vai ser mudado. Não vou nem mesmo poder saber como ele vai se chamar – ela se desespera de novo, apertando os joelhos contra o peito e soluçando.

– Quem disse que ele vai ser adotado? – pergunto.

– Uma assistente social me ligou hoje de manhã.

– Ele já foi adotado?

– Ainda não. Mas vai ser.

Levanto-me e ajudo-a a ficar em pé.

– *Correr o risco de ser* adotado não é a mesma coisa que *já ter sido* adotado. Você não vai ser de nenhuma ajuda se ficar aqui sentada na chuva. Vamos voltar ao prédio principal para que possamos dar alguns telefonemas.

– Mas não há nenhuma esperança – argumenta Annabel, desequilibrando-se ao tentar andar na lama.

– Annabel, você é mãe. Você tem que ter esperança. Tem que encontrá-la, sempre. Você não pode abandonar tudo. Daniel precisa que você seja forte. Vamos lá para dentro.

Capítulo 65

Levo Annabel para o quarto dela e faço com que tire as roupas molhadas. Enquanto isso, tiro meu casaco encharcado e penduro-o no aquecedor. Minha calça jeans também está encharcada, e gruda nas minhas pernas enquanto entrego um roupão a Annabel e a ajudo a vesti-lo.

– Você precisa mudar de roupa também – afirma Annabel. – Tenho pijamas. Aqui estão – ela me entrega um pijama verde da clínica com um longo cordão de amarrar na cintura.

Enquanto visto o pijama, dou-me conta de que estou meio quente e com calafrios. Ah, não. Não posso ficar doente. Tenho apresentação hoje à noite. E amanhã à noite. E na noite seguinte. Faltam pouco mais de duas semanas, e então acaba a temporada.

– Você tem o telefone da assistente social que ligou hoje de manhã? – pergunto, tentando ignorar a sensação de peso na minha cabeça.

– Tenho – responde Annabel, pegando um caderno da Clínica Tower com um número de telefone e um nome, "Mandy Reynolds", anotados a lápis. – Ela me disse para ligar quando tivesse um lugar para ficar. Disse que talvez pudéssemos organizar visitas, caso os novos pais aceitem.

– Posso ligar para ela? – pergunto. – Você vai ter de falar com ela também. Para nos autorizar a discutir a situação em que você se encontra.

– Claro – diz Annabel.

– Acredito que eles não possam ir adiante e fazer com que Daniel seja adotado, já que você continua querendo reaver a guarda dele – falo.

– A menos que a legislação tenha mudado muito desde que eu e meu pai morávamos juntos, tenho quase certeza de que é necessário muito tempo para que eles possam fazer isso, e você ainda pode recorrer.

– Você acha mesmo?

– Acho – respondo, pegando o papel e digitando os números no meu celular.

Uma voz anasalada atende.

– Alô, é Mandy Reynolds.

Limpo a garganta.

– Ah, alô. Bom dia. Aqui é Sophia Rose. Sou muito amiga de Annabel Blackwell. Ela está aqui comigo agora. Ela me deu autorização para falar sobre a situação dela com você. Você gostaria de confirmar com ela?

– Se ela está aí com você, não precisa – diz Mandy.

Minha garganta aperta. Mandy deveria conferir se Annabel me deu mesmo permissão para falar sobre o caso dela. Afinal, poderia ser qualquer um.

– Você está ligando a respeito de Daniel, imagino? – pergunta Mandy.

– Sim – confirmo. – Annabel está preocupada com a possibilidade de que você o envie para adoção.

– É o próximo passo, dado o lugar em que a srta. Blackwell se encontra, bem como sua situação.

– Mas ela agora tem quem a apoie – informo. – Eu e o irmão dela estaremos próximos para cuidar dela e de Daniel.

– O irmão, o famoso Marc Blackwell – ironiza Mandy. – Sim, li tudo sobre ele. Parece que o sr. Blackwell tem os próprios problemas quanto a cuidados. Dificilmente uma influência estável.

– Você não pode emitir um julgamento a partir de algo que leu nos jornais – digo. – Inventam coisas o tempo todo. De qualquer forma, até onde sei, Daniel não pode ser adotado ainda. Annabel precisa desistir definitivamente da guarda ou esta deve ser legalmente retirada dela. O que, até onde sei, não aconteceu ainda.

– Ela o colocou sob nossos cuidados.

– Isso não é o mesmo que desistir definitivamente da guarda – afirmo. – A intenção era de que isso fosse temporário.

– Eu não estava informada... até onde sabia, a srta. Blackwell tinha desistido da guarda – escuto o farfalhar de papéis sendo folheados.

– Ela assinou um P12? – estou com os dedos cruzados, torcendo para que Annabel não tenha assinado o formulário de abdicação definitiva da guarda sem saber o que fazia.

– Hummm... Não vejo esse formulário aqui, mas... – silêncio e de novo ouço papéis sendo folheados. – O que eu ouvi... O que me disseram... Espere um instante.

Ouço o barulho do telefone batendo na mesa.

Mais farfalhar de papéis e depois ouço a voz de Mandy de novo.

– Por favor, desculpe-me. Houve um equívoco. Você tem razão, não estamos com o P12. Portanto, Daniel não pode ser adotado ainda. Ele precisa ir para um lar temporário primeiro. Se a srta. Blackwell conseguir provar que tem um lar e uma situação estáveis, pode ser que o menino seja devolvido a ela.

Sinto o sorriso que toma meu rosto.

– Ela terá um lar estável, asseguro-lhe, muito, muito em breve. Obrigada.

– Certo. Bom, até logo.

O telefone fica mudo.

Viro-me para Annabel. Minha intenção é dar-lhe um abraço, mas algo acontece com meus joelhos. Parecem feitos de geleia. E minha cabeça começa a rodar.

No momento seguinte, tudo fica escuro.

Capítulo 66

Acordo na cama de visita da casa de meu pai. O céu está ficando escuro lá fora. Minha garganta arde e arranha e minha cabeça lateja.

Sento, tentando imaginar como foi que cheguei aqui, e empurro os lençóis para ver que estou vestida com meu próprio pijama.

Quando levanto, o quarto começa a girar e minha cabeça lateja mais forte. Sinto-me febril e com um gosto de metal estranho na boca.

A porta do quarto se abre e vejo Jen, carregando Sammy.

– Achei que tinha ouvido você acordar – diz ela. – Você está tentando sair da cama, Sophia Rose?

– Estava...

– Ah, de jeito nenhum – Jen pousa a mão firme no meu ombro e conduz-me de volta ao travesseiro. – Repouso na cama para você. Você teve febre. Excesso de trabalho, disse o médico.

– Como foi que cheguei aqui? – pergunto. – Estava com Annabel.

– Você desmaiou. Marc chamou uma ambulância. Mas eles disseram que era só uma febre, então os médicos acharam que o ambiente familiar seria o melhor. Trouxeram você para cá para que recebesse cuidados.

– Marc estava na Clínica Tower? – pergunto, esfregando os olhos.

– Não. Mas Annabel ligou para ele quando você desmaiou, e ele chamou a ambulância. Ele está doente de preocupação com você, liga de meia em meia hora.

– Como foi que vesti meu pijama?

– Você o vestiu quando chegou aqui. Não lembra?

Balanço a cabeça negativamente.

– Acho que estou mesmo com febre.

– É isso que os médicos acham também. Mas nada muito sério. Nada que não possa ser tratado com boa comida e descanso.

– Que médicos? – pergunto.

– Bem, você tem dois médicos cuidando de você neste momento – responde Jen. – O dr. Holmes, o médico particular do Marc. E o dr. Freeman, um amigo de Leo Falkirk.

– Leo? – agora estou mesmo confusa.

Jen confirma.

– Leo estava aqui quando a ambulância trouxe você.

– Estava?

– Sim. Ele tinha vindo visitar você. Aí você apareceu de ambulância e deu um belo susto na gente. Ah, meu Deus, Leo é... Não há palavras para descrever como ele é na vida real. Quase desmaiei quando ele apareceu aqui – ela sorri com a lembrança.

– Sinto muito por deixar tanta gente preocupada – lamento.

Jen sacode a cabeça.

– Não pense em nós. Apenas descanse e cuide para ficar boa.

– Onde está Marc agora? – pergunto.

– Vocês dois têm um acordo, lembra? Ele não quis quebrá-lo. Acho que o teria feito caso sua condição fosse mais grave, mas ... Ele está mantendo distância. Foi claramente uma tortura para ele não poder ver você. Ele queria encher este quarto inteiro de flores, mas o médico achou melhor não, no caso de sua febre ser causada em parte por uma rinite alérgica.

Eu rio.

– Eu, com rinite alérgica?

– Eu sei. De qualquer maneira, Leo encomendou um monte de comida boa em vez de flores. Então a cozinha está entupida. Sopas caseiras. Vegetais orgânicos. Pão integral fresco. Suco de laranja da fruta. Um monte de comida saudável. Acho que Marc ficou impressionado.

– Marc impressionado com Leo? – ergo uma sobrancelha. – Seria uma mudança e tanto.

– Acho que Marc entendeu que Leo e ele estão do mesmo lado, quando se trata de tomar conta de você.

– Espere – tento me sentar de novo, mas um olhar de Jen me faz deitar de volta no travesseiro. – Os dois estavam aqui?

– Pois é – Jen transfere Sammy para o outro lado do quadril. – Os dois. Marc estava fora de si de preocupação. Acho que ele quase quebrou o acordo de vocês, para ser sincera. Mas manteve-se firme. E Leo... Bom, ele ficou mandando mensagens para homeopatas e acupunturista e tentando encontrar coisas que podiam fazê-la sentir-se melhor. Ele é um cara muito gentil. *Realmente* gentil.

– É, ele... Jen? Você ficou toda esquisita de repente.

– É? É que... Leo e eu conversamos por um tempão e realmente nos entendemos...

– Isso não me surpreende – digo, sorrindo. – Meu pai sabe que Marc chamou uma ambulância para mim? E que ele me mandou para cá?

– Sabe – Jen faz uma pausa. – Acho que isso ajudou na opinião que seu pai tem de Marc. Ajudou-o a ver o quanto ele se importa com você.

Sento, de uma vez.

– Ah, meu Deus, que horas são? Tenho espetáculo hoje à noite.

– Está tudo bem, Sophia. Davina sabe que você está doente. O espetáculo pode ser cancelado por algumas noites.

– Mas...

– Sem discussão. São ordens médicas que você fique de cama por alguns dias. Se você não ficar, provavelmente vai piorar e acabar não podendo se apresentar mais nesta temporada.

– Detesto decepcionar as pessoas.

– Eu sei, mas não há muito que você possa fazer agora. Todo mundo entende – Jen ajeita Sammy um pouco mais para cima. – Vou levar Sammy para dar uma voltinha antes de ir para cama; ele está ficando impaciente. Rodney está aqui e seu pai também. Ele vai ficar feliz de saber que você acordou.

Dou um bocejo.

– Jen, que horas são?

– Seis horas. Está com fome? Tem muita comida lá embaixo.

– Tudo bem, vou lá pegar...

– Não, não vai – Jen sacode a cabeça. – Vou pedir a Rodney que traga algo para você.

Capítulo 67

Passei os dias seguintes na cama, assistindo à chegada da primavera pela janela do quarto. É uma sensação estranha não fazer nada além de descansar. Não tenho certeza se já fiz isso na vida. Mas os médicos e todo mundo em volta de mim estão insistindo, então estou me esforçando muito para ouvi-los, mesmo que de vez em quando morra de vontade de descer para brincar com Sammy ou preparar uma refeição.

Desde a tarde do segundo dia, consigo descer, apesar das pernas bambas, mas só vou até a cozinha. Jen está fora com Sammy e meu pai está trabalhando, de forma que só estamos Rodney e eu em casa.

– Como está indo a separação? – pergunta Rodney.

– Mal, muito mal – respondo com um sorriso, indo pegar a chaleira. – Mas agora não vai mais demorar muito. Chá?

– A senhorita, Sophia Rose, vai sentar-se enquanto *eu* faço o chá.

– Tudo bem – suspiro e, relutantemente, sento-me à mesa da cozinha.

– Então – diz Rodney enquanto enche a chaleira. – Quanto falta... Uma semana agora antes de você ver Marc de novo?

– Mais ou menos isso – respondo.

– Ele está sentindo sua falta – afirma Rodney.

– Espero que sim.

– Nunca vi Marc assim – Rodney dá um sorriso afetuoso. – Você o transformou, para melhor. Mas ele está sofrendo por isso.

– Não quero que ele sofra – observo Rodney enquanto derrama água quente nas canecas e adiciona saquinhos de chá.

– Não. Claro que não.

Sorrio.

– Gostaria de poder estar com ele.

– Você estará em breve – garante Rodney. – Esta última semana vai voar.

– Tomara.

O tempo não voa, mas devagarinho acaba passando. Ou melhor, arrasta seus pés cansados.

Após três dias, o médico diz que estou boa o bastante para voltar para o espetáculo, e a sensação de voltar para o palco com Leo é agradável. Adoro voltar a atuar, e o espetáculo está popular como nunca. Mas esses últimos dias ainda estão passando devagar, particularmente à noite.

Penso em Marc constantemente e fico acordada até altas horas, pensando nele e desejando que estivesse comigo.

Durante o dia, faço todo o possível para me distrair.

Ebony e eu galopamos nos campos verdes da primavera e passo também bastante tempo com Annabel, visitando apartamentos e casas, ajudando-a a pensar no futuro.

Annabel está ansiosa para trabalhar e cumprir suas obrigações, mas ela nunca trabalhou antes, de modo que montar seu currículo é uma tarefa árdua. Vários museus e galerias de arte ofereceram-lhe trabalho voluntário, e ela aceitou um na galeria Tate Modern. É um começo.

Dia após dia, acompanho Annabel ficando mais forte e mais lúcida. Sei que vai se tornar uma boa mãe. E Marc e eu daremos apoio a ela em cada passo desse caminho. E dia após dia eu vou ficando mais perto do momento em que verei Marc de novo.

Capítulo 68

Por algum motivo, o clima fica anormalmente quente à noite, antes de o espetáculo acabar, e Leo quer me levar para conhecer o jardim na cobertura do seu restaurante mexicano predileto.

– Você vai adorar, Sophia – diz ele. – O jardim tem burricos de palha e guirlandas de luzes imitando pimentas vermelhas por todo canto. E a melhor vista do pôr do sol de Londres. Ah, e eu já contei que servem margaritas incríveis?

– Várias vezes – respondo.

– Ah, vamos. Você já deve ter esgotado as desculpas possíveis. Um amigo não pode levar uma amiga para jantar?

– Depois do que aconteceu... Aquele beijo... Eu não quero que pareça que não estou ligando para o Marc – explico.

– Marc e eu tivemos uma boa conversa quando você estava doente. Eu disse a ele como fui idiota. E como sua amizade é importante para mim. E acho que... Talvez ele nunca confie totalmente em mim, mas também não quer que você perca um bom amigo. Ele sabe que eu gosto de você, e não quer que isso suma da sua vida.

– Ele disse isso?

– Algo nesse sentido. De qualquer maneira, acho que, quando ele viu como eu estava me entendendo com sua amiga Jen, parou de se preocupar com a possibilidade de que eu invada o território dele.

– Jen me contou que vocês conversaram.

– Foi? – Leo sorri. – Eu gostei *mesmo* dela. Talvez até fique em Londres mais um tempinho, caso ela aceite sair comigo. Ela vale que eu aguente um pouco mais de comida inglesa ruim. Falando em comida... Você vai jantar comigo ou não?

– Você realmente acha que Marc não se importa que sejamos amigos?

– Acho. Realmente. Quer dizer, ele disse isso.

– Certo. Acho que esgotei as desculpas. E, na verdade, é bom ter alguma distração hoje. O tempo está passando *muito* devagar. Não aguento mais esperar que amanhã chegue. Um espetáculo a mais, e vou poder ver Marc.

Meia hora depois, encontro-me em um terraço repleto de *sombreros* mexicanos e cactos, bebendo uma *frozen margarita* e assistindo ao pôr do sol com Leo Falkirk.

Seria besteira não admitir que Leo é lindo. Quer dizer, todas as mulheres no restaurante o seguem com os olhos.

– Delícia de margaritas, não? – pergunta Leo, tomando um gole de um copo de gelo verde espumante.

– Muito boas – concordo, tomando um gole do meu.

– Estou colaborando para a passagem do tempo?

– Céus, estou insuportável, não é mesmo? – digo. – Como é que você me aguenta?

– Bem, o fato de você ser superbonita ajuda.

Fico vermelha.

– Ah. Tenho certeza de que você já conheceu um monte de garotas mais bonitas do que eu.

– Não. Você é bonita por dentro e por fora. Não existem tantas garotas assim dando sopa por aí. Marc é bem sortudo.

– Estive muito abatida nesses últimos meses. Sinto muito.

– Você não esteve tão mal – diz Leo, aceitando um prato de nachos caseiros de uma garçonete. – Mas prometa-me que, depois que nossa temporada terminar, você vai permanecer em contato comigo. Nem que seja só para que eu possa encontrar sua amiga bonitinha.

– Por que é que eu não permaneceria em contato com você?

Leo dá um sorriso irônico.

– Nós, atores, vamos com as marés. Fazemos os melhores amigos do mundo e, de repente, *puf*! O filme acaba, o espetáculo se encerra e flutuamos para longe uns dos outros.

– Não quero que isso aconteça conosco – falo. – E não vai. Você é um bom amigo.

Leo coloca seu cotovelo na mesa e sacode o dedo mindinho.

– Certo. Vamos jurar pelo dedo mindinho. Vamos continuar em contato.

Rio e estendo meu dedo mindinho também, enroscando-o no de Leo.

– Juro pelo dedo mindinho.

Capítulo 69

Nesta noite, após a penúltima apresentação, não consegui dormir antes das 5h. Penso tanto em Marc que é impossível aquietar a mente. Mas finalmente, *finalmente*, a manhã chega. E após três longos meses de espera, chega o dia em que verei Marc novamente.

Enquanto desço as escadas, ouço Jen no jardim.

Vou para fora e encontro-a na mesinha do guarda-sol, abrindo um queijinho cremoso para Sammy.

– Bom dia, Soph – cumprimenta ela. – Então, último dia, hein?

– Mais catorze horas – digo, sentando-me e olhando Sammy brincar na grama. É um dia quente de primavera e as pétalas douradas dos narcisos ainda enchem os canteiros. – E vou sentir cada segundo hoje.

Jen sorri.

– Vocês deixariam Romeu e Julieta envergonhados. Como é que você e Marc vão se encontrar esta noite? Será que ele vai soltar fogos sobre o Tâmisa na primeira badalada de meia-noite?

Dou uma risada.

– Não sei. Não podemos nos falar, lembra? Mas espero que Marc vá ao teatro e me encontre depois do espetáculo.

– Isso incomoda você? Não saber quando e como você vai encontrá-lo?

– Não. Essa parte não me incomoda nem um pouco. Conseguir aguentar estas últimas horas, esse é que é o problema.

– Você estava cantando sozinha quando saiu – observou Jen. – Como você sempre fazia. Será que vou conseguir ter a minha alegre amiga Sophia de volta?

– Espero que sim.

Rodney enfia a cabeça pela porta da cozinha.

– Sophia, bom dia. Posso trazer seu café da manhã?

Passo o resto do dia montando Ebony e brincando com Sammy e Jen. E o dia chega ao fim.

Após o jantar, estou no meio da minha discussão habitual com Rodney sobre quem é que vai lavar a louça, quando ouço uma batida na porta.

– Vou abrir – aviso, enxugando as mãos em uma toalhinha e saindo da cozinha. – Meu pai deve ter esquecido a carteira ou algo assim.

Meu pai vai levar Denise para sair hoje, de novo. Os dois estão realmente se entendendo. É bom para meu pai ter alguém doce e carinhoso em sua vida. Eu aprovo inteiramente, apesar de sentir por Genoveva e de ficar triste em ver como a relação deles acabou.

A fofoca da cidade é que Genoveva e seu namorado médico estão tendo problemas e que agora ela está hospedada em um hotel. Mas, como ela não deu notícia e não atende às ligações de meu pai, não temos como saber.

Preciso admitir que estou feliz por Genoveva não ter voltado. Ela mostrou-se como era de fato e, se não se importa com Sammy o suficiente para vir visitá-lo, que se dane. Estarei sempre aqui para cuidar dele e também Jen, meu pai e Denise.

Jen está lá em cima dando banho em Sammy, por isso grito.

– Pode deixar, Jen! – e abro a porta da frente.

Do lado de fora está Leo, usando uma camiseta branca justa e jeans rasgado.

– Oi, estrela da peça. Como é nosso último espetáculo juntos, pensei em vir buscá-la pela última vez – diz ele, enquanto olha por cima do meu ombro. – Jen está aí?

Sorrio.

– Está. Você não estava esperando jantar, não é? A gente acabou agora.

Leo balança a cabeça, negando.

– Não. Só o prazer da sua companhia. E talvez a de Jen.

Meu sorriso se alarga.

– Entre. Keith estará aqui em meia hora. Portanto, você e Jen têm todo esse tempo para aproveitar o prazer da companhia um do outro. Acho que devo ter algumas coisas para fazer no jardim...

Capítulo 70

Na hora em que Keith chega, praticamente preciso arrastar Leo para longe de Jen. Mas não antes dele conseguir o celular dela e de Jen concordar em sair com ele.

Quando finalmente consigo enfiar Leo dentro da limusine, ele só fala de Jen, da casa de meu pai até o teatro, e tenho o prazer de concordar que ela é realmente uma garota incrível.

Nossa última apresentação juntos corre muito bem. Preciso me esforçar para lembrar como esta noite é especial, a última da minha primeira temporada em West End. Mas não esqueço nem por um minuto que, daqui a algumas horas, verei Marc novamente.

Quando a cortina desce sob uma chuva de aplausos, dirijo-me para os bastidores e encontro Jen e meu pai me esperando.

– Soph! – exclama Jen. – Temos uma surpresa para você.

– O que é que vocês dois estão fazendo aqui? – pergunto. – E por que é que estão rindo?

– Recebemos um bilhete – responde Jen. – De Marc.

– É mesmo?

– É – Jen vasculha sua bolsa e tira um envelope de lá. É pardo, comum, com as palavras, "Para Sophia, a ser aberto imediatamente após a sua última apresentação".

Franzo as sobrancelhas. Hum. Aquilo não parece algo que Marc escreveria, mas... Acho que ele gosta de me surpreender.

– Obrigada – digo, pegando o envelope. Rasgo-o e puxo o papel branco que está lá dentro. O bilhete foi digitado em um computador em uma fonte pesada e quadrada.

Quando leio as palavras, meu estômago aperta e meu queixo cai.

"Hora da vingança, Sophia Rose.
Hoje, raptamos seu irmão, Samuel.
Vamos machucá-lo, a menos que faça o que mandamos.
Não fale com ninguém.
Vá direto para a casa de Marc Blackwell em Richmond.
Encontraremos você lá.
DOR."

— Onde conseguiram este bilhete? — pergunto a Jen, tentando parar o tremor das minhas mãos.

— Chegou na casa de seu pai logo depois que você saiu — responde Jen. — Está tudo bem?

— Está, sim — digo, mantendo a voz firme com esforço. — Muito bem. Marc só quer que eu vá ao encontro dele, é só isso.

— Ele não vai vir aqui? — pergunta Jen. — Vai dar meia-noite daqui a pouco.

— Ele está... Eu vou encontrá-lo em outro lugar, certo? — sacudo o bilhete. — Logo estarei de volta.

Capítulo 71

Meu vestido bufante de Bela enrosca-se nas minhas pernas enquanto caminho para fora do teatro.

Vou de encontro às pessoas na rua, em direção à estação Tottenham Court Road do metrô.

Todo mundo me olha com espanto enquanto sacolejo no vagão que vai para Richmond, mas não ligo. Tenho que chegar na casa de Marc. Preciso encontrar Sammy.

Quando alcanço West London, a noite parece muito quieta e há nuvens sobre minha cabeça. Não dá para ver as estrelas nem a Lua.

Eu vou até o portão, sem saber qual será meu próximo passo. Devo tocar a campainha? Ou gritar por cima do portão? Antes que consiga tomar qualquer decisão, vejo algo que faz com que meu coração aperte.

Objetos amarrados nas grades negras.

À medida que vou chegando mais perto, vejo que um dos objetos é uma boneca bebê, do tipo que fecha os olhos quando é inclinada. Está sem nenhuma roupa, o que significa que seu corpo é nada mais do que algodão de cor clara com pequenos braços e pernas de plástico acoplados. Foi amarrada ao portão por um tornozelo, de forma que pende de cabeça para baixo.

Ao lado do bebê, tem algo que era uma rosa, da qual só sobrou um caule com espinhos: todas as pétalas foram arrancadas. Há também um par de algemas preso no portão e uma faca de brinquedo.

Olho na direção da casa escura, e não vejo luzes acesas. Não há ninguém em casa. Talvez isso seja uma brincadeira de mau gosto. Uma piada horrível dos membros da DOR para me deixar ainda mais apavorada.

Estou quase tocando a campainha, quando sinto algo duro golpear minha mão.

Viro-me, mas, antes que entenda o que está acontecendo, alguém puxa meu cabelo e me joga no chão. Uma mão em forma de garra atinge meu rosto, batendo e arranhando, e, enquanto protejo-me com o braço, vejo Cecile ajoelhada sobre mim, o rosto contorcido de raiva.

– Sua cadela! – vocifera ela. – Está na hora de pagar pelo que fez.

Desvio os golpes tão bem quanto consigo, mas não vou machucar uma mulher grávida. Porque não consigo fazê-lo.

– Cecile! – chamo, enquanto dou tapas nas mãos dela e tento empurrá-la. – Isso é loucura! Você precisa de ajuda!

– Não preciso de ajuda! – grita. – Por que todo mundo fica me dizendo isso?

Consigo empurrá-la um pouquinho para trás e, agora que superei o choque de ser jogada no chão, começo a perceber algumas coisas sobre Cecile: a magreza de seu rosto e de seu corpo, a jaqueta de capuz justa que ela está usando.

Se está grávida, onde está o bebê? Porque não há nenhuma curva na barriga sarada dela.

Consigo dar um jeito de ficar de pé.

– Você não está grávida.

Cecile se levanta também.

– Livrei-me daquilo. Quando começaram a me pedir todos aqueles testes.

– Foi você que escreveu o bilhete? Onde está Sammy?

– DOR está com ele. Caso queira vê-lo de novo, é melhor vir comigo.

Meu coração dá um salto e eu me sinto enjoada. Coloco a mão sobre a boca.

– Ah, meu Deus – murmuro por entre os dedos.

– É sério.

É demais para mim. Antes de conseguir me controlar, abaixo-me e vomito na calçada.

Sinto como se alguém tivesse colocado meu peito em um enorme torno de metal e tivesse espremido todo o ar para fora dele.

– Por favor, não o machuquem. Vou para onde vocês quiserem.

– O carro está ali.

Capítulo 72

Cecile me puxa em direção a um carro preto, parado sob uma luz amarelada. O carro parece bem usado e gasto e, quando ela abre a porta de trás, deixo escapar um gritinho.

Esperando no assento traseiro, está o homem mais sinistro que já vi. Ele é completamente careca, com um corpo vermelho imenso e ombros bem largos. Está usando pequenos óculos redondos que fazem seus olhos parecerem pequenos como os de um inseto e uma dessas jaquetas de couro que parecem um blazer.

Ele estende a mão para mim.

– Warren. Sou diretor da DOR. Que bom encontrar você afinal.

Encolho-me e não encosto na mão dele.

No assento dianteiro, consigo ver a nuca de uma mulher. Ela tem cabelo louro platinado e, quando avisto seus olhos no espelho retrovisor de relance, vejo que são negros como carvão. Ela tem cílios longos como patas de aranha e lábios vermelho-sangue.

– E de Yasmina você certamente ouviu falar – explica Warren, acenando para o banco da frente. – Minha parceira. E uma boa amiga de Marc Blackwell.

O carro cheira a.... Não sei bem. Corpos sem banho e algo químico. Ponho um dedo no nariz e recuo.

– Muito amável da sua parte vestir-se assim para nós – continua Warren, inclinando a cabeça para o meu vestido. – Muito bonito.

– Onde está Sammy? – pergunto.

– Venha conosco e mostraremos a você.

– Por favor. Vocês não o machucaram, não é? Ele está bem?

– Ficará – diz Warren. – Contanto que você entre no carro agora.

Inclino a cabeça e entro no veículo, mantendo-me tão afastada de Warren quanto consigo. Em resposta, ele chega mais perto.

– Não mordo – sussurra ele e percebo que ele é como Getty, excita-se com o medo das mulheres. – Pelo menos, ainda não.

Sento-me ereta e paro de tentar me manter afastada dele. Em vez disso, tento parecer o mais relaxada possível. O que é difícil, já que meu coração está batendo tão forte que parece que vai arrebentar meu peito e voar para longe.

Cecile contorna o carro e pula no banco da frente.

– Muito bem, Cecile – cumprimenta Yasmina. Sua voz é baixa e gutural. – Bom trabalho.

– Obrigada, Yasmina – diz Cecile, submissa e bajuladora. – Eu disse que seria eu a trazê-la.

O carro arranca.

Sinto-me enjoada e solitária, à medida que nos afastamos da casa de Marc.

A loura platinada vira-se na minha direção enquanto esperamos no cruzamento.

– Vamos nos divertir muito com você – seus lábios vermelho-sangue movem-se no espelho. Ela tem uma pele muito pálida, mais pálida ainda por conta da maquiagem. – Você merece alguma dor, não é mesmo? Após tudo o que fez.

– O que fiz?

– Ora, tudo o que fez a Giles Getty. Ele é um dos nossos membros mais leais.

Sacudo a cabeça.

– Getty me sequestrou. Não fiz nada com ele, nada mesmo.

– Ele está preso agora, por sua causa. E nossa organização está sendo investigada. Estamos sendo forçados a nos esconder nas sombras.

– Olhe, só me diga que Sammy está bem.

– Não fale mais. Não responderemos a você. Você responderá a nós.

O carro continua noite adentro.

Capítulo 73

Atravessamos Londres da zona oeste para a leste e olho para os prédios lindos que vão sendo substituídos por conjuntos habitacionais altos, ruas estreitas e boxes de mercado público.

O carro diminui e para na frente de um prédio de sete andares que parece ter sido alvo de um bombardeio. Não há vidraças nas janelas; é pouco mais do que uma carcaça negra de concreto armado.

Yasmina salta do carro e abre a porta traseira ao meu lado. Agora que posso vê-la por inteiro, observo que a pele de seu rosto tem cicatrizes sob a maquiagem.

Os pontos negros dos olhos e o vermelho sombrio dos lábios são as únicas outras cores da sua figura. Ela está usando uma calça justa e preta que acaba em saltos altos, um corpete preto sobre uma blusa também preta. O corpete está tão apertado na cintura que ela parece uma vespa.

– Fora – rosna ela, agarrando meu braço e me puxando para o cimento áspero. Tento apoiar-me nas mãos ao ser jogada no chão e, depois de me recuperar, eu me levanto.

– Onde está Sammy?

– Ali dentro – diz Yasmina apontando para o conjunto de concreto. – Siga-nos.

Ah, meu Deus, estou passando mal. Pensar no meu pequeno Sammy, em algum lugar desse prédio... Sinto vontade de vomitar de novo, mas consigo me controlar. Essas pessoas são monstros. Monstros. E Cecile tornou-se um monstro também.

– Tem alguém com ele? Ele está sozinho?

– Sem mais perguntas.

Sigo Yasmina, Cecile e Warren pelo concreto e mergulho nas profundezas sombrias do prédio.

Percebo na penumbra que Warren está carregando uma mala grande.

Subimos as escadas de cimento malcuidadas, que um dia talvez tenham sido acarpetadas, mas agora não são mais do que concreto armado.

Apesar de estar escuro dentro do prédio, alguma luz alaranjada nos alcança, vinda dos postes lá de fora. Brilha através dos buracos quadrados que um dia foram janelas.

O segundo andar parece vazio, exceto por um estranho bar em um dos cantos, feito com pranchas de madeira e repleto de garrafas de uísque.

Estou quase perguntando por Sammy de novo, quando percebo algemas fixadas na parede à nossa frente.

Meu estômago embrulha.

– Onde está Sammy? – grito, sem conseguir conter as lágrimas. – Por favor. Ele está aqui? Vocês têm de me dizer onde ele está.

Yasmina e Warren riem.

– Você achou mesmo que estávamos com ele? – pergunta Yasmina. – Como é que a gente poderia, com toda a segurança em torno da casa de seu pai?

Segurança. Claro. Meu Deus, sou uma idiota.

Embora sinta-me enjoada e assustada, parte de mim está suspirando de alívio. Graças a Deus que Sammy não está aqui. Graças a Deus.

– Você fará as honras, Yasmina, ou serei eu? – pergunta Warren, levantando a maleta. Ele tira a jaqueta de couro, exibindo uma camiseta branca de mangas curtas com rodelas de suor nas axilas. Sua pele tem algo realmente asqueroso. Reluz como se estivesse úmida.

– Acho que isso compete a Cecile, não é mesmo? – responde Yasmina, apertando meu pulso. Tento desvencilhar-me, sabendo que não tenho mais nada a perder, e consigo soltar-me dela.

Dou meia-volta e corro em direção aos degraus de cimento, mas, antes que chegue lá, Warren vem atrás de mim e joga-se nas minhas costas. Ele cai em cima de mim e eu me espatifo no chão.

Sinto o corpo bater forte no concreto duro.

Ui.

Algo em meu pulso estala e sinto uma dor aguda subir por meu braço.

Warren sai desajeitadamente de cima de mim e me pega pelos tornozelos. Ele me puxa de volta pelo chão de concreto, arrastando meu corpo pelas pedrinhas protuberantes misturadas ao cimento. Sinto meu vestido de Bela rasgando-se.

No momento seguinte, sou posta em pé e meus pulsos são encerrados em um par de algemas enferrujadas.

A dor que atravessa meu braço esquerdo quando meus pulsos são erguidos é inacreditável. Luto com as correntes, com lágrimas de dor ardendo em meus olhos.

Yasmina aproxima-se de mim, seus saltos pontudos batendo no chão. Olho diretamente em seus olhos, determinada a não demonstrar medo.

Ela chega mais perto, tão perto que consigo ver o formato em zigue-zague das cicatrizes sob sua maquiagem. Então ela abre a maleta.

Quando o fecho de couro marrom se solta, não consigo reprimir um arquejo de horror.

"Ai, meu Deus. Não vou me deixar vencer. Não vou. Não vou demonstrar medo para eles."

Warren e Yasmina estão ambos encantados com o conteúdo da maleta. Seus olhos estão arregalados e brilhantes, seus lábios curvam-se em sorrisos.

Pousado no feltro escovado, encontra-se um aro de ferro batido com o diâmetro de um prato de jantar. Parece enferrujado e escuro, como uma peça de antiquário, e há cravos enormes em sua parte interna. Penso já ter visto esse objeto e logo me lembro.

Anos atrás, minha turma fez uma visita ao castelo da região. Levaram-nos na masmorra e permitiram que víssemos os instrumentos de tortura. Cavaletes. Grilhões. Serras. E algo que parecia com isso.

Jen e o resto da turma ficaram fascinados, mas eu me senti mal, pensando em como seres humanos podiam ser horríveis uns com os outros. Não queria ouvir sobre como os corpos tinham sido estirados e desmembrados. No final, fiz de conta que precisava ir ao banheiro para poder sair da masmorra antes dos outros.

Enquanto olho para o disco de ferro batido, meu estômago pulsa tão forte que tenho certeza que vou vomitar.

– Ela fica linda quando está com medo, não fica? – pergunta Yasmina, segurando a maleta para Warren.

– Não é mesmo? – Warren usa as duas mãos para carregar o aro de metal cravejado de pinos. É claramente pesado, e ele dá uns passos para frente e para trás para recuperar o equilíbrio.

– Chamamos essa gracinha de Svetlana – explica Yasmina, passando suas unhas cinzentas pelo aro. – Veio da Rússia; um instrumento de tortura da KGB. Um dos nossos maiores prêmios. É um objeto muito bem-feito. A Svetlana pode ser adaptada a quase qualquer parte do corpo: perna, peito, cabeça. E depois é apertada com essa tarraxa lateral.

Ela sorri e sua respiração fica mais rápida.

– A gente aperta. E aperta. Até ver sangue. Depois a gente deixa o convidado desafortunado sangrar até a morte.

Yasmina e Warren trocam um olhar que me faz ter calafrios.

Capítulo 74

– Svetlana é a garota que nunca me entedia – diz Warren. Ele se aproxima de mim.

Tento manter o corpo firme, apesar da dor no meu pulso e no braço.

Sei que Warren vai apreciar que eu me mostre assustada, e eu me recuso a lhe dar esse prazer. Ao mesmo tempo, no entanto, a ideia de seus horríveis dedos úmidos me tocando me faz ter ânsia de vômito e preciso usar toda minha força de vontade para não me encolher quando ele se aproxima.

Warren abre o garrote e envolve minha cintura com ele. Consigo sentir seu fedor de carne podre e desinfetante.

O medo sobe pela minha garganta.

Tento não olhar, mas meus olhos fogem em direção ao instrumento. Embora seja feito de metal antigo e escurecido, as pontas dos cravos foram afiadas e estão brilhantes e letais. Não será necessária muita pressão para romper minha pele.

– Sorria, querida – diz Warren, ajustando o aro em torno da minha cintura. – Nunca se sabe. Você pode até gostar.

As mãos de Warren estão trêmulas de excitação e o suor faz sua testa brilhar.

– Minha parte favorita é quando aperto tanto que o osso arrebenta – seus ombros estremecem.

Estou começando a perder o controle, minha respiração fica ofegante. Sei que meus olhos estão arregalados de medo enquanto Warren fecha a Svetlana, deixando-a meio frouxa. Sinto os cravos perfurando o tecido do meu vestido e encostando na minha pele.

Ai, meu Deus. Ai, meu Deus!

Não vai precisar apertar muito para que esses cravos comecem a me perfurar profundamente. Tão profundamente que causarão danos permanentes. E feridas fatais.

Pisco para afastar as lágrimas. Sei que não adianta implorar. É exatamente o que eles querem.

– Depois de você, pegaremos Marc – avisa Yasmina. – É claro que primeiro vamos fazê-lo sofrer por algumas semanas, sem saber o que aconteceu com sua amada.

A ideia de que eles farão Marc sofrer é intolerável.

– Não é necessário machucar Marc – digo, com os olhos fixos em Cecile. – Ele detesta que Getty esteja na prisão. Getty é... um amigo dele.

Os olhos de Cecile desgrudam-se do buraco da janela.

– Marc sempre fala de Cecile – continuo, captando seu olhar. – Sempre me perguntei se secretamente ele não preferiria você a mim.

Os olhos de Cecile se arregalam.

– Ele fala de mim?

– Acho que ele sabe que se enganou. Você é que é a pessoa adequada para ele, afinal.

– Ela está enrolando – alerta Warren, com o corpo todo pulsando de excitação. – Estamos com ela agora. Deixem-me brincar com ela.

– Espere – Cecile vem em minha direção –, Marc fala de mim?

– O tempo todo. Talvez vocês dois possam ficar juntos, afinal. Por que não se vingar só de mim? Vocês não precisam machucar Marc. Ele... Ele sempre quis voltar a ser amigo de Getty. Marc é inocente nisso tudo. O que aconteceu a Getty é totalmente minha culpa.

Yasmina gargalha. Depois ela me fita com seus olhos negros.

– Você é mesmo uma atriz fantástica. Eu teria acreditado em todas as suas palavras, caso não soubesse a história inteira. Marc odeia Getty. Ele fez com que toda a sua equipe de segurança se dedicasse a proteger você dele.

Balanço a cabeça, negando.

– Não. Ele queria que Getty não estivesse preso...

Yasmina pousa uma unha cinza sobre meus lábios.

– Você está mentindo. E, depois que matarmos você, Marc será o próximo.

Cecile balança a cabeça.

– Yasmina, e se ela estiver dizendo a verdade? Se Marc for inocente nisso tudo, ele e eu poderíamos ficar juntos... eu posso voltar a ter dinheiro....

Yasmina revira os olhos.

– Sophia está mentindo. Marc não liga nem um pouco para você. Mas tenho certeza que, após alguns minutos de Svetlana, poderemos saber com segurança – ela se volta para Warren. – Leve Sophia até o limite, o suficiente para que ela diga a verdade a Cecile. Mas não vá além. Não queremos que nada acabe rápido demais. Será uma morte lenta e dolorosa para ela. Getty não merece nada menos que isso.

Um olhar sombrio e apavorante invade o rosto de Warren.

– Hora do recreio.

Ele gira o parafuso no engate do instrumento, de maneira que aperte mais forte a minha cintura.

Os cravos penetram mais em meu vestido e posso senti-los encostar na minha pele como um anel de agulhas.

Prendo a respiração, sentindo-me tonta. Enjoada. Pronta para desmaiar.

– Aperte mais um pouco – pede Yasmina. – Quando ela vir sangue, dirá a verdade a Cecile.

Vejo a cabeça lustrosa de Warren inclinar-se para apertar o parafuso.

Ai, meu Deus do céu, meu Deus! Encolho a barriga o quanto posso, tentado afastar-me das pontas agudas. Mas quando Warren aperta, sinto pontadas de dor em volta da cintura e o metal frio penetra meu corpo.

Warren dá um passo atrás, os olhos fixos no meu rosto, o peito cheio de excitação.

Não ouso mover-me. Não ouso falar. Não ouso olhar para o estrago.

O medo me invade em uma onda enorme.

Sei agora, para além de qualquer dúvida, que Warren é capaz de me matar. Mas não vou dizer a eles o que eles querem ouvir. Não se houver ainda alguma chance de impedir que eles machuquem Marc.

– Não estou mentindo – consigo dizer, em um único sopro. Os cravos penetram em mim, e eu rapidamente encolho a barriga mais uma vez. – Ele e Cecile deveriam estar juntos. Eu sou a única que deve se ser punida nessa história.

Yasmina e Warren se entreolham.

– Machuque-a mais um pouco – manda Yasmina.

– Ah, claro – concorda Warren. – Isso não é problema.

Reúno todas as minhas forças.

– Façam o que tiverem de fazer – falo. – Mas não vou dizer nada diferente disso. É a verdade.

Warren dá um passo para trás, inclinando a cabeça para observar meu rosto.

– Parece que você vai ter que trabalhar um pouco mais – diz Yasmina.

Warren se inclina e aperta o parafuso mais uma vez.

Os cravos penetram ainda mais fundo e não gritar requer um esforço extraordinário. Parece que alguém passou uma faca incandescente pela minha cintura.

Não consigo evitar olhar para baixo e, quando o faço, vejo o sangue empapar meu vestido em um círculo de manchas vermelhas.

– Você quer nos dizer algo? – pergunta Yasmina.

Balanço a cabeça.

– Acredito nela, Yasmina – diz Cecile.

– Ou você está conosco ou está contra nós, Cecile – replica Yasmina. – Vamos punir Marc pelo que fez com Getty. Seria bom que você decidisse de que lado quer estar, e rápido. Porque DOR não tem espaço para covardes.

Cecile vira-se de costas para Yasmina e olha o céu noturno pelo enorme buraco quadrado na parede.

– Certo – murmura. – Tudo bem, eu estou com vocês.

– Boa menina – aprova Yasmina. Ela acena para Warren. – Hora de ir embora.

– Mas...

– Não, Warren. Se você for mais fundo, ela vai morrer rápido demais. Para o bem de Getty, deve ser lento. Doloroso.

Warren parece não ouvir nada do que diz Yasmina. Olha fixo para minha cintura.

– *Warren* – diz Yasmina bruscamente.

Os olhos de Warren parecem entrar no foco, mas ele ainda está fitando o sangue no meu vestido.

– Fizemos o que precisávamos fazer – explica Yasmina. – Ela vai sobreviver por alguns dias. Com dores constantes. Em breve, estará implorando para morrer.

Os olhos de Warren têm um brilho molhado.

– Implorando.

Yasmina aproxima-se de mim.

– E, no domingo, a gente volta para recolher o corpo.

Capítulo 75

Depois que o pessoal da DOR vai embora, começo a gritar. E, conforme eu grito, meu desespero aumenta mais e mais, até que estou gritando tão alto quanto consigo.

– Ajudem-me, por favor!! Socorro!!!

Mas ninguém vem.

Depois que gritei tudo que pude, o pânico de estar absolutamente sozinha me invade. Presa à parede assim, sem nenhuma água ou comida, com o sangue escorrendo livremente da minha cintura, sei que morrerei em alguns dias.

Lá fora, parece que a noite fica cada vez mais escura. Sinto como se fosse sufocar com tanta escuridão. Ela penetra pela minha garganta e dança em torno dos cravos na minha cintura.

O tempo passa, mas não tenho nenhum meio de saber que horas são.

Em algum ponto da noite, devo ter perdido a consciência, já que abro olhos secos e grudentos para ver o sol nascendo e sinto uma estranha esperança ao ver o céu ficando mais claro.

Meu pulso está totalmente dormente agora. Deve estar quebrado, mas acho que algum anestésico natural fez efeito.

O sangue em torno da minha cintura continua a escorrer, porém. A cada vez que respiro, os cravos ferem minha pele e mantêm as feridas abertas.

Sinto uma onda de vômito na boca e engulo-a de volta. Minha boca está muito seca.

Assisto ao nascer do sol por uma janela distante e vejo os pontos negros que são pássaros voando por ela.

– Socorro! – gemo de novo. – *Socorro!! Socorro!!! Ajudem-me por favor!!!*

Mas ninguém vem. Aqui, no alto desta torre abandonada, não há quem me ouça.

Depois de um tempo, sinto cheiro de fumaça de carro e dou-me conta de que o trânsito cotidiano deve ter começado. O sol ergue-se mais alto no céu, até desaparecer por cima do prédio e eu não poder mais vê-lo.

Continuo gritando:

– *Socorro!! Socorro!!!* – até ficar rouca, mas nem assim alguém aparece.

Penso em Marc e na minha família. Amo-os tanto. Sacrifico-me com alegria por qualquer um deles. Mas me dói pensar que meu desaparecimento está ferindo e deixando todos assustados neste exato momento. E a ideia de nunca voltar para eles, para Marc, é intolerável.

Forço as algemas, mas só consigo criar um novo anel de dor em torno da cintura e um novo fluxo de sangue. Estou presa na armadilha. Total e inevitavelmente presa. E ninguém sabe onde estou.

Devo ter adormecido de novo em algum momento, em torno de meio-dia, porque por um momento glorioso penso estar ouvindo Marc sussurrando no meu ouvido, dizendo que vai ficar tudo bem. Mas abro os olhos e continuo sozinha, algemada e mais enjoada a cada inspiração.

O sol começa a se pôr uma vez mais e penso em Marc. O tempo que passei com ele foi lindo. Muito, muito lindo.

Capítulo 76

Enquanto anoitece, olho para o instrumento de tortura enfiado em mim, e então ergo os olhos para as minhas mãos. Deve haver alguma coisa, algo que eu possa usar para sair daqui.

Dou mais alguns gritos fracos, mas minha voz está tão rouca que eu mal posso escutá-los, quanto mais chamar a atenção de alguém.

Eu posso mover as pernas, mas não sem sentir muita dor na cintura. Segurando minha respiração, levo meu joelho firmemente para cima, o mais alto possível em relação ao instrumento de tortura, pensando que, talvez, se conseguir chutá-lo, uma dobradiça ou algo do gênero pode sair do lugar.

Os espinhos pressionam minha pele, cavando mais fundo do que nunca, e perco o ar quando sangue fresco escorre pela minha saia.

Eu fico tonta por um momento, tentando me recuperar.

Meu joelho nem faz contato com o metal. Não chega nem perto.

Enquanto penso se devo tentar novamente, escuto o eco de saltos batendo na escada de concreto e minha respiração acelera absurdamente.

Ai, meu Deus. Alguém está vindo. Alguém está vindo!

– Socorro – resmungo. – Por favor, ajude-me!

Uma sombra aparece no topo das escadas e fica cada vez maior.

Por um breve momento, a esperança me levanta e sinto-me leve e livre da dor. Então, vejo quem é.

Ai, meu Deus. Ai, meu Deus.

É Warren, com o rosto encharcado de suor.

Ele tem um pé de cabra na mão, e a voz dele ecoa pelo bloco vazio da torre.

– Acho que é hora de brincar, não acha?

– Não era para você me deixar aqui para morrer? – resmungo.

– A ideia de você sangrando e implorando... – responde Warren. – Eu não consegui me afastar disso.

– Onde estão os outros?

Warren franze as sobrancelhas.

– Eles têm outras coisas com o que se preocupar agora.

– Eu não vou gritar – afirmo. – E não vou implorar.

– Isso nós vamos descobrir. Eu sou muito bom. Muito, muito bom. Espere para ver.

Minha visão começa a ficar nublada enquanto Warren se aproxima, mas entre o borrão e as manchas pretas vejo alguma coisa, outra sombra nas escadas.

Talvez Yasmina e Cecile estejam chegando também, apesar de tudo o que Yasmina disse. Talvez estejam brabas por Warren ter vindo sem elas.

A sombra continua aumentando. Ficando mais longa e alta, e eu vejo... eu vejo...

Não pode ser.

Eu balanço a cabeça.

Marc.

Ele não pode ser real. Eu devo ter desmaiado novamente. Isso é um sonho. Mas escuto a voz dele, firme e profunda.

– Afaste-se dela, Warren. Agora mesmo.

Os ombros de Warren encolhem em choque. Ele vira e tropeça ao ver Marc descendo as escadas.

Os olhos de Marc queimam nos meus.

– Sophia, ele não vai tocar em você. Você tem a minha palavra. Eu vou matá-lo antes disso – ele se vira para Warren. – Você deveria saber que seria um risco voltar aqui.

– Eu não pude ficar longe – fala Warren, enquanto bate com o pé de cabra na palma da mão, dando um passo para trás. – O risco valia a pena, no caso dela.

– Você não vai chegar perto de Sophia.

– Eu posso tentar.

Marc avança em Warren e, como trovão, seu punho atinge o queixo de Warren.

Warren tropeça. Ele parece espantado e põe a mão no rosto.

Então ataca, investindo contra Marc com o pé de cabra.

A barra de ferro atinge o ombro de Marc, e o rosto dele registra a dor, mas ele não tropeça nem se inclina. Em vez disso, dá um soco na mão de Warren, que larga a barra. Ela gira no ar até cair no chão.

O próximo soco de Marc é tão rápido que eu nem vejo. Quando dou por mim, Warren está cambaleando para trás, apertando o peito, com o rosto branco e com medo, enquanto vai se enfiando em um buraco que costumava ser uma janela.

A princípio, penso que Warren conseguirá se equilibrar antes de cair. Mas ele demora muito para se recompor, e seu corpo pesado e desajeitado tomba buraco abaixo.

Atônita, observo a cena, enquanto escuto o horrível som do corpo de Warren atingindo o chão lá fora.

E então silêncio.

– Sophia... – diz Marc agora ao meu lado. Não sei como me alcançou tão rápido.

– Ele morreu? – sussurro.

– Provavelmente.

– É você mesmo? – pergunto, enquanto Marc afrouxa o parafuso do instrumento de tortura. – Não estou sonhando desta vez, estou?

– Se isso fosse um sonho – começa Marc –, eu teria chegado mais cedo. Preciso levá-la a um hospital.

Ele me liberta do anel na cintura, e eu me contraio de dor.

Uma rajada de sangue escorre quando me livro dos cravos, e Marc me segura quando caio.

Deixando o instrumento de tortura cair e me segurando com uma das mãos, Marc me liberta também das algemas. Com um tinido, a mão direita se livra e meu braço desaba inerte. Eu estou completamente tonta, pálida e sem sangue e não o sinto.

– Como você me encontrou? – sussurro, enquanto Marc trabalha na algema esquerda.

– Cecile veio me ver. Parece que você deu um show muito convincente ao fingir que eu estava apaixonado por ela. Após a visita, usamos o sistema de câmeras para acompanhar seus movimentos. Uma câmera por vez. Encontramos Yasmina desse jeito. E depois, Warren.

– Câmeras de segurança?

– Sistemas de segurança MET. Eles têm câmeras por toda Londres. Tive acesso temporário. Um privilégio raro, ao qual serei eternamente grato.

Eu vacilo quando Marc solta o parafuso da algema esquerda. Depois que meu braço esquerdo é liberado, um tremor faz com eu sinta muita dor no pulso e na mão.

Marc acaricia meu braço e leva meu pulso frio aos seus lábios. Então ele fala baixinho comigo.

– Yasmina e Cecile estão sob custódia da polícia. Mas Warren escapou. Acompanhamos as filmagens dele vindo para cá.

Eu vejo as luzes azuis da polícia piscando fora do prédio.

– Vamos tirar você daqui.

Capítulo 77

Quando Marc me carrega para fora do prédio, não estou preparada para toda a agitação que explode ao meu redor.

A polícia e os paramédicos se apressam e uma maca é trazida rapidamente pelo chão irregular. Antes que eu tenha ideia do que está acontecendo, Marc me põe na maca e ajuda os paramédicos a me atarem.

– Marc...

– Está tudo bem – sussurra. – Eu estou ao seu lado. Agora e sempre.

Enquanto sou levada para a ambulância, Marc permanece ao meu lado, segurando minha mão com força, como se tivesse medo de que eu fosse fugir.

A jornada de ambulância até Londres é confusa para mim, pouco mais do que um borrão, e no caminho colocam soro no meu braço.

No hospital, fazem testes para todo tipo de coisa, mas no fim os médicos chegam ao diagnóstico de desidratação e perda de sangue.

Minhas lesões não são graves. Houve dano superficial no intestino, mas nada que não vá se curar. O osso do meu pulso quebrou e precisa ficar engessado por algum tempo. Todos me dizem, várias vezes, que eu tive sorte.

– Sim – eu respondo. – Eu sei.

Do lado de fora da casa na fazenda de Marc, observo dois homens entregarem um sofá muito familiar e agradeço a Deus por ter tanta, tanta sorte e ser tão abençoada.

Os membros da DOR foram sentenciados à prisão perpétua por tentativa de assassinato, com exceção de Cecile. Deram uma pena mais leve a ela, por razões médicas, e ela receberá ajuda psicológica na prisão. Mas ficará presa por um bom tempo.

Apesar de um anel de cicatrizes ao redor da cintura, minhas feridas estão completamente curadas. E me mudei para a fazenda de Marc.

Nós estamos muito apaixonados... É algo louco. E, depois do que aconteceu, bem... Vamos dizer que estamos determinados a fazer cada dia valer a pena. Nunca se sabe o que pode acontecer.

Minha família não sabe muito a respeito da noite em que a peça terminou, mas sabe que eu estava desaparecida e que Marc revirou a cidade toda atrás de mim. E que, sem Marc, eu poderia ter sido ferida gravemente.

É desnecessário dizer que meu pai percebeu que um homem que pode entrar no circuito MET de segurança para encontrar a filha dele, é um homem que vai tomar conta dela. Agora e sempre.

– Oi! – aceno para o homem da entrega. – Vou mostrar onde o sofá vai ficar.

O sofá é de um tom de bege claro e o tecido foi bordado à mão com sininhos e cruzes.

Minha mãe o bordou antes de morrer, e o sofá ficou guardado no anexo da casa de meu pai por muito tempo, antes que os novos inquilinos se mudassem. Eu o guardei na casa da Jen enquanto estava na faculdade, mas, assim que falei sobre ele para Marc, ele decidiu que deveríamos trazê-lo para cá, para ver o sofá todos os dias.

Marc me colocou no comando da decoração da casa nova. Ele me levou a inúmeras lojas de design de interiores, mas não encontrei nada que gostasse, então estou fazendo por conta própria, ou compro móveis de brechó para restaurar. Sinto que fica mais pessoal.

O resultado é que o estilo de nossa casa não é um muito convencional, é a mistura de vários estilos, mas está ficando aconchegante e agradável.

Marc vem até mim enquanto observo os dois homens realizarem a entrega em casa. Ele alcança minha mão com a dele e sinto um arrepio familiar.

– Chegou, que ótimo! – diz ele.

– Sim. E eu prometo que, depois disso, só haverá mais algumas entregas. A nossa casa está quase pronta.

– Você pode receber quantas entregas quiser – ele beija meus cabelos e acaricia a palma das minhas mãos. Então vira-se para o homem da entrega poder entrar.

– Eu adoro vê-la decorando a casa.

Seguimos os entregadores para dentro de casa.

– Onde o senhor gostaria de colocar o sofá? – pergunta um dos homens a Marc, apontando para o sofá.

Marc se vira para mim e me dá um sorriso encantador.

– A dona da casa se importaria em responder?

Meu coração se enche de alegria.

– Aqui, por favor, próximo àquela planta.

A casa está cheia de plantas agora, é claro. Eu avisei Marc que poderia virar a louca das plantas. Sempre procuro aquelas que estão tristemente esquecidas, com as folhas ressecadas, ou que sobram em um canto empoeirado nas lojas de artigos de jardinagem. Gosto de resgatá-las e fazê-las voltar à vida.

Marc me entende.

Depois que Marc dá uma gorjeta para os entregadores, eles voltam para o caminhão, e nós observamos nossa linda sala e o sofá de minha mãe.

– Obrigada – agradeço, sentindo o amor encher meu peito. – É tão bom ter o sofá de novo comigo.

– Ele parece muito à vontade na nossa casa – diz Marc.

Eu aperto a mão dele.

– Gostaria que tivesse conhecido mamãe. Ela teria amado você.

– Também queria ter conhecido sua mãe.

Eu sento no sofá, puxando Marc comigo.

– Confortável, não?

Ele ri.

– Muito. E estou satisfeito que estejamos sentados. Porque penso que é o lugar perfeito para perguntar algo que está na minha cabeça há algum tempo.

– Como?

Marc levanta-se do sofá e se apoia em um dos joelhos.

Ele tira uma caixa do bolso.

Capítulo 78

Coloco uma das mãos na boca e sinto lágrimas bobas escorrendo dos meus olhos.

– Ah, meu Deus. Marc? Oh, isso é....

Ele balança a cabeça positivamente.

– Sophia Rose, você quer casar comigo?

Marc abre a caixa, e eu vejo o anel: um lindo anel antigo de diamantes, o mesmo que Marc quis dar para mim, meses atrás, quando esteve prestes a me pedir em casamento. Sinto meus lábios macios sob meus dedos e balanço a cabeça, concordando decidida.

– Sim! – estendo minha mão ainda molhada de lágrimas para ele. – Sim, claro que casarei com você.

Os lábios de Marc se curvam e exibem seu lindo sorriso. Ele coloca o anel e beija meu dedo e puxa-me contra o peito dele.

Eu choro e balbucio, sem falar coisa com coisa. Finalmente, consigo murmurar nos ombros de Marc.

– Tenho que ligar para Jen e contar a boa notícia.

– Você deveria esperar um pouco, até ver as visitas.

– Visitas? – limpo as lágrimas. – Eu estou horrorosa, com os olhos vermelhos e com as bochechas manchadas de lágrimas.

Marc sorri.

– Eu acho que você está bem familiarizada com os convidados.

Como se fosse combinado, a campainha toca.

– Talvez a dona da casa deva atender – sugere Marc.

Lanço um sorriso curioso de canto de lábio, enquanto vou atender a porta.

Quando a abro, meu sorriso cresce tanto que praticamente chega às orelhas. Nos degraus estão Jen, meu pai, Sammy, Denise, Tom, Tanya e Annabel.

– Ah, meu Deus... Uau! – falo. – Marc contou... Vocês todos já sabem sobre...

Todos me interrompem balançando a cabeça positivamente.

– Nós sabemos – diz Jen, jogando seus braços ao redor do meu pescoço e me cobrindo com seu perfume. – Marc queria ter toda a aprovação possível desta vez. Parabéns!

– E todos vocês aprovaram? – pergunto.

– Cada um de nós – responde meu pai. – Vocês dois têm todas as minhas bênçãos. Não poderia desejar um homem melhor para cuidar da minha filha.

– Obrigada, papai – jogo meus braços ao redor dele. Ele me abraça e, quando dou um passo atrás, vejo lágrimas em seus olhos. – Você está bem?

Meu pai move a cebeça afirmativamente, olhando para o lado e limpando os olhos.

– Bem, é ótimo. É só que... minha menininha, vai se casar. Ela cresceu!

– Vocês deveriam entrar – digo, conduzindo todos para dentro de casa. – Tom, Tanya... Não posso acreditar, já faz tanto tempo. Com a peça e a recuperação, a organização da casa e tudo o mais, eu...

– Nós sabemos – interrompe Tanya, enquanto me abraça. – Não se preocupe, nós entendemos.

Tom se ergue ligeiramente da cadeira de rodas para dar um tapinha no meu ombro.

– Nós sentimos a sua falta.

– Também senti falta de vocês. Mas estou feliz pelos dois. Denise diz que ainda estão muito apaixonados.

Tanya fica vermelha. Tom abre um sorriso de orelha a orelha.

– *Muito* apaixonados. E esperamos ficar pelo resto das nossas vidas.

– Verdade? Isso quer dizer que vocês vão...

– Não – interrompe Tanya. – Não há necessidade de apressar nada.

Vamos terminar a faculdade antes de começar a pensar em algo assim.

– Prometa que vai me convidar quando finalmente *decidirem* se casar – falo, com um sorriso brincalhão.

– Claro – responde Tom.

Tanya vira os olhos.

– Obrigada por isso. Ele vai procurar ternos de casamento antes do que você possa imaginar.

– Falando de casamentos, vocês me dariam a alegria de tê-las como damas de honra?

– Como se você precisasse pedir – responde Jen.

Tanya dá um gritinho feliz.

– Claro, Soph!

– E, Tom, quero que você esteja entre minhas damas! – acrescento.

Tom ri.

– Sophia, talvez você esteja um pouco confusa. Pode não ser óbvio para todos, considerando minhas escolhas extravagantes de roupas, mas eu sou um homem.

Tanya e eu damos risada.

– Eu sei – respondo. – Mas acho que podemos quebrar a tradição por sua causa.

– Eu ficaria muito feliz em ser seu *cavalheiro* de honra – corrige Tom. – Mas tenho outra ideia. Que tal se eu conduzir a cerimônia? Eu celebrei o casamento de meu primo no ano passado, então estou familiarizado com o procedimento. Ficaria encantado em ficar de pé na frente de vocês e ajudá-los a dizer os votos.

Eu sorrio.

– Não consigo imaginar nada mais perfeito.

– Quem teria pensado? – observa Tom. – Sophia Rose casando com Marc Blackwell. E os dois vivendo felizes para sempre.

Assim que entramos em casa, todos sentamos no sofá da mamãe e na coleção de poltronas de brechó restauradas. Eu e Marc nos espremeos em uma delas, comigo em seu colo, nossos dedos entrelaçados firmemente.

Rodney traz uma bandeja de chá e biscoitos que acabaram de sair do forno.

– Soph – chama Jen. – Você vai convidar Leo para o casamento?

– Eu ainda não pensei em quem vou convidar – admito. – Mas... Sim, claro que vou convidar o Leo. Ele é meu amigo, um bom amigo. E é exatamente o que desejo em meu casamento; bons amigos.

Volto-me para Marc.

– Você se sente à vontade com isso?

– Sim, tudo bem – responde Marc, com seus olhos azuis brilhando em um olhar intenso.

– Sinceramente?

– Sinceramente. Quanto mais amigos tiver, mais pessoas estarão ao seu redor para cuidar de você.

Eu me viro para Jen.

– Então, aí está. Você pode trazer o seu par.

Sorrimos uma para a outra, sabendo que Leo é muito mais que o par de Jen nos últimos dias. Os dois não conseguem se separar. Leo comprou um apartamento em Londres, e Jen passa quase todas as noites lá.

Enquanto colocamos a conversa em dia, noto que Annabel está um pouco quieta – ainda que pareça muito feliz. Ela está com um sorriso no rosto desde que chegou. Por fim, minha curiosidade é maior do que posso suportar.

– Annabel, o serviço social lhe daria notícias nesta semana. Eles ligaram?

– Sim.

– E?

– Boas notícias. Mas conto depois, este é o seu momento.

– Não seja tola – digo. – Apenas me conte as novidades.

O sorriso de Annabel se amplia e, pela primeira vez, vejo seus dentes aparecerem por trás de seus lábios. São brancos e perfeitos como os de Marc.

– Vou ter Daniel de volta.

Grito e coloco minha mão na boca.

– Ah, *meu Deus*! Annabel, isso é maravilhoso! Muito maravilhoso!

Vou até ela e dou-lhe um abraço apertado, Annabel começa a chorar e sinto as lágrimas mornas no meu rosto.

– Foi por causa de toda a ajuda que você me deu – sussurra ela, com a voz embargada pelas lágrimas.

– Não – insisto. – Você venceu um vício que leva à morte, e provou que é forte o suficiente para ser mãe. Eu estou feliz por você!

Capítulo 79

Algumas semanas depois, minha cabeça está mergulhada nos planos do casamento. Não sabia que havia tanto a ser feito.

Sinto-me grata por ter Jen como amiga... Ela é ótima nas coisas em que sou péssima, como planejar e organizar, e conhece todos os itens que são partes fundamentais de uma cerimônia de casamentos, como o bolo, as fotos e os convites.

Tento manter as coisas o mais simples possível, mas ainda há muito o que fazer. Jamais imaginaria que casamentos dão tanto trabalho. Jen dá voltas e voltas pela cidade, tentando escolher o local ideal, mas durante o fim de semana penso no lugar que julgo ser o ideal. O único lugar, na verdade, em que posso me imaginar casando com Marc.

– Você tem certeza absoluta disso? – pergunta Jen, enfiando seus sapatos de salto alto na trilha enlameada. – Você quer o casamento aqui? O melhor dia da sua vida? A maior festa que você jamais dará?

– Quero, sim – afirmo. – Espere até ver onde quero fazer a cerimônia exatamente. Você também vai adorar.

Eu a conduzo pela trilha do bosque, sob árvores altas, passando por samambaias de folhagem verde e brilhante.

Jen suspira.

– Você e suas árvores, Sophia Rose. Você poderia casar em qualquer lugar. Qualquer lugar do mundo. Seu namorado é bilionário. E que lugar escolhe? O bosque atrás da faculdade.

Eu sorrio.

– Eu sei. É perfeito, não? Vamos em frente – levo Jen mais para dentro do bosque. – Mal posso esperar para que você veja o local.

Jen dobra a barra da sua calça de linho, revira os olhos com bom humor e me segue. O caminho passa por um enorme sicômoro, então abre-se para um espaço livre circular, abaixo de uma bela copa de árvores.

– É aqui – digo, caminhando pelo local para que Jen o veja. – É aqui que desejo me casar.

Mamãe costumava chamar locais assim de "círculos de fada". São clareiras naturais dentro do bosque, sempre cercadas por flores selvagens e cobertas de grama verdinha.

Pássaros cantam e pousam sob os galhos acima de nós, e um esquilo apressado sobe em uma árvore quando nos aproximamos.

Nós duas ficamos um momento sob as folhas verde-claras, ouvindo o canto dos pássaros e sentindo o cheiro da vegetação e da terra molhada.

– Soph... – suspira Jen. – É absolutamente perfeito. É muito bonito...

– Eu pensei que poderíamos nos casar no bosque e depois fazer um piquenique no gramado ao redor do prédio. São férias de verão, então a faculdade está vazia. Os convidados podem ser acomodados no prédio dos visitantes.

– Ah, Soph, parece incrível. De verdade. Claro, precisamos de alguns gazebos prontos para o caso de chuva e um plano de contingência, caso o chão fique muito lamacento e...

– Não vai chover. Eu sei que não vai.

Capítulo 80

Quando chega a noite anterior à do casamento, não quero me separar de Marc até o último momento.

Eu estou hospedada no quarto para convidados especiais do dormitório da faculdade, para não precisar viajar no dia do casamento, mas Marc ficará aqui até a meia-noite. Nós já ficamos separados o bastante para uma vida inteira.

Quando chegamos ao quarto, fico surpresa. É um cômodo enorme com vista para o gramado e o bosque, banheiros masculino e feminino, e uma piscina com hidromassagem.

– É lindo – digo para Marc, enquanto ele coloca minha mochila sobre o suporte de bagagem.

Noto que há uma enorme embalagem de plástico preto sobre a cama e corro os dedos sobre o material espesso. Meu vestido de casamento foi entregue.

– Você não vai mexer na embalagem que protege meu vestido, vai? – faço graça, segurando o cabide enquanto vou até o guarda-roupa. – Sou supersticiosa, se ainda não percebeu.

– Estou totalmente ciente das suas muitas superstições – responde Marc, erguendo uma sobrancelha. – Se fosse por mim, dormiríamos na mesma cama hoje à noite.

Marc está usando uma calça cargo cinzenta e um moletom preto com capuz. Eu adoro que ele possa se transformar de James Bond em herói *blasé* de filmes de ação e continuar igualmente bonito e cativante.

Eu estou usando um vestido leve de verão, feito de linho amassado, bordado com borboletas. Meus pés estão descalços, já que chutei longe as minhas sandálias no momento em que entrei no quarto. Adoro andar descalça no verão.

Meu cabelo está trançado e cai pelas costas. Mas, como de costume, ele luta para escapar do elástico, e mechas caem sobre meu rosto.

– Por que arriscar a sorte? – pergunto.

– Eu não acredito em má sorte. Não com você por perto.

Marc abre as portas francesas e me leva ao gigantesco balcão do piso térreo. Quando eu vejo o que me espera fora, na mesa de madeira, ponho as mãos sobre a boca.

– Marc.

Descansando na madeira envernizada, ao lado de uma garrafa de vinho e duas taças, há um buquê desconcertante de tão lindo.

– Seu buquê do casamento – diz Marc com um sorriso. – Você não acredita que dê má sorte se o noivo vir o buquê antes do casamento, não é?

O buquê é uma esfera delicada e clara de heras, adornado com as rosas mais vermelhas que já vi. As heras e as rosas parecem tão frescas e naturais que é como se o buquê crescesse naturalmente no bosque.

– Não – balanço a cabeça. – Nunca ouvi falar sobre essa superstição.

Capítulo 81

Tomamos vinho e observamos o sol se pôr sobre a faculdade.

É um lindo fim de tarde, e o céu vermelho me diz o que eu já sabia: que amanhã teremos um pôr do sol perfeito para o casamento.

Marc e eu conversamos, brincamos e rimos sobre como nos conhecemos. Pensar naqueles primeiros dias agora parece surreal, é como se hoje fôssemos duas pessoas diferentes.

– Conte-me de novo o que achou de mim no meu teste – peço a Marc, caçoando com um sorriso.

– Você sabe o que pensei sobre você – diz Marc, colocando mais vinho na minha taça. – Eu achei que era deslumbrante.

Dou um sorriso irônico.

– Engraçado, porque pensei que não poderia ter sido mais frio. Eu achei que estivesse brabo comigo, que meu teste não havia agradado.

– Eu era um mestre em esconder meus sentimentos. Mas, agora, não sou tão bom – Marc toma minha mão e corre com o dedo para cima e para baixo, pressionando os ponto certos com exatidão. – Você quer saber o que sinto agora?

Os olhos dele assumem um brilho primitivo, de um predador. Eu dou risada.

– É muito óbvio.

– Serei delicado. Eu prometo.

– Você não precisa ser.

Desde que Marc me resgatou do pessoal da DOR e mudei para a fazenda, nós fazemos o mais incrível, amoroso e carinhoso sexo, e é muito bonito. Mas... Gosto do outro lado de Marc, também.

– Eu sinto falta do seu lado negro – declaro.

Marc me lança um sorriso deliciosamente travesso.

– Meu lado negro?

– Sim. Você sabe o que desejo dizer.

– Eu achei que depois da sua experiência com aqueles malucos da DOR...

– O que a DOR fez está a um mundo de distância do que fazemos juntos na cama. Você me dominar é parte do que você é, do que *somos*. É por isso que combinamos tanto.

Marc franze as sobrancelhas. O formato quadrado do seu queixo pálido e as linhas agudas de sua face angulosa são muito bonitas à luz do sol que se põe... Eu me pego, como sempre, ligeiramente assombrada por sua beleza.

– Vamos entrar – anuncia Marc, e sua voz baixa vários tons. – Agora.

Ele pega minha mão. Eu levanto e sigo Marc. Ele fecha as portas francesas e abaixa as cortinas.

– Hmmm... – Marc me pega e me põe na cama. A roupa de cama é fria e cheira a maçãs.

– Fique aí. Já volto.

Capítulo 82

Uns 10 minutos depois, escuto a porta do quarto se abrir.

Marc entra no quarto com passos largos. Minhas coxas se enrijecem quando vejo o que está segurando.

– Onde você arrumou isso? – pergunto.

– Na loja de acessórios para teatro atrás do Queen's Theatre – ele tem nas mãos uma vara, uma vara fina de bambu, cheia de nós. – Só lamento não ter trazido a corda de seda que encomendei vários meses atrás.

Percebendo que o observo, Marc segura a vara e a flexiona entre os dedos.

– Esse é um presente adiantado de Natal? – suspiro, abrindo um sorriso.

Marc vem para a cama e também está sorrindo.

– Não, esse não é o presente. O que vem a seguir, sim. Deite-se de costas.

Eu deito sobre o travesseiro, meus olhos ainda nos de Marc. Ele está novamente com um olhar de caça, o que me deixa de joelhos fracos e me faz implorar mais.

Marc ergue a vara e a agita velozmente. Então a bate-a contra a palma da mão. *Crack!*

Ah. Como é possível que esse som me deixe molhada tão rápido? Mas é isso que ele faz.

– Você tem certeza que ainda deseja esse meu lado? – pergunta Marc. – Depois de tudo que aconteceu?

– Sim, tenho certeza – afirmo e respiro fundo, sem tirar os olhos da vara, enquanto Marc brinca com ela entre os dedos.

Marc levanta meu vestido pela ponta amarela.

– Tire isso – instrui.

Eu me liberto do vestido e volto a deitar de costas na cama, usando apenas minha roupa íntima: o conjunto de lingerie de contos de fadas que Marc comprou durante nossa visita a sua ilha.

Marc bate fortemente com a vara na mesinha de cabeceira, e o ruído ressonante ecoa no ar. Deus, estou molhada agora e, mais ainda, a cada minuto.

Marc rodeia a cama, agitando a vara para cima e para baixo. Eu me contorço quando vejo o volume que se forma abaixo de sua calça, enorme e duro, lutando para escapar.

Sinto a ponta da vara no elástico da minha calcinha. Marc estala a vara embaixo do elástico, puxando firme e soltando para que bata contra a minha pele.

– *Ahhh...* – gemo.

– Tire essa também.

Eu desço as mãos para alcançar a calcinha, mas Marc bate nos meus dedos levemente com a vara.

Eu gemo e puxo meus dedos.

– "Sim, senhor" – ele me corrige.

– Sim, senhor – repito, colocando minha mão dolorida na boca.

– Tire-a.

Contorço-me para tirar a calcinha enquanto observo Marc rondando a cama.

– Vire-se.

Eu viro de barriga para baixo, ouvindo os passos dele ainda ecoando ao meu redor. Escuto sua respiração profunda e tento imaginar onde ele está enquanto se mexe. Então sinto a ponta da vara embaixo do fecho do meu sutiã.

– Isto também.

Eu tiro o sutiã e o puxo pelos meus braços, então caio no edredom novamente, ainda com o rosto no travesseiro. Eu posso escutar minha respiração e também sentir o calor dela contra meu rosto.

Marc para de se mexer e há um silêncio.

– Marc – sussurro no travesseiro. – Você ainda está aí?

Crack! Marc bate a vara de novo contra a mesinha de cabeceira.

– Eu não disse que você poderia falar.

Ah, Deus, esse som é bom. *Crack!*

Ele faz de novo e agora estou desesperada por ele.

– Fique parada – rosna Marc, e eu escuto seus passos novamente.

Espero, ficando mais molhada a cada minuto.

– Abra suas pernas – instrui ele, escorregando a vara entre as minhas coxas. – Agora.

Eu dou um gemido e afasto minhas pernas.

Crack!

Desta vez, Marc bate com a vara contra minha nádega direita, e salto um centímetro da cama, dando outro gemidinho.

Eu escuto o agitar da vara e então, *crack!* Ela desce com força na minha nádega esquerda.

Crack!

A vara atinge mais uma vez as duas nádegas e eu recuo de dor, mas uma dor boa. Eu quero muito isso. Eu estava esperando esse lado de Marc há tempos, e é muito bom.

– Vire-se para cima – ordena Marc.

Eu me viro, roçando meu traseiro ardido no lençol. Meu sutiã fica na cama quando rolo, então, quando olho Marc de frente, estou completamente nua.

Eu olho para ele, que está nu também.

– Como você tirou suas roupas tão rápido? – pergunto sem fôlego, reparando em seu musculoso corpo nu, as linhas agudas dos braços, seus abdominais definidos, sua pele pálida perfeita e a penugem marrom no seu peito.

Eu observo o volume duro e firme entre suas pernas, enorme, impressionante. Olhando para ele, imagino, como faço às vezes, de que maneira ele vai caber dentro de mim.

Os lábios de Marc curvam-se em um sorriso perigoso.

– Você não sabe que não deve falar até eu mandar?

– Eu acho que não.

Marc se aproxima e segura a vara sobre minhas coxas.

Ele a move velozmente, mas para a centímetros da minha pele.

Eu me encolho, esperando o golpe que não vem. Eu gemo enquanto vejo a vara pairando acima das minhas pernas.

Marc ergue uma sobrancelha.

– Você queria alguma coisa?

– Bata em mim. Por favor.

Marc dá o sorriso diabólico e ergue a vara. Então ele golpeia as minhas coxas, *Crack!* E eu gemo de prazer.

Enquanto a aguda sensação afasta minhas pernas, Marc pega meus tornozelos e descansa seus ombros firmes sobre eles. Então corre a vara pela parte interna da coxa, até alcançar o meio das pernas.

Eu estou tão molhada quando a vara começa a deslizar entre minhas pernas e meu traseiro que ela escorrega facilmente, e eu gemo enquanto sinto os nós duros do bambou rolarem sobre mim, *bump, bump, bump.*

Assim que começo a perder a razão, entorpecida pelo prazer que sinto, Marc rola a vara para longe de minhas pernas e descansa a ponta sobre meu abdome. Devagar, ele traça uma linha que serpenteia para cima e para baixo da barriga, e eu tremo e me arrepio enquanto a vara percorre meu corpo. Quando alcança meus seios, Marc a esfrega de um jeito bruto em meus mamilos, de cima para baixo, os nós empurram e puxam a pele.

Ah, Deus. É uma bela agonia, uma provocação deliciosa, mas eu preciso de mais.

– Bata! – imploro. – Por favor.

Capítulo 83

– Eu acho que você não vai aguentar – diz Marc, movendo a vara para frente e para trás.

Balanço a cabeça.

– Eu consigo. Eu consigo.

– Eu nunca a levaria além dos limites. Você sabe disso, não? – Marc levanta a vara acima dos meus seios.

– Sim – concordo. – Mas meus limites estão distantes ainda, estão mais amplos.

– Você tem certeza?

– Eu tenho certeza.

Marc golpeia uma, duas, três vezes os meus seios, *Crack,* Crack, Crack!

– Ah, Deus; ah, Deus – gemo, enquanto meus mamilos fervem e sinto fisgadas invadirem meus seios e meu peito. – Mais. Quero mais.

Eu me viro.

Crack, Crack, Crack!

Marc me acerta no traseiro.

Crack, Crack, Crack!

Quando ele para, mal posso enxergar direito. Deus, me sinto tão bem. Tão, tão bem! Estou a ponto de implorar por mais, mas, antes que possa, sinto Marc afastando minhas pernas e subindo em cima de mim, sua solidez pressionando minhas pernas.

– Eu só posso provocar por um tempo – diz Marc, escorregando para o seu lugar, pronto para meter em mim. – Você é irresistível, sabia disso, srta. Rose? Absolutamente Irresistível.

Eu escuto o rasgar de uma embalagem de camisinha e balanço a cabeça no edredom.

– Vamos fazer sem.

– Sem?

– Eu quero sentir você. Você todo. Nós estamos prestes a casar, acho que agora podemos.

– Sophia, eu não quero que nada que não seja da sua escolha aconteça. Pode haver consequências, um bebê. Você está pronta para essa possibilidade?

– Estou pronta para o que tiver que acontecer. E você?

– Totalmente pronto.

Com isso, ele mergulha todo dentro de mim, até o final – tão rígido, tão rápido que tira meu fôlego.

– Aaaah... – gemo, enquanto me contraio ao redor dele, sentindo-o o mais fundo que posso.

Meu traseiro dói pela pressão do quadril dele, e sinto meus seios mais quentes enquanto sou empurrada contra a cama. E me sinto muito, muito bem.

Ele afasta mais ainda minhas pernas para ir mais longe e, por um momento, não tenho certeza se posso aguentar que ele vá tão fundo. Mas, quando ele começa a se mexer, percebo que posso. Que somos feitos um para o outro, e o corpo dele foi feito para se encaixar no meu, mesmo que isso signifique me levar aos meus limites.

Marc se mexe mais forte e rápido em algumas estocadas, empurrando-me para frente e para trás como uma boneca de pano. Então, ele me vira, ainda se mantendo dentro de mim, mas erguendo meus tornozelos novamente até seus ombros.

Acho que posso gozar apenas por encarar naqueles intensos, fumegantes olhos azuis, mas me seguro quando estou à beira do êxtase, a ponto de me perder.

Percebo que Marc também mal se aguenta. Suas pálpebras piscam e ele trinca os dentes.

– Ah, Deus, Sophia – ele geme, os lábios curvando-se ainda mais. Ele mergulha, dando um longo, baixo gemido.

E isso basta. Não consigo mais me conter. Um orgasmo cresce e cresce, até fazer todo o meu corpo latejar, enviando ondas de calor e prazer por entre as minhas pernas e para todo o meu corpo.

Minhas coxas se apertam ao redor de Marc, empurrando-o mais fundo, e eu agarro o traseiro dele, forçando-o ainda mais dentro de mim. Marc geme novamente e eu também. Ele esfrega as mãos para baixo e para cima nas minhas pernas, criando uma fricção que faz meu orgasmo durar ainda mais. Seus olhos estão fechados e ele está perdido em mim, assim como estou nele.

Depois de um longo momento delicioso, ele faz minhas pernas deslizarem pelos ombros e leva meu corpo para junto do dele.

– Você ainda quer se transformar na sra. Blackwell amanhã?

– Nunca tive tanta certeza em minha vida.

– Está perto da meia-noite.

– Talvez não traga má sorte se você ficar, afinal – falo desesperada para não perder aquele momento.

Marc sorri.

– Nós já tivemos essa discussão. Você não quis arriscar, lembra-se? Eu não quero que você se arrependa pela manhã.

– Então acho que é melhor você ir – digo. – Antes que o relógio badale e você vire uma abóbora.

– Eu volto por você, Cinderela – diz Marc. – Vejo você pela manhã.

No dia seguinte, acordo com o mais lindo nascer do sol. É rosa, laranja, cinza, com todo um arco-íris de delicados tons pastéis. Os bosques verdejantes da faculdade parecem mais magníficos hoje do que jamais vi.

Eu mal saio da cama e termino de escovar meus dentes, quando ouço uma batida na porta.

– Tem uma futura noiva aqui? – pergunta Jen.

Sorrindo, atravesso o quarto para deixá-la entrar.

– Uau! – exclama Jen quando abro a porta. – Que quarto fantástico.

– Eu sei. Legal, não é?

Pela primeira vez, Jen não está perfeitamente arrumada. Seus longos cabelos louros estão empilhados em um bagunçado monte acima da cabeça. Ela está usando um agasalho rosa e óculos de sol e, quando os tira, posso ver seus olhos sem qualquer maquiagem.

Dou um passo para trás, para que entre.

– Obrigada por chegar tão cedo. Eu sei que odeia as manhãs. E deve ser muito difícil deixar a cama quando Leo Falkirk está nela...

– Qualquer coisa pela minha melhor amiga – Jen carrega sua enorme maleta metálica de maquiagem. – Bem, você está preparada para que eu faça minha mágica?

Inspiro profundamente.

– Sim, preparada. Vamos começar.

Capítulo 84

Depois que Jen arruma meu cabelo e faz a maquiagem, Rodney chega com croissants e café, "cortesia de Marc Blackwell". E traz algo mais, algo ainda melhor do que o café. Tanya.

– Bom dia para todos – diz ela, entrando tranquilamente na suíte. – Não estou atrasada, estou?

– Não – respondo. – Chegou na hora certa.

Não leva muito para Jen começar a arrumar o cabelo e a maquiagem de Tanya e logo estamos embelezadas para o grande dia.

Preciso brigar com Jen quando ela avança para cima de mim com o batom vermelho em riste, querendo "tirar o máximo proveito desses lábios incríveis", mas no fim mantemos minha maquiagem leve e natural, exatamente como quero.

Nós três ficamos lado a lado na frente do espelho, sorrindo feito idiotas. Compomos uma bela imagem – não porque estamos bonitas, mas porque estamos de braços dados e rindo, porque Tanya faz piada sobre a roupa que Tom vai usar no casamento.

Ele levou semanas para decidir o que usar, varreu a internet por tardes seguidas, procurando algo apropriado.

– Tom é como uma garota quando o assunto é roupa – diz Tanya. – Mas eu o amo mesmo assim. Acho que ele está com um pouco de ciúme do meu vestido de dama de honra.

O vestido verde-salsa de Tanya é feito de seda e cortado em viés. Ela e Jen usam o mesmo vestido – trajes simples de seda, ajustados nos lugares certos. Escolhi um verde que valorizaria as duas.

– Eu adorei o meu também – diz Jen. – Mas não como adorei seu vestido de casamento, Soph. É *muito* você. Você se parece com uma linda princesa do bosque.

Meu vestido de casamento é realmente maravilhoso.

Marc me levou às mais exclusivas butiques e apresentou-me para designers famosos. Mas, no fim, eu só queria algo simples que combinasse comigo. Então pedi para que a mãe de Jen o fizesse. Ela é uma ótima costureira e me conhece muito bem.

Quando eu disse o que desejava, foi como se ela pudesse ler a minha mente, e o vestido pronto é perfeito, simplesmente perfeito.

É feito de uma longa e abundante seda branca, com um decote em V simples no busto e aplicações de minúsculas folhas de hera de prata. É tão leve e solto que flui pelo meu corpo quando me mexo e faz com que eu me sinta uma princesa de contos de fada.

É bonito e natural, mas, o melhor de tudo, é muito confortável. Não quis nada que prendesse meus movimentos.

Considerei me casar descalça, mas Jen encontrou uma sapatilha marfim de cetim, enfeitada com folhinhas prateadas, e me deu de presente, "algo novo". Eu sabia que eram perfeitas assim que as vi; Jen me conhece tão bem.

Vestido à parte, estou praticamente pronta. Jen deixou meu cabelo bem natural. Ela o arrumou para que não arrepie e costurou pérolas no fio de prata ao redor dos cachos, mas, apesar disso, estão brilhantes e soltos, como sempre.

Papai me deu o bracelete de jaspe da mamãe, antigo e azul. E Denise me emprestou uma tiara de sua enorme coleção de peças de figurinos. É bonita, prateada, com um trabalho no metal tão delicado que parece um laço.

Então, estou pronta. Pronta para casar.

Capítulo 85

O sol brilha enquanto Jen e Tanya caminham comigo pelo gramado.

Eu seguro as mãos delas com força quando nos aproximamos do bosque e não largo delas mesmo quando estamos próximas do caminho do arvoredo.

Jen segura a saia de seda do meu vestido para que não fique suja com o chão encharcado pelo orvalho. Ainda é cedo – 10 horas – e o sol ainda não afugentou a humidade da noite.

Tanya carrega o meu buquê.

O sol, maravilhoso e amarelo, brilha contra o céu azul limpo, e eu não posso deixar de sorrir enquanto entramos no escuro bosque, mesmo que meu estômago esteja torcendo de nervosismo.

– Respire fundo, respire fundo – diz Jen, apertando minha mão. – Já estamos quase chegando.

Seguimos em frente pela trilha do bosque, onde o sol salpica o chão e uma densa cobertura de folhas verdes refresca o ar.

Caminhamos com cuidado pela trilha acidentada e ainda úmida. Um, dois, um, dois. Respire, respire, respire.

Conforme nos aproximamos, vejo meu pai e meu sorriso amplia ainda mais. Ele me espera na entrada do círculo das fadas, vestindo um smoking novo, e parece radiante de alegria.

– Você está linda, querida. Absolutamente linda – ele enxuga os olhos.

Jen toma meu braço e delicadamente faz com que eu aceite o braço que meu pai oferece.

Tanya dá um aperto tranquilizador na minha outra mão e me entrega o buquê.

– Pronto para me entregar? – pergunta.

– Pronto – responde meu pai.

Jen e Tanya se posicionam atrás de mim, mantendo a seda da parte de trás do vestido acima do chão.

Começamos a caminhar na direção da clareira.

Capítulo 86

Dos arcos entrelaçados dos ramos das árvores às nesgas de luz brilhando em volta de nossos convidados, tudo está absolutamente perfeito.

Decidi não usar música na cerimônia, apenas o som das árvores e dos pássaros, a quietude que vem do bosque.

Do outro lado da clareira, há um altar de madeira, feito pelo amigo de Marc, Peter. O altar é esculpido com folhas de hera e rosas e, sentado atrás dele está Tom, que usa um dos ternos mais extravagantes que já o vi usando – um fino tecido marrom entremeado por fios verdes, com redemoinhos delicadamente bordados na lapela.

Ao redor da clareira, estão os convidados, observando-nos com sorrisos enormes.

A convidada que mais sorri é Annabel; ela está perto da entrada da clareira e parece uma pessoa diferente nos últimos dias. Usando um vestido verde-claro simples e fresco e com margaridas brancas entrelaçadas nos cabelos, ela segura um lindo menino em seus braços – Daniel, seu filho.

Daniel descansa a cabeça em seu ombro, chupando o dedo, e parece muito contente. Danny Blackwell, de volta aos braços de sua mãe, afinal. Eu amei conhecê-lo durante as últimas semanas; ele é tímido e às vezes parece imerso em pensamentos, mas sempre disposto a sorrir também. Eu o levei à casa de meu pai algumas vezes para brincar com Sammy e os dois viraram grandes amigos.

Antes de entrar na clareira, paro para acariciar o cabelo dele.

– Você gostou de todas essas árvores, Danny? – sussurro.

Ele move a cabeça timidamente e sorri.

Denise está ao lado de Annabel, de mãos dadas com Sammy.

Eu sorrio para Denise e ajoelho-me para Sammy.

– E você, baixinho? Você gosta de árvores?

Sammy acena e se apoia no braço de Denise. Não levou muito tempo para que se apaixonasse por ela, assim com o meu pai.

Quando Genoveva descobriu que meu pai estava com outra pessoa, passou a ligar para ele. Aparentemente, o namorado médico voltou para a esposa, e ela não tem mais ninguém. Meu pai disse-lhe que não queria voltar para ela, mas organizou visitas quinzenais para que Genoveva veja Sammy. Às vezes, ela se lembra das visitas, outras vezes não.

– Vamos escalar algumas árvores depois? – pergunto a Sammy.

– Sim! – ele grita, mais alto do que deveria.

A plateia ri.

É tudo perfeito... Mas, claro, a coisa mais perfeita é Marc, de pé no altar de madeira.

Ele está usando um terno preto feito sob medida – tão preto que parece engolir as cores – e seu cabelo está volumoso ao redor das orelhas. Seu longo corpo bem definido está perfeitamente imóvel, esperando por mim. Mesmo que esteja de costas, posso sentir que há um sorriso em seu rosto.

Eu me levanto, respiro fundo e pego o braço de meu pai novamente.

– Pronta? – cochicha papai.

Eu aceno e meu pai me leva pela clareira, para Marc.

Enquanto caminhamos, pisando os ramos e folhas secas, Marc se vira e nossos olhos se encontram.

É o momento mais maravilhoso. Seus olhos são muito profundos... Muito intensos e tempestuosos... Ele não perdeu seu lado negro, não completamente. Mas eu, definitivamente, enxergo sua luz; muita, muita luz.

Seus olhos ainda me fitam. Por um momento, perco o passo e meu pai agarra meu braço para que eu volte a caminhar em linha reta. Marc ergue uma sobrancelha e me dá um sorriso como quem diz, "Você está bem?"

Eu respondo com um aceno e um sorriso só meu e dou os últimos passos em sua direção. Carinhosamente, meu pai coloca minhas mãos sobre as de Marc, e nós ficamos parados por um momento, ligados por nossos olhares.

Eu nunca senti mais amor do que agora, de pé na frente de Marc, entre todos os nossos amigos e família, prestes a ligar minha vida à dele.

Tom limpa a garganta.

– Vocês dois. Está claro para todos que vocês *querem* se casar. Então, estão prontos para seguir em frente e fazê-lo?

Risadas suaves enchem a clareira.

Eu balanço a cabeça afirmativamente.

– Sim.

– Nunca estive tão pronto – diz Marc.

Nossos votos são simples. Nós prometemos amar um ao outro pelo resto de nossas vidas.

Então Tom entrega os anéis – de prata, gravados com heras e rosas. Eu coloco o anel no dedo de Marc, e minhas mãos tremem um pouco. Finalmente, o anel escorrega para seu lugar e ergo minha mão para Marc.

Quando Marc coloca o anel de casamento no meu dedo, olho para seus profundos olhos azuis.

– Eu amo você – sussurro.

– Eu amo você também, Sophia Blackwell – responde Marc. – Para todo o sempre.

Capítulo 87

Após a cerimônia no bosque, Marc e eu somos levados de limusine ao cartório para assinar os papéis de casamento. Eu tremo durante todo o caminho e sou pouco mais do que uma abobalhada, hipersensível e trêmula trouxinha nos braços de Marc.

Eu não consigo acreditar. Marc Blackwell acaba de me fazer sua esposa, para ter e manter. Sempre.

– Eu rezo para que essas sejam lágrimas de alegria, sra. Blackwell – cochicha Marc. – Porque não há mais volta. Você é minha, para sempre.

– Eu sei – soluço, enquanto tento manter a voz estável. – Eu estou muito feliz.

Marc ergue meu queixo, inclinando meu rosto para que eu olhe dentro de seus olhos azuis fortes e ardentes.

– Nunca mais vou deixar você partir – diz. – Nunca. Eu vou amá-la e cuidar de você para o resto da minha vida.

Quando voltamos à faculdade, encontramos nossos convidados sentados em um círculo próximo a uma enorme manta de piquenique no gramado. Eles estão bebendo champanhe e suco de laranja fresco, servidos pelos garçons que andam por ali.

Uma salva de palmas irrompe quando nos aproximamos e sinto-me estranhamente tímida por ser o centro das atenção de todas as pessoas que amo.

Eu sei que sou uma atriz, mas na vida real estou acostumada a cuidar das pessoas. É uma sensação esquisita que todos prestem atenção em mim.

– É maravilhoso ver todos vocês aqui – digo, enquanto meu pai e Jen abrem espaço para sentarmos. – Muito obrigada por terem vindo.

Os garçons nos entregam champanhe e bebemos, conversamos e rimos sob a luz do sol até que o almoço é servido em cestas de piquenique.

Jen certificou-se de conseguir a melhor comida possível para o almoço, claro – um almoço feito por um bufê fino, entregue com talheres de prata e pratos de porcelana.

As cestas estão cheias de tortas deliciosas, sanduíches, bolinhos salgados, salmão defumado, morangos frescos e coalhada.

Enquanto o dia passa, percebo que Jen e Leo estão sentados juntos, rindo à toa. Estão tão próximos que as cabeças praticamente se tocam. Eu sorrio. Leo é perfeito para Jen, e parece que Leo também sabe o quanto Jen é perfeita para ele.

Realmente é o dia mais incrível, glorioso, amoroso e feliz da minha vida, e eu estou aqui, cercada pelo amor dos meus amigos e da minha família. Mas, acima de tudo, de Marc. Bem... Eu nunca senti algo assim.

Eu não preparei um discurso ou algo do tipo, mas, quando o sol começa a se por, Jen levanta sua taça e diz:

– Um brinde para o senhor e a sra. Blackwell.

Todos saúdam, erguendo suas taças.

– Ah, espere – digo, levantando. – Há algo que me esqueci de fazer.

Pego o buquê de rosas e heras.

– Preciso jogar isto – anuncio, virando-me de costas para os convidados.

Escuto o burburinho e as risadas das mulheres enquanto se levantam.

– Prontas? – pergunto. – Um, dois, três!

Eu jogo o buquê alto e viro para ver que aterrissou entre Jen e Tanya, que pegam o buquê cada uma com uma das mãos. Uma se vira para outra, rindo, sem acreditar naquilo.

– Nós duas o pegamos! – ri Jen.

– Parece que teremos um casamento duplo! – diz Tanya.

– Eu topo, se você quiser.

Capítulo 88

Quando sento no gramado novamente, um garçom enche minha taça de champanhe.

– Ah, não, obrigada – digo, com meus dedos ao redor da taça. – Eu acho que é melhor tomar suco de laranja de agora em diante.

Eu sinto o braço de Marc apertar a minha cintura.

– Você está bem? Quer que eu a leve para caminhar, para espairecer?

– Não. Só tomei uma taça de champanhe até agora. É que... tenho um pressentimento.

– Um pressentimento?

– Sim. Depois de ontem à noite. Foi a nossa primeira vez... Digo, sem proteção.

De repente, sinto como se fôssemos as únicas pessoas no mundo.

– Sophia, é muito cedo para saber qualquer coisa sobre isso.

– Mas, no que diz respeito a meu corpo, meus sentimentos geralmente estão certos. E sinto isso com muita força.

– Você está enjoada? Precisa de um médico?

Balanço a cabeça.

– Não, não é nada disso. Nada físico, é apenas... Uma sensação.

Marc desliza a mão para minha barriga, com olhos fixos nos meus. Puxa meu corpo para perto do seu.

– Vamos torcer para que seus sentimentos estejam certos.

– E se estiverem?

– Então você, sra. Blackwell, será uma mãe maravilhosa. E eu serei o homem mais feliz do mundo.

Conheça outros livros da coleção

Ivy — Ensina-me a sentir (1)
S. QUINN
HIMMEL

Ivy — Além do controle (2)
S. QUINN
HIMMEL

HIMMEL